回憶與隨筆

阿赫馬托娃 著
烏蘭汗 譯

人間

目錄

（莫迪利阿尼畫，1911）

譯者序

安娜·阿赫馬托娃是二十世紀俄羅斯傑出女詩人，她的詩作日益為世界更多的讀者所熟悉、所熱愛。過去蘇聯政權潑在她身上的汙水，已雲消霧散。

兩年前台灣人間出版社為她出版了兩本詩集《我會愛》（短詩）和《安魂曲》（長詩）。據說受到讀者青睞，該社發行人呂正惠邀我再編一本阿赫馬托娃的隨筆集，這也正是我長期以來的想法。

審讀、挑選和補譯她這方方面面的著作，工作量很大，很難、也相當複雜，但我願接受這一任務，因為我喜愛她的作品並盡力把它做好。

阿赫馬托娃從早期的愛情詩，隨著生活坎坷的經歷、親人的喪失和災難來臨，逐漸轉向對社會的拷問。詩的腔調變了——開始有些揭露、抗爭，最後發展到充滿哲理的控訴和抨擊。

散文和隨筆並非阿赫馬托娃的長處。她說過：「我從小熟悉的全部是詩，而對散文從來一竅不通。」她覺得「散文既神秘莫測又誘人試探。」

翻閱她身後公布的遺稿，發現她一生中寫了不少散文、隨筆、日記、書信等，雖然大部分沒有最後完成，有的還因不能保留而被銷毀，可是其中已包含著她對非詩歌文體的探討。

她多次試寫過自己。少年時寫過，中年時寫過，一九四二至一九四三年戰爭疏散到塔什干時寫過，晚年也寫過。她寫的隨筆有的保留了隻言片語，有的留在腦海中，後來憑自己和別人的記憶重寫過。

她把自己的隨筆稱作「記憶的閃光」、「潦草的筆記」，準備通過個人的經歷寫出她那一輩人的命運，甚至為未來的作品起了書名——稱之謂《我的半個世紀》。這部書她沒有寫完，確屬文壇憾事。但它已存在，因為其中提到的人都屬於歷史人物。

阿赫馬托娃晚年很注意別人寫她的事。她不止一次說過：「我不希望別人篡改我的歷史。」如她與勃洛克的關係，標題本身就充滿爭論性：〈我如何沒有和勃洛克發生浪漫史〉。與她的詩作相輔相成，力求真實，如〈在你的光榮的歷史中難道可以留下空白？〉這是用詩寫下的隨筆。

從阿赫馬托娃散落的記述來看，除青少年時代的回憶之外，後期的文章偏重於與他人有失真實成分的歷史進行了爭辯。阿赫馬托娃的記憶力較強，她儘量如實地恢復歷史原貌，如有關她的第一個丈夫古米廖夫，她與一些文友和流亡國外的文人的臆造的情節，從不同的觀點，作了坦率的表白。

阿赫馬托娃不止一次提到曼德爾施塔姆的《時代的喧囂》和帕斯捷爾納克的《安全保護證》，她認為這兩部自傳體隨筆是她寫作隨筆的榜樣，以同樣的精神完成自己的傳記，並不無自嘲地說，她的自傳與這兩位姊妹相比，不外是《灰姑娘》。

從阿赫馬托娃的隨筆中我們還可以了解十九世紀末、二十世紀初俄羅斯各種文學流派的內幕，它們的演變和成員之間的矛盾。

阿赫馬托娃的隨筆是一位大詩人的隨筆，別有一番風貌，和她的詩作一樣是探討新路的文體。需要讀者慢慢咀嚼，它的內容、它的品味才會滲透人心！

烏蘭汗

二〇一三年十月二十五日

簡略的自述

一八八九年六月十一日（公曆二十三日），我在奧德薩近郊（大噴泉區）來到人間。那時家父是退伍的海軍機械工程師。當我還是個周歲的嬰兒時，被帶往北方的皇村[1]。我在皇村住到十六歲。

我早年的回憶——都與皇村有關：綠茸茸濕漉漉富麗堂皇的公園，保姆常帶我去玩耍的牧場，毛色斑駁的小馬跑來奔去的跑馬場，老火車站以及其他等地，這一切後來都寫入《皇村禮讚》中。

我每年在塞瓦斯托波爾城外箭灣之濱度夏，在那兒我與大海結緣。那幾年最深刻的印象莫過於古城赫爾松涅斯[2]，我家就住在它附近。

我按列夫·托爾斯泰編的識字課本學會識字。五歲時，聽女教師給年長的孩子們上課，我

1 皇村原為俄國歷代沙皇的行宮，位於彼得堡市以南三十五公里處。十九世紀時，沙皇政府在該處設立了貴族子弟學校。普希金是該校第一期學生。十月革命後，皇村更名為普希金城。

2 建於西元前五世紀的古城，十五世紀被毀。十九世紀開始對它進行挖掘，發現城牆、城門、塔樓等遺跡。

也學會用法語講話。

我十一歲寫成第一首詩。我接觸詩不是從普希金和萊蒙托夫開始，而是從傑爾查文（《賀皇族少年生日詩》）和涅克拉索夫（《嚴寒，通紅的鼻子》）。這些詩，我母親都能背誦。

我在皇村女子學校上學，最初學習成績不佳，後來有所長進，但始終不太願意學習。

一九〇五年，我的雙親分居，媽媽攜兒帶女遷往南方。我們在葉夫帕托里亞住了一年整，我在家中自修學校倒數第二年級的課程。我懷念皇村，寫了無計其數不成樣子的詩。一九〇五年革命的餘波隱隱約約傳到這個與世隔絕的葉夫帕托里亞。最後一學年是在基輔市福東克列耶夫學校讀完的，一九〇七年於該校畢業。

我在基輔進了女子高等學校法律系。最初學習法律史，尤其是學習拉丁文時，我尚覺滿意，但一開始教授純法律科目時，我便對課程失去了興趣。

一九一〇年（俄曆四月二十五日）我與尼·斯·古米廖夫[3]結婚，我們同去巴黎度蜜月。那時，巴黎市區正在鋪設新的林蔭大道（Raspail[4]林蔭大道），工程尚未最後竣工（左拉就

---

3 尼·斯·古米廖夫（一八八六~一九二一），俄羅斯詩人，阿克梅派代表人物之一，一九一〇年四月與阿赫馬托娃結婚，一九一八年離異。十月革命後因所謂參加「反革命陰謀」組織被處死，一九八六年平反。

4 法文：音譯為「拉斯帕伊」。

此有所描述）。愛迪生的朋友韋爾納在Taverne de Pantheon[5]指給我兩張桌子，說：「這兒就是你們的社會民主黨人聚會的地方，這邊是布爾什維克，那邊是孟什維克。」婦女們的衣著經常花樣翻新，忽兒穿裙褲（jupes-cullottes），忽兒又幾乎是包住大腿的窄裙（jupes-entraves[6]）。詩——無人問津，詩集只因印有名氣大小不等的美術名家們的裝飾畫，才有人購買。我那時已經明白：巴黎的美術把法國的詩歌給吞噬掉了。

遷居彼得堡後，我在拉耶夫高等文史講習所學習。當時我寫的詩後來收入我的第一本詩集。別人給我看因諾肯季·安年斯基[7]的《雕花柏木匣》的校樣，我為之驚歎不已。閱讀時，幾乎忘掉世上的一切。

一九一〇年象徵主義明顯陷入窘境，新起詩人不再追隨這一流派。有人走向未來派，有人走向阿克梅派。我和「一號詩人作坊」[8]的友人——曼德爾施塔姆[9]、金凱維奇[10]及納爾布特[11]一

5　法文：意為「偉人祠餐廳」。

6　法文：意為「窄裙」。

7　因諾肯季·安年斯基（一八五五～一九〇九），俄國詩人兼評論家。

8　當時詩人的一個派別。

9　奧·曼德爾施塔姆（一八九一～一九三八），俄羅斯詩人。

10　米·金凱維奇（一八九一～一九七三），俄羅斯詩人，文學翻譯家。

11　弗·納爾布特（一八八八～一九四四），俄羅斯詩人。

起，成為阿克梅主義者。

一九一一年春我在巴黎親眼看到俄羅斯芭蕾舞獲得的最早的輝煌勝利。一九一二年我遍遊義大利北部（熱那亞、比薩、佛羅倫斯、波倫亞、帕多瓦、威尼斯）。義大利繪畫與建築給我留下極深的印象，如同終生難忘的夢。

一九一二年我的第一本詩集《黃昏》出版。只印三百冊。批評界對它的評價尚好。

一九一二年十月一日我的獨生子列夫出生。

一九一四年三月第二本書《念珠》集問世。它的存在時間只有六週左右。彼得堡從五月初開始轉入消沉，人們分批疏散。這次與彼得堡的告別成為永久的告別。我們回來時它已不叫彼得堡，而叫彼得格勒了，從十九世紀一下子就跨入二十世紀。從城市面貌開始，一切都變了樣。看來，一個初學寫作的一本小小的愛情抒情詩集本該被淹沒在世界性的大潮之中，時間卻作出了另外的安排。

我年年在特維爾省距離別熱茨克十五俄里的地方消夏。那兒並非風景優美之地：丘陵上耕成方塊的田地，磨坊、泥塘，排乾的沼澤、幾座小門，除了莊稼還是莊稼……《念珠》和《群飛的白鳥》詩集中的許多詩都是在那兒寫的。

《群飛的白鳥》於一九一七年九月出版。讀者與批評界對此書不公正。不知何故這本詩集被認為不如《念珠》成功。這本詩集是在更為嚴峻的形勢下出版的。交通運輸奄奄一息——書甚至不能運往莫斯科，只在彼得格勒銷售。雜誌一種接一種停刊，報紙也是如此。因此，《群飛的白鳥》與《念珠》不同之處在於它不可能在報刊上得到熱烈討論。飢荒與經濟崩潰日甚一日，奇怪的是，這些情況當時都不予考慮。

十月革命後，我在農業學院圖書館工作。一九二一年我的詩集《車前草》問世，一九二二年出版了詩集《ANNO DOMINI》[12]。

大約於二〇年代中期，我興致勃勃地著手研究古老彼得堡的建築和普希金的生平與創作。研究普希金的成果是寫成關於《金雞》、關於〈本傑明．貢斯當的《阿道爾夫》〉和關於〈石客〉的三篇論文。這三篇文章當時都發表了。

近二十年來我寫的〈亞歷山德林娜[13]〉、〈普希金與涅瓦海灘〉、〈普希金在一八二八年〉可能收入《普希金之死》一書中。

自二十年代中期開始，我的新詩幾乎不予發表，而舊作——沒人再版。

一九四一年衛國戰爭爆發時我正在列寧格勒。九月底，已是圍困時期，我搭乘飛機去了莫斯科。

我在塔什干住到一九四四年五月，貪婪地打聽有關列寧格勒和前線的消息。和其他詩人一

---

12 拉丁文，意為《耶穌紀元》。

13 普希金的妻妹。

樣，我經常到戰地醫院去為傷病員們朗誦詩作。我在塔什干初次理解什麼是炎熱中的樹蔭涼和流水聲。我還理解了什麼是人的善良：我在塔什干經常患病，而且病勢很重。

一九四四年五月我飛到滿城春色的莫斯科，那時莫斯科喜氣洋洋，並正在等待著即將來臨的勝利。六月我重返列寧格勒。

我的城市彷彿變成了一個可怕的幻影，它使我如此震驚，以至於我把這次與它的相會寫成散文。寫了兩篇特寫〈三株丁香樹〉和〈走訪死神〉，後一篇記述我在泰里約基[14]前線朗誦詩一事。我一向覺得散文既神秘莫測又誘人試探。我從小熟悉的全部是詩，而對散文從來是一竅不通。我這次試筆得到眾人的大力讚揚，我當然並不信以為真。我把左琴科請來，他讓我刪掉幾處，並說，其餘部分可以保留。我很高興。後來，我兒子被捕，便把我的存稿和資料一起全部銷毀了。

我早就對文學翻譯問題感興趣。戰後時期我譯的作品很多。現在仍然從事翻譯工作。

一九六二年我完成了《沒有英雄人物的敘事詩》。為寫作這部作品我花了二十二年的時間。

去年冬天，但丁紀念年[15]的前夕，我重又聽見了義大利語言的聲音——我訪問了羅馬和西西

14　泰里約基後改稱澤列諾格拉茨克。

15　一九六五年為但丁誕辰七百周年，聯合國教科文組織宣布這一年為但丁紀念年。

里島[16]。一九六五年春，我前往莎士比亞的故鄉，望見了不列顛的天空和大西洋，與故友重逢，結識新朋，並再次訪問巴黎[17]。

我從未停止寫詩。詩中有我與時代的聯繫，與我國人民的新生活的聯繫。我寫詩時，是以我國英雄的歷史中的旋律為節奏的。我能生活在這些歲月中，並閱歷了這些年代無與倫比的事件，我感到幸福。

一九六五

16 一九六四年十二月十二日在西西里島卡塔亞市為阿赫馬托娃頒發了埃特納——陶爾明國際文學獎。

17 一九六五年六月五日在英國牛津舉行了隆重儀式——授予阿赫馬托娃牛津大學榮譽博士稱號。在返程的路上，她在巴黎停留了三天。

回憶的散頁

這裡譯的都是從阿赫馬托娃的散記、日記、甚至其他人代記的雜記中摘出來的有關她的生平材料。主要根據兩部文集，即莫斯科一九九〇年「文藝出版社」出版的《安娜·阿赫馬托娃文集》（兩卷本）和莫斯科二〇〇一年「埃里斯·拉克」出版社出版的《安娜·阿赫馬托娃文集》（六卷本）。

有些段落我重新進行了排列，刪除了一些重複的部分，從其他文集補充了一些材料，如第五部分〈經受批判〉。

譯者

青少年時代

崗樓[1]

我和卓別林、和托爾斯泰的〈克洛采奏鳴曲〉[2]和埃菲爾鐵塔，好像還和艾略特[3]是同年誕生於世的，巴黎正在歡慶巴士底獄陷落一百周年——一八八九年。我出生的那天夜裡大家都在

1 阿赫馬托娃把奧德薩近郊薩拉金尼別墅稱之謂「崗樓」，那兒是她的出生地。一九五五年蘇聯文學基金會在科馬羅沃分配給她一座住宅，她也把它叫做「崗樓」。（自此則至「還有米哈依洛夫監牢……」，在馬海甸所譯的《回憶與詩》（花城出版社，二〇〇一）中編成一文，題為〈摘自日記篇頁〉。又，此則與下一則《在回憶與詩》中編為一節，題為《崗樓》。——呂正惠校按）

2 〈克洛采奏鳴曲〉。貝多芬第九號小提琴奏鳴曲，因獻給小提琴家克萊而得名。克洛采，法國提琴藝術奠基人、作曲家（一七六六～一八三一）之作。一八八九至一八九〇年列．托爾斯泰寫過一部以此為名的中篇小說，引起輿論界強烈的反響。

3 艾略特（一八八八～一九六五），英國詩人，他的長詩《荒原》表現了第一次世界大戰後產生的世紀末的悲哀和人類的創造力衰竭的情調。

過古老的著名節日「伊萬之夜」——六月二十三日（Midsummer Night）[4]。

為了紀念姥姥安娜·葉戈羅夫娜·莫托維洛娃[5]，便給我也起了「安娜」這個名字。我姥姥是韃靼女公爵阿赫馬托娃（成吉思汗的後裔），我用她的名氏作為自己的筆名，沒想到自己會成為俄羅斯女詩人。

我出生在距奧德薩不遠的薩拉金尼別墅（大噴泉街蒸汽火車第十一站）。這座小別墅（更像是農村小木屋）座落於一條非常狹窄的下坡的地方——與郵局毗鄰。那裡海岸陡峭，蒸氣小火車的鐵軌緊挨著岸邊。

我十五歲時，家住在盧斯特多爾夫[6]，有一次路過薩拉金尼的別墅時，媽媽讓我下車去看一看我長大後沒有見過的地方。我在小木屋門口說：「將來這兒會掛上一塊紀念牌。」我並不是一個貪圖虛名的女人。當時只不過是一個愚蠢的笑話。媽媽傷心了。她說：「天哪，我怎麼沒有把你教育好啊！」

一九五七

4 「伊萬之夜」，一個節氣，類似我國的夏暑。這一天斯拉夫人舉行宗教儀式驅趕妖魔。

5 阿赫馬托娃的姥姥本姓莫托維洛娃（嫁給斯戈格夫；一八一七～一八六三），她出身於西伯利亞貴族阿赫馬托夫家族。傳說他們屬於韃靼汗阿赫馬特家族。一四八二年阿赫馬特遭暗殺。

6 盧斯特多爾夫，奧德薩近郊的別墅。

＊　＊　＊

我們家沒人寫過詩。只有俄國第一位女詩人安娜．布寧娜[7]是我姥爺埃爾茲．伊萬諾維奇．斯托戈夫的姑媽。斯托戈夫一家在莫斯科省莫札伊斯縣原本是並不富庶的地主。當年因瑪律法夫人[8]領導的暴動，他家被遷移到那裡。他們在諾夫哥羅德時，生活更闊綽，名氣更顯赫。

我的祖先阿赫馬特汗由一個被收買的俄羅斯人深夜殺害在帳篷中。從此，按卡拉姆津[9]的說法，俄國便擺脫了蒙古人的沉重的枷鎖。

這一天，為了慶祝幸福的來臨，舉行了十字架的遊行，從斯列堅斯基修道院徒步走到莫斯科。而這個阿赫馬特，眾所周知，正是成吉思汗的後裔。

阿赫馬特家中一位公主是普拉斯科維亞．葉戈羅夫娜[10]。十八世紀她嫁給西伯利亞家財萬貫、赫赫有名的地主莫托維洛夫。葉戈爾．莫托維洛夫就是我的外祖父。他的女兒安娜．葉戈羅

7　安娜．布寧娜（一七七四～一八二九）是埃．斯托戈夫（一七九七～一八八〇）的遠親。

8　「瑪律法夫人」，諾夫哥羅得城行政長官博列茨基的遺孀，曾領導諾夫哥羅德貴族反對莫斯科。一四七八年諾夫哥羅德併入莫斯科大公國後，她被監禁。

9　卡拉姆津（一七六六～一八二六），俄國作家、歷史學家，著有《俄羅斯國家史》。

10　這裡有誤，其實是普拉斯科維亞．費多謝耶娃。

夫娜就是我的外祖母。我母親九歲時外祖母去世了，為了紀念她，給我起了名字叫安娜。用她的頭上裝飾品做了幾隻戒指，上邊鑲有鑽石，有一隻鑲的是綠寶石，她的頂針我都無法戴用，雖然我的手指很細。

舒哈爾金娜的房子[11]

十九世紀九〇年代這棟房子已經有一百年的歷史了，它原是商人的遺孀、長得像猞猁一般的葉夫多基亞·伊萬諾夫娜·舒哈爾金娜的家產。我小的時候喜歡觀賞她奇裝異服的打扮。房子座落於寬街和無名胡同（離車站兩條街）的拐角處。據老人們說，在鐵路出現之前，也就是一八三八年以前，這裡是過路客棧或近郊帶飯館的小旅店。我在自己的黃色屋子裡揭下一層又一層的牆皮，最後的一層是奇怪的鮮紅色。我想，一百年前這個小酒館的牆壁就是這種樣子。

房屋的結構也説明了這一點。這是一棟墨綠色的木頭房子，二層不齊全（如同陽臺）。半地下室是雜貨鋪，門鈴刺耳，瀰漫著這類小鋪的味道讓人無法忘掉。另一邊（無名胡同），也有半個地下室，是鞋匠鋪，招牌上畫著一隻靴子，上邊寫著：「鞋匠鮑·涅沃林」。夏天，透過洞開

---

11 自此則至「我又聾又瞎的人一般」，《回憶與詩》編成一節，題為〈舒哈爾金娜的房子〉。——呂正惠校按

的低矮窗戶可以看到正在幹活的鞋匠鮑．涅沃林本人。他身穿綠色圍裙，一幅蒼白的、衰老的酒鬼臉。從窗戶裡傳出一種難聞的氣味。這一切可以拍成現代電影出色的鏡頭。房前寬街上長著挺拔的中年橡樹；那些橡樹也許現在還活著；荊棘叢形成的柵欄牆。

家門口大約每隔半個小時，就會有一大溜馬車奔向火車站或從那裡返回來。其中什麼樣的車都有：宮廷的四輪馬車，富庶人家的馬車，警察局長弗蘭格爾男爵站在雪橇上或坐在輕便馬車上，手扶著馬車夫的腰帶，侍從武官的三套馬的車，也有普通的三套馬車（郵政的），皇村「報廢的」馬車。那時還沒有汽車。

只有近衛軍士兵們（身穿護甲的騎兵和驃騎兵們）才乘汽車沿著無名胡同來來往往，他們到軍需胡同附近的商店去採購麵粉。那裡已經屬於郊區了。到了冬天，這條胡同被厚厚的、潔白的、非城市的雪所掩埋，到了夏天鬱鬱蔥蔥地長些雜草——牛蒡草。我小的時候用蓬鬆的蕁麻和牛蒡編織過小提籃。（四〇年代我在回憶普希金的〈皇村〉一八二〇年那首長詩中「一束古老的樹枝」——曾提過「我喜歡牛蒡和蕁麻……」）。

這條胡同的對面沒有房子，從舒哈爾金娜的房子開始是一排破爛不堪的、沒有塗色的木柵欄。那年秋天（一九〇五年）當古米廖夫從別略茲卡回到這裡時，在皇村沒有見到戈連科一家人。他看到這棟房子正在改建，非常難過。後來他對我說，這事使他有生以來第一次感受到並非任何改變都會變好。他在自己那首可怕的〈迷路的電車〉一詩中提到的電車是不是開向那裡去了：

小巷裡那木柵欄，

有三扇窗户的房子，

還有一片灰濛濛的草坪……

無名胡同和寬街早已不見了。在原來的地方開闢了火車站站前的公園或是小小的一片綠茵地。

這棟房子在我的記憶中比世上任何一棟房子印象都深。我在這裡度過了自己的少年時代（住下層）和青年時代的早期（住上層）。大概有一半的夢是我在那裡做的。一九〇五年春天我們離開了那棟房子。當時它就改建了，失去了早年的模樣。（一九四四年六月我最後一次回到皇村）。土拉別墅（奧特拉達或新赫爾松涅斯）也不存在了。——它距離塞瓦斯托波爾三俄里。我從七歲到十三歲每年夏季都住在那裡，並得到一個外號「野丫頭」，一九一一至一九一七年的斯列坡涅沃也不存在了，只在我的詩《群飛的白鳥》和《車前草》的下邊留下了這個名字，但，這大概是理所當然的事……

一九五七

* * *

一九〇五年春，舒哈爾金的後代們將舒哈爾金的房產賣掉了，於是我們家搬進一座按當時說法是闊綽老爺的住宅，它位於布里瓦爾街（索科洛夫斯基住宅），但，正如常常發生的事，到此便結束了。父親和亞歷山大·米哈伊洛維奇大公[12]性格不合，便提出辭呈，當然得到批准。孩子們跟保姆莫尼卡一起被送往葉夫帕托里亞。家庭散了。過了一年——一九〇六年六月十五日——茵娜[13]去世。此後我們一家人再也沒有在一起生活過。

寬街對面樓中一層是御用照相館「岡」，二層住的是畫家克勒韋[14]一家。克勒韋不是皇村人，他們離群索居，從不參予上流社會那些無聊的、有偏見的、撥弄是非的閒扯。為了給「詩城」下個定義，應當指出皇村人（包括歷史學家們戈列爾巴赫和羅日傑斯特文斯基）都不知道俄羅斯偉大詩人丘特切夫[15]正是在小街伊萬諾夫家中溘然逝世的。如果現在（一九五九年當我寫此

---

12 亞歷山大·米哈伊洛維奇（一八六六～一九三三）是沙皇尼古拉一世的孫子，一九〇一～一九〇五年任航海口岸商務總監。

13 茵娜——阿赫馬托娃的大姐（一八八三～一九〇六）。

14 尤里·克勒韋（一八五〇～一九二四），油畫家，他兒子奧斯卡（一八八七～一九七五）是版畫家、舞台美術家。

15 費·丘特切夫（一八〇三～一八七三），俄羅斯詩人。

文時）能把這條街改名為丘特切夫街也不錯。

安娜·伊萬諾夫娜·古米廖娃[16]的房子也在小街上（六十三號），可是我不願意回憶它，如同舒哈爾金娜的房子，我在夢中也從來沒有夢見過它，雖然從一九一一到一九一六年我曾住在那裡，可我從來不會抱怨命運，革命時期我並沒有在那裡居住。

我這一代人不怕回顧悲哀的威脅——我們無處可以回歸……有時我覺得在巴甫洛夫斯克火車站（當時公園裡非常空曠而又芳香）揭幕那幾天可以租一輛汽車，到影子傷心地尋找我的地方，但，後來我開始明白，這是辦不到的，沒有必要硬往記憶的群唱中闖（而且還坐在燒汽油的小汽車裡）。那時我什麼也看不到，只能抹掉我現在看得清清楚楚的事物。

*　*　*

有時沿著這條寬街會出現意想不到豪華的葬禮隊伍，從火車站走過來或向火車站走過去：男孩兒們用天真的童音唱著葬禮歌，放在枯萎的青草和鮮花當中的靈柩，根本就看不見。大家拎著點燃的提燈，神甫提著長鏈香爐，披麻戴孝的馬匹慢悠悠地、莊嚴地邁動著腳步。近衛軍軍官們

16 安·伊·古米廖娃，安娜馬托娃未來的婆婆。

跟隨在靈柩之後，他們總讓人想起伏隆斯基[17]兄弟，也就是「醉醺醺的面孔」，還有頭戴大禮帽的老爺們。有權有勢的老太婆們和寄人籬下的貴婦們坐在靈車後邊的馬車上，如同等候自己的末日來臨，這一切都像《黑桃皇后》一書中所描繪的公主的葬禮。

我總覺得（後來，每每想到這個場面時）這是整個十九世紀規模龐大的葬禮的某一部分。九十年代如此安葬了普希金最後一批少年的同代人。在刺眼的白雪和強烈的皇村太陽光下，這一場面顯得極其優美，它同時在當時那種閃著黃光和處處瀰漫著濃烈的黑暗中有時顯得可怕，甚至像是身在地獄。

* * *

我十歲的時候，（那一年冬天）我們居住在達烏傑里家（在皇村中街和列昂傑夫街拐角處）。附近住的一個龍騎兵常常開著自己一輛奇形怪狀的紅色汽車出來，走過一兩條街——汽車就出了毛病，於是用馬車拖著它難堪的回了家。那時誰也不相信會有汽車，更不敢想像空中會有飛機。

17　托爾斯泰的長篇小說《安娜·卡列尼娜》男主人公之一。

我第一次寫自己的歷史是十一歲，是在媽媽記帳的紅色本子上（一九〇〇年）。當我把自己寫的東西拿給長輩們看，他們說我幾乎從兩歲嬰兒時就記得自己（帕夫洛夫斯克公園、小狗拉里弗等等）。

* * *

我像又聾又瞎的人一般，一輩子也不會忘掉帕夫洛夫斯克火車站[18]的氣味——首先是把我拉到加爾列沃[19]的老而又老的小火車的煙，公園，Salon de musique[20]（人們憑音把它通稱為「鹽農」），其次——磨光的地板和從理髮店傳出的味道，第三——火車站商店的草莓（帕夫洛夫斯克品種！），第四——花店（靠左）出售的木犀草和玫瑰花（悶熱時會帶來涼爽）胸前佩戴的濕

---

18 指帕夫洛夫斯克演奏大廳。

19 加爾列沃是帕夫洛夫斯克附近的一個村莊。

20 音樂沙龍。

淋的鮮嫩花束，還有雪茄和餐廳油膩的食品。還有納斯塔西婭．費里波夫娜[21]的幻影。皇村——永遠是日常生活，因為是在家裡，帕夫洛夫斯克——永遠是節日，因為總要到某處去，因為它遠離家門。

似是而非的履歷

在皇村過冬。在克里木半島度夏（土拉別墅），這本來是事實，可是誰也不相信，因為都認為我是烏克蘭人。原因之一，我父親姓戈連科，其次我出生在奧德薩，而且畢業於福東克列耶夫學校，其三，主要因古米廖夫寫過：

從基輔，
從茲米耶夫，
我娶來的不是妻子
而是女巫……

（一九一〇）

21 陀思妥耶夫斯基的長篇小說《白痴》的女主人公。

其實，我在基輔住的時間比在塔什干（一九四一至一九四四疏散年代）還短。一年冬天我是在福東克列耶夫學校讀書，兩個冬天是在高等女子訓練班上課。然而人對人的不關注是不著邊際的。所以本書的讀者應當習慣於所有一切並非如他幻想的那樣，講人們只希望他們聽的話，聽他們想聽到的聲音，這話說出來未免太可怕了。他們「主要是」自己跟自己在說話，回答的主要是自己的話，不聽從對方的話。百分之九十的可怕的流言、假話和神聖保存下來的誹謗——都基於人的天性的特質。（我們至今還保留著波列奇卡關於普希金的毒蛇般嘶嘶叫聲!!）我只請求那些不同意我的看法的人回憶一下別人關於自己的事。

野丫頭[22]

我的童年是離經叛道的。我在這個別墅（赫爾松涅斯地區斯特列茨克灣的「奧特拉達」別墅周圍一帶）得到一個綽號——「野丫頭」，因為我常常赤腳上路，散步不戴帽子等等，有時從小船上直接潛入大海，在風暴時游泳，曬太陽直到脫皮，這一切有失塞瓦斯托波爾省城小姐們的體面。可是在皇村時，我的舉止談吐都像個受過良好教育的小姐，我也會按禮貌合起雙手作請安

22 自此則至「這個不知人生世故的小姑娘……」，《回憶與詩》編成一節，題為〈野丫頭〉。——呂正惠校按

禮，用法語謙恭和簡要地回答老夫人們的提問，在斯特拉斯納亞街學校的教堂裡作祈禱。父親偶爾帶我（身穿校服）到瑪琳劇院（包廂）去聽歌劇。參觀埃爾米塔日博物館、亞歷山大三世博物館和各種畫展。春秋時節在帕夫洛夫斯克參加音樂會——火車站……博物館和美術作品展覽……冬天經常到公園去滑冰。

皇村公園裡處處具有古希臘羅馬的風格，但雕塑完全不同。我閱讀的書很多，也很經常閱讀。我印象較深的（按我的想法）是那時對人們思想有巨大影響的作家的作品，如克努特．哈姆生《謎語與祕密》，而他的長篇小說〈牧羊神〉和〈維克托里亞〉的影響少一些。另一位有影響的作家是易卜生……我在小班讀書時學習成績不好，後來好了。學校總讓我感到苦惱。我同班中只和塔馬拉．科斯特廖娃交往，後來一生中再沒有機會和她見面……

（一九五七至一九六四）

* * *

我的童年像世界上所有孩子們的童年一樣既獨一無二又特別美好……

談童年既容易又困難。由於它已處於靜止狀態，所以談它容易，但這種談法常常參雜著過多甜滋滋的東西，讓人起膩，與談童年這種重要的深奧的時期完全相悖。除此之外，有的人想表明過去的生活很不幸，而另一些人——過於幸運。不幸也好，幸運也罷，一般都是空話。兒童沒有可比的對象，他們根本不知道自己是幸運還是不幸。

一個人初具意識時，就會陷入完全為他準備好了的、靜止不動的世界中，最自然的是不相信世界曾經是另一個樣子。這最初的景象永遠保留在人的心中，有的人只相信它，並多多少少掩飾這種奇異感覺。另外一些人則相反，完全不相信這一景象的真實性，他也荒謬地重複：「難道那是我？」

青年時代和成年時代很少回憶自己的童年。他是生活的積極參與者，他沒有時間去回憶。他以為永遠會是如此。但，到了五十歲左右，生命的開端開始回到他的身上。我一九四〇年的詩〈柳樹〉、〈手的十五年祭……〉都說明了這一點，這些詩據說引起史達林的不滿，並責備我，總在回憶往昔。

一九五七至一九六四

* * *

安娜[23]的房間：窗戶面對無名街……冬天街上落滿厚厚的雪，夏天長滿雜草——龍芽，茂盛的蕁麻和高大的牛蒡草……一張床，溫習功課用的一張小桌子，幾個書架。銅盞燈座上插著一支蠟燭（那時還沒有電器）。屋角掛著一幅聖像。那時沒有想用任何玩具、刺繡、明信片等——妝點這寒酸的環境。

* * *

我十一歲時寫了第一首詩（實在荒謬絕倫），在這以前父親不知為什麼就稱我是個「頹廢的女詩人」……我不是在皇村學校而是在基輔（福東克列耶夫）學校畢業，其實我在該校僅讀了一年。後來我在基輔高等女子訓練班學習了兩年……這期間（其中有過長時間的間隔）我一直在寫詩，毫無目的的為詩編了號碼。根據保留下來的手稿，我可以作為笑話告訴大家，〈吟唱最後一次會晤〉是我寫的第兩百首。

* * *

23 原文用的是第二人稱「安娜」，其實就是「我」。

一九一〇年六月我回到北方。到過了巴黎之後，覺得皇村死氣沉沉。這毫不奇怪。可是我在皇村度過的五年都那兒去了？我在那裡沒有見到我一個同學；在皇村也沒有邁過任何一家的門檻。彼得堡的新生活開始了。九月古米廖夫去了非洲。一九一〇至一九一一年我寫了一些詩，編成《黃昏》集。三月二十五日古米廖夫從非洲歸來，我把這些詩拿給他看。他感到驚奇，並予以表揚。

*　*　*

這個不知人生世故的小姑娘寫的可憐巴巴的詩，不知為什麼再版了十三次（不算我沒有見到的盜版本）。有的詩還用外文出版了。小姑娘本人（據我所記得）沒有預料到她的詩會有如此命運，所以總是把最初發表這些詩的雜誌藏在沙發的軟墊下，「免得傷心」。由於《黃昏》集的出版，使她甚至痛苦地去了義大利（一九一二年春天），坐在電車上，看著身邊的人，心想：「他們真幸福——不出書！」

成年時的安娜

斯列普涅沃[1]

那時我胸前佩帶孔雀石項鍊，頭戴鉤花小帽。在我的房間裡（北牆上）掛著一幅巨大的聖像——獄中基督。狹窄的木床硌得人難受，以致於每每夜裡醒來時，便久坐一陣，休息一下……沙發上方掛著一幅不大的尼古拉一世的照片，不像彼得堡假紳士們那樣做法——而如同奧涅金那麼認真的態度（「牆上掛著沙皇的御照」）。我不記得室內是否有鏡子——忘了。櫃櫥裡甚至殘

1 斯列普涅沃，尼·古米廖夫的母親安娜·伊萬諾夫娜（本姓利沃娃）（一八五四～一九四二）的家族莊園，位於特維爾省。（自此以下三則，《回憶與詩》編成一節，題為〈斯列普湼沃〉。——呂正惠校按）

留下一些舊的藏書，如《北方之花》[2]文選，還有勃朗別烏斯[3]和盧梭[4]的著作。我在那裡正趕上一九一四年戰爭，一九一七年最後一個夏天也是在那裡度過的。

……拉邊套的馬斜瞪著眼睛，神氣地挺著脖子。那時我輕鬆而又隨意地寫詩。我在等待來信，但一直沒有等到——沒人來信。我在夢鄉中常常見到這封信；夢見自己拆開信封，它或是用我看不懂的文字寫的，或是我雙眼正在失明……

農婦們穿著家織的無袖長衣下地幹活，那時老太婆和笨拙的大姑娘顯得比古典的雕像還苗條。

一九一一年我從巴黎一直來到斯列普涅沃，在別熱茨克火車站的婦女室服務的駝背女僕認識當地所有人，不承認我是小姐，並對某人說：「一位法國女人到斯列普涅沃老爺家來了。」而地方行政長官伊萬．雅科夫列維奇．傑林——一個戴眼鏡、蓄鬍鬚、行動遲緩的人，用餐時他和我位子相挨，由於靦腆得要死，他沒有找到別的話茬，便向我問道：「訪問了埃及之後，您到這裡會感到很冷吧？」事情是這樣的，他聽到那裡的年輕人說我太瘦（他們這麼認為）和神秘莫測，

2 《北方之花》文集，普希金時代的出版物（一八二五～一八三一）。
3 勃朗別烏斯，作家奧．伊．先科夫斯基（一八〇〇～一八五八）的筆名。他在《祖國之子》雜誌中主持「勃朗別烏斯伯爵散記」一欄。
4 盧梭（一七一二～一七七八），法國哲學家、作家、作曲家。

稱我是給眾人帶來禍患的倫敦著名的木乃伊。

古米廖夫忍受不了斯列普涅沃的環境。打哈欠，寂寞無聊，常常到莫名其妙的地方去。當時他寫下「如此無聊、不值得懷念的往昔[5]」，並在庫茲明—卡拉瓦耶夫家中的紀念冊[6]裡寫些平庸的詩。然而，他在那裡卻有所醒悟並有所收穫。

我不騎馬也不打網球，我只在斯列普涅沃兩家的花園裡採蘑菇。我還記得巴黎最後的晚霞（一九一一）……

有一年冬天，我來到了斯列普涅沃。美極了。一切都像是回到了十九世紀，幾乎回到了普希金的時代。雪橇、氈靴，熊皮墊子，厚厚的短大衣，錚錚作響的寂靜，山崗，鑽石般閃爍的白雪。我在那兒趕上了一九一七年。經過陰森的戰時的塞瓦斯托波爾，那時我在那兒患著氣喘症，住在租賃的冰冷的房間裡，如今覺得自己好像來到了夢寐以求的福地。那時拉斯普金[7]已被打死在彼得堡，那裡正在等待預定在一月二十日舉行的革命，那一天我在納旦．阿爾特曼[8]家中用午餐。他送給我自己一張畫，並題寫了：「畫於俄國革命之日」。而在另一張畫上（保存了下來）

5　引自古米廖夫〈往昔〉一詩中的句子。
6　庫茲明—卡拉瓦耶夫家中的紀念冊，即馬里亞和奧麗佳的紀念冊。她們是古米廖夫大姨的孫女。
7　格里高利．葉菲莫維奇．拉斯普金（一八六九～一九一六），俄國尼古拉二世時的神祕教士，沙皇和皇后的寵臣。
8　納旦．阿爾特曼（一八八九～一九七〇），畫家，曾為阿赫馬托娃畫過著名的肖像。

他題寫道：「士兵夫人古米廖娃留念，繪圖員阿爾特曼贈。」

* * *

斯列普涅沃對於我來說，如同建築中的拱門……先是很小，然後越來越大，最後——完全的自由（如果從那裡往外走的話）。

* * *

實際上誰也不知道自己活在什麼時代。在二十世紀頭十年裡我們也不知道自己是生活在第一次歐洲大戰和十月革命的前夕。

（一九五七？）

一九一〇年代[9]

一九一〇年代——是象徵主義危機的年代，列夫．托爾斯泰和科米薩爾熱夫斯卡婭先後逝世。一九一一年中國革命[10]改變了亞洲的面貌。那一年勃洛克在筆記本中寫滿了預見的話……《雕花柏木匣》……不久前有人告訴我：一〇年代是最沒有光彩的年代。當時大概應當這麼說，可是我的回答是：「除了上述一切以外，當時還是斯特拉文斯基[11]和勃洛克、安娜．帕夫洛娃[12]和斯克里亞賓[13]、羅斯托夫采夫[14]和夏里亞賓[15]、梅爾荷德[16]和佳吉列夫[17]的時代。」

誠然，如同所有時代一樣，當時也有很多沒有趣味的人（如謝維里亞寧）……但和粗糙的第

---

9 以下兩則《回憶與詩》編成一節，題為〈一九一〇年代〉。——呂正惠校按

10 指中國辛亥革命和一九一二年一月一日中華民國的成立。

11 伊．斯特拉文斯基（一八八二～一九七一），俄羅斯作曲家，一九一〇年僑居國外。

12 安．帕夫洛娃（一八八一～一九三一），俄羅斯芭蕾舞大師。

13 亞．斯克里亞賓（一八七一～一九一五），俄羅斯作曲家和鋼琴家。

14 伊．羅斯托夫采夫（一八七三～一九四七），俄羅斯導演。

15 費．夏里亞賓（一八七三～一九六八），男低音歌唱家。一九二二年移居國外。

16 弗．梅爾荷德（一八七四～一九四〇），俄羅斯革新派導演。

17 謝．佳吉列夫（一八七二～一九二九），俄羅斯戲劇和藝術活動家，一直僑居國外。

一個十年相比，一〇年代是個專心致志的端正的年代。命運磨滅了後半部，並讓人類流了很多血（一九一四年戰爭）……

* * *

二十世紀隨著一九一四年秋季戰爭開始，如同十九世紀開始於維也納會議。日曆上的日期沒有意義。象徵主義——無疑是十九世紀的現象。我們造了象徵主義的反是完全合理的，因為我們感覺到自己是二十世紀的人，不願意停留在前一個世紀……

城市

「藝術世界」畫派[18]的畫家意識到了彼得堡的「美」，順便提一下，他們也發現了紅木家具。我記得九〇年代——早期的彼得堡，那實際是陀思妥耶夫斯基的彼得堡。那是沒有電車、車全靠馬拉的彼得堡，馬車隆隆轟響，吱吱呀呀，船舶遊弋，街道從上到下掛著各種匾牌，這一切

18 指二十世紀初，團結在佳吉列夫主編的《藝術世界》雜誌周圍的美術家們。

都無情地遮蔽了房屋的建築形式。從靜謐的安適的皇村剛一來到這裡，感受尤其新鮮與強烈。成群的鴿子在客棧院裡飛來飛去，商場大院的拐角壁龕裡掛著巨大的身披金屬綴片的聖像和長明燈。涅瓦河上船隻來來往往。滿街講的盡是各種外國話。

樓房塗成紅色（如冬宮）、絳紅色、緋紅色，根本沒有駝色和灰色，如同現在這樣和淒涼和寒冷的蒸汽以及列寧格勒的黃昏融為一體。

那時在石頭島大街和皇村火車站周圍還有許多華麗的木頭房子（貴族私宅）。一九一九年這些房子當劈柴給拆卸了。那時還有更好的十八世紀的二層住宅，有的出自大建築師之手。「它們的運氣也不佳」——二〇年代在房頂上又加了層。九〇年代的彼得堡幾乎沒有綠茵。一九二七年我母親最後一次來我處時，她帶著自由民意黨員的回憶，不由得想起九〇年代，甚至更早的七〇年代（即她青年時代）的彼得堡，看到那麼多的草木頗感驚奇。這僅僅是開始！十九世紀出現了花崗岩和自來水。

再談城市[19]

三點意見

一、剛才在《星》雜誌上我驚奇地讀到（列夫．烏斯片斯基的文章），說瑪麗婭．費奧多羅夫娜乘坐金色馬車在街上閒逛[20]。胡說！——金色馬車在街上確實存在過，但只能在隆重的日子裡出行——如加冕典禮，婚禮，洗禮儀式，首次接見大使。瑪麗婭．費奧多羅夫娜外出時，只能讓車夫胸前佩戴各種獎章。奇怪的是，僅僅過了四十年，竟能臆造這種荒誕滑稽的話。那麼再過一百年會是怎樣呢？

一九五七（？）

二、當你讀到在彼得堡樓梯上總散發著煮咖啡的味道時，簡直不能相信自己的眼睛。那裡常

19 以下三則《回憶與詩》編成一節，題為〈再談城市〉。——呂正惠校按

20 見列夫．烏斯片斯基的文章〈摘自一位彼得堡老人的筆記〉。

常擺著高大的鏡子，有時鋪著地毯。但在彼得堡任何一棟樓房裡，除了路過的太太們的香水味和路過的老爺們的雪茄味之外，再沒有別的味道。也許那位朋友指的是「後面」（如今，基本上成了唯一的通道），那裡確實什麼味道都可能有，因為所有廚房的門都通向那裡。比方說，謝肉節時的烙餅味，大齋節前的香菇味和素油味，五月裡涅瓦的魚味。女廚工們烹調菜肴氣味過濃時就打開後門以便把怪氣散掉，（當時的說法就是如此），但後門樓梯上氣味強烈的是貓的腥臊味。

三、只有妓女晚上戴面紗。

* * *

彼得堡院落裡的各種雜聲。首先是向地下室扔劈柴的聲音。還有流浪樂師（「唱吧，小燕子，唱吧，讓心靈安定一些吧……」），磨刀匠（「磨剪子鏹菜刀……」），收破爛的（「收購舊衣裳，收購舊衣裳……」）。收破爛的總是韃靼人。鍍錫補銅器工匠的吆喝聲。「我帶來了維堡的花型小甜麵包」。有水井的院裡總是吵吵嚷嚷。

房蓋上邊煙霧繚繞。彼得堡的荷蘭火爐。彼得堡的壁爐專燒些無用的材料。嚴寒時節彼得堡的火災。城市的喧囂被鐘聲所淹沒。鼓點聲，總讓人想到押赴刑場的場面，輕便雪橇猛然撞在拱橋的石墩上，如今已經不太常見了。島嶼上最後的一棵樹枝總讓我想起日本版畫。馬嘴上凍成的冰溜幾乎挨著你的肩膀。雨天馬車車棚掀起來時，潮濕的皮革又是一股什麼味道。《念珠》集中詩，我幾乎全部是在這種情況下寫成的，回家只是把形成的詩記錄下來……

* * *

還有米哈伊洛夫監牢的兩扇窗戶保留了一八〇一年的原樣，似乎獄窗後邊還正在處決保羅[21]，還有謝苗諾夫兵營。謝苗諾夫練兵場，陀思妥耶夫斯基在那裡等待死刑，還有噴泉樓——一連串恐怖的交響樂……「舍列梅傑夫的菩提樹，管房人的相互呼叫[22]。夏花園……第一次——是沉醉在七月芳香的沉寂中，第二次是一九二四年浸泡在大水中[23]，再有一次，夏花園被挖成臭氣熏天的坑道（一九四一年），還有瑪律索沃教場的練兵，一九一五年夜裡訓練新招來的士兵（敲鼓），後來瑪律索沃開墾成菜地，沒人認真管理（一九二一），「在黑壓壓烏鴉翅膀

21　指保羅一世（一七五四～一八〇一），在全國推行軍事員警制度，被貴族陰謀分子殺害。
22　摘自阿赫馬托娃的詩〈我對你隱蔽了自己的心〉。
23　指彼得堡一九二四年水災。

下」[24]，還有押送民意党成員去執行死刑時經過的大門。離它們不遠的地方是木魯吉的大房子（出鐵廠街拐角處），我在那裡生平最後一次見到古米廖夫（那一天安年科夫為我畫了肖像）[25]。這一切都是我的列寧格勒。

詩的誕生

火車頭的火花

一九二一年我從皇村去彼得堡。舊的三等車廂裡塞滿了那時常見的大小包裹，可是我來得及占了一個位子，坐在那裡，觀望窗外的一切——甚至熟悉的地方。突然，和往常一樣感覺到某些詩句（韻律）意外地走近。我忍不住想抽菸。我知道，不抽菸什麼事也辦不成。摸了摸提包，找到一支乾癟的薩弗牌菸捲……可是沒有火柴。我身上沒有，車廂裡別人身上也沒有。我走到車廂平台上，那裡有幾位像孩子般大的小紅軍戰士在互相惡毒地鬥嘴。他們也沒有火柴，可是從火車

24 摘自阿赫馬托娃的長詩〈沒有英雄人物的敘事詩〉。
25 尤·安年科夫（一八八九～一九七四），俄羅斯畫家。

頭裡噴出來的大塊通紅的，像有生氣的濃濃的火花落在平台的欄杆上。我把自己手中的菸頭貼近它。大概第三次貼近時菸捲燃著了。那些小夥子們貪婪地盯著我巧妙的招式大讚不已。其中有一個人指著我說：她真豁出去了。於是我寫成一首詩，題名是：〈你不可能活下來……〉[26]。我看了看手稿上的日期，是一九二一年八月十六日（也許是舊曆）[27]。

一九六二年

26 〈你不可能活下來……〉一詩寫於古米廖夫被處決之後（一九二一）。

27 一九二一年八月十六日係指古米廖夫處決之日。

生活散記

那是一九三四年的事

我已經九年沒有發表過作品了（自從通過關於我的第一個決議之後）。展覽會上摘掉了我的照片，我的名字被刪掉，作品不再版，外國人說我不寫東西了，而且他們確信無疑。

一九三〇年因扎米亞金的《我們》和皮里尼亞克的《紅木》事件，我提出退出作家協會。這種行為，可想而知，對我沒有好處。我患了重病，而且很窮，使我不再去想自己的命運，那時以為會永遠如此。在皇村寫的長詩〈俄羅斯斯特里亞農〉進展緩慢。（「啊，兩個世紀的寵兒，他可知道，接受第三個世紀是何等的可怕」）。

一九四一年我對皇村最後的一次燃放彩燈作了這樣的預言。

我現在在寫什麼

近幾年我在研究普希金的創作。一九三三年在《星》雜誌上發表了第一篇有關這一問題的文章——〈普希金的最後一個故事〉。科學院出版的《普希金編年史》叢刊上今年發表了我寫的〈普希金創作中有關本傑明·貢斯當的《阿道爾夫》〉。

現在我在為科學院版普希金文集第三卷撰寫注釋（注釋《金雞的故事》）。這項工作幾乎占去了我的全部時間，所以把實現其他想法的工作都推遲了。[1]

我用很多時間從事翻譯工作。不久以前《星》雜誌發表了我譯的亞美尼亞詩人達尼埃·沃魯冉[2]的一首規模很長的詩〈首孽〉。現在我譯完了亞美尼亞當代詩人恰連茨[3]的兩首詩。

除此之外，我為科學院版普希金將注釋中所有的法文詩都譯成了俄文，以及普希金用法文寫的詩。

我寫了一些抒情詩。我為（「蘇聯作家」出版社）準備出版《詩選》集，其中不僅收入了早

---

1 普希金的全集（紀念版）出版時，沒有詳細的注釋。阿赫馬托娃的注釋發表在《普希金手稿……》一書中，一九三九年莫斯科出版。

2 達尼埃·沃魯冉（一八八四～一九一五），著有民族解放運動的詩〈民族的心〉。

3 恰連茨（一八九七～一九三七），著名長詩〈民族之歌〉和〈中國長詩〉等。

期出版的我的詩集中的詩，還有一九三〇至一九三五[4]年的詩。

我關注蘇聯詩作。當代的詩人中，我珍視和敬重的是鮑．帕斯捷爾納克。不久以前，我寫了一首詩獻給他。詩中最後幾行如下：

他永遠是一個孩子，
他有巨擘的洞察力和豁達，
整個大地都是他的遺產，
他卻把這一切都分給了大家。

為科學院版本的普希金寫完注釋之後，我準備繼續研究普希金創作的起源。題材很多，難說會選中哪個。

也許我會翻譯雪萊[5]的悲劇《欽契一家》，科學院出版社準備出版。

4 一九四〇年「蘇聯作家」出版社將這本詩集出版了，書名是《選自六本詩集．安娜．阿赫馬托娃的詩》。
5 科學院原定出版英國浪漫主義詩人雪萊（一七九二～一八二二）的這部悲劇，但翻譯設想沒有實現。

＊　＊　＊

一九三六年我又開始寫作，但文章已經變了，發出的聲音也不同了。生活是在這種珀伽索斯[6]的駕馭中進行，使人想到「啟示錄」[7]中的淡白的馬，當時還沒有誕生的詩（……）我已經不可能重回到前一種寫法上。哪種好，哪種壞，遠非我所能判斷。一九四〇年——是極點。詩在不斷地震響，像腳跟踩著腳跟，急急忙忙，喘不過氣來，有時，大概確是壞詩。

在「十字架」獄前排隊

賣牛奶的婦女把一隻桶擺在雪地上，大聲吆喝：「啾！昨天夜裡把我們家中最後一個男人抓走了。」

6　珀伽索斯，希臘神話中的飛馬。珀伽索斯的蹄子踏在赫里空山上，出現了伊波克倫泉。詩人從此泉中得到靈感。「跨上珀伽索斯」，意為充滿詩人的靈感。

7　「啟示錄」，《聖經．新約》的末卷，內容是關於「世界末日」。

我（排隊）站在檢查機關的樓梯上。從我這兒可以看到排成隊伍的婦女們從長長的鏡子前（在樓上的平台上）走過。我看到的只是純真的側影——其中沒有一個人瞟一眼鏡中的自己……

海軍將軍奇恰戈夫對前來探監的妻子說：「Ils m'ont battu」[8]。（二〇年代）。

恐怖時期，如果某人喪命，家人認為他是個幸福的人，對先於母親去世的人，寡婦和孩子們都說：「謝天謝地，他不在了。」

沒有比把某個人關押起來更容易的事了，但這並不等於說再過六個月不會讓你本人坐牢。

一九六四至一九六五

8 「他們打我」（法文）。

圍困時期

戰爭第一天。第一次空襲。公園裡盡是隱蔽壕——我抱著小沃瓦。鑄造廠的晚上。興高采烈的人群。到處在賣鮮花（白色的）。街上車輛魚貫而行：有載重大汽車，也有輕便小轎車。司機們沒戴帽子，身穿夏裝，他們每個人的身旁都是哭泣的婦女。這是列寧格勒運輸隊伍開往芬蘭前線去作服務工作。作家們的孩子們被運走了。在作家協會拐角處——集合。一雙雙不流淚的母親們的可怕的眼睛。

鉅款已從市內運去（銀行負債）。

水兵們拎著小皮箱走向自己的船舶。所有作家們都穿了軍裝。夏花園裡掩埋了一些雕塑和拉斯特列里的《彼得大帝》雕像。第一次大火。我在左琴科住宅作廣播。

每個小時都有警報。人們在搶救城市——可怕的聲音。

戰時初期廣播

我親愛的列寧格勒各位同胞、母親、妻子和姊妹們。一個月以來敵人沉重的打擊我們的城市，威脅我們。敵人以死亡和羞辱所威脅的是彼得的城市、列寧的城市，是普希金、陀思妥耶夫斯基和勃洛克的城市，是偉大文化與勞動的城市。我和列寧格勒市民一樣，一想到我們的城市會遭到敵人的踐踏就心情激憤。我的一生都與列寧格勒聯繫在一起，我在這座城市成了詩人，列寧格勒對我的詩歌來說猶如呼吸的空氣……

我現在和你們一樣，毫不動搖相信列寧格勒永遠不會為法西斯所占領。當我看到列寧格勒的婦女們義無反顧、英勇地保衛列寧格勒並維持它的人民的正常生活時，我的信念就會更加堅定……

我們的後代子孫們會對衛國戰爭時代的每一位母親給予應有的榮譽，他們的注意力會更聚集在列寧格勒的婦女們身上，是她們在轟炸時帶著消防鉤、消防竿和夾子站在屋頂上，保衛城市免遭火災；是列寧格勒糾察隊婦女隊員們衝進大火熊熊的建築火場去搶救受傷的市民們……

養育了如此堅強的婦女的城市，不會被戰勝，不會！我們，列寧格勒的人正在經歷著艱難的日子，但我們知道我們的祖國大地和大地上的所有人民都和我們在一起。我們感受到他們對我們的擔心，他們對我們的愛和支持。我們感激他們，並向他們保證：我們會永遠堅不可摧而且英勇剛毅……

一九四一年九月

一九四四年六月十一日在普希金市廣播大會上的發言

我們在慶祝偉大詩人光榮的誕辰。我們是在被普希金稱之謂「我們的祖國——皇村」、是在期待已久的被解放了的詩人的城市舉行這次紀念大會。普希金一直認為皇村是無愧於俄羅斯軍事光榮的紀念碑，他在許多詩中都談到這一點。皇村「祖傳的家園」，對他來說永遠神聖無比。對於我們來說這家園也將是如此。

黝黑的少年在林蔭路上漫步，
在湖塘池邊憂傷，
一百年後的我們，
仍然珍惜隱約可聞的漫步聲響。

尖尖的松針密密麻麻的覆蓋了矮矮的樹樁……
這兒放過他的三角帽，
還有翻得零亂的帕爾尼[1]的詩章。

一九四四

摘自致K的信（代序）

一九四〇年三月前半個月，在我的草稿的邊上開始出現與任何東西都不相聯的句子。這與草就的〈幻影〉一詩有特別關聯，那是我在維堡[2]攻擊戰和宣佈和談的夜裡寫成的。

當時我覺得那幾行詩有些含糊，甚至可以說是莫名其妙，它們久久未能形成完整的作品，好像是平常游離的句子，直到水到渠成，從其中產生了現在你們所見到的樣子。

那年秋天我還寫了三首抒情詩，最初想把這幾首詩併入〈吉捷日姑娘〉，寫一本《小長詩》，但其中一首，即〈沒有英雄人物的敘事詩〉突然衝了出來，不再是小的，主要的是它不能

1 帕爾尼（一七五三～一八一四），法國詩人，他的詩真摯抒發自己。
2 維堡區——列寧格勒東北一個區，有眾多大工廠、火車站等。

與鄰里相處；其他兩首〈陀思妥耶夫斯基的俄羅斯〉和〈手的十五年祭〉經受了另一種命運；它們大概毀於淪陷的列寧格勒，我在這裡，在塔什干想憑記憶恢復詩句，但卻無可挽救的殘缺不全。因此〈吉捷日姑娘〉獨自高傲地保留了下來[3]。

* * *

在塔什干由於「疏散的懷念」，我寫成〈老屋已有百年歷史〉[4]，在那裡，當傷寒病發作時，我時時刻刻聽到自己的鞋後跟在皇村外商商場大院裡得得地響聲——這是我上學校走在路上。教堂周圍的雪變暗了，烏鴉在叫，鐘聲在響，是在安葬某人。

* * *

我幾次提筆寫自己的經歷，但正像人們常說的，時好時壞。最後一次是一九四六年。它的唯

3　以下三則在《回憶與詩》中包涵在《摘自致K的信》的長文中，是此信的〈代序〉，信的主體部份請參閱本書「晚年」「一切都是多麼久遠的事了」以下各則。——呂正惠校按。

4　衛國戰爭時期，阿赫馬托娃避居到烏茲別克首府塔什干，在那裡寫了不少愛國抗戰的詩篇。

一讀者是逮捕我兒子的偵查員，他同時也搜查了我的房間（一九四九年十一月六日）。第二天，我連同手稿一起銷毀了自己所有文獻資料。我記得那些手稿中雖然不太詳細，但記錄了我一九四四年的印象——〈圍困後的列寧格勒〉、〈三株丁香樹〉——關於皇村和記述七月底赴捷里奧基——即到前線，為戰士們朗誦詩歌。如今，我很難恢復原文了。其他文字已經在腦中石化了，只能隨我一起消逝。

一九五七年（？）

阿赫馬托娃和與她的鬥爭[1]——紀念文學事業五十周年

一

一九一一年春我的詩集由阿波羅出版社出版。布列寧[2]在《新時代》雜誌上立刻做出反應，他以為用自己的諷刺文可以把我從大地清除，甚至連我的名字都沒有提。

一九一九年，布寧在敖德薩（嘲諷短詩《女詩人》）、勃留索夫在莫斯科（為慶祝阿杰林

1 阿赫馬托娃在紀念第一本詩集《黃昏集》（一九一一）出版和自己創作五十周年的文章中使用了這麼一種有挑釁的標題《阿赫馬托娃和與她的鬥爭》。（譯者注）

2 維·彼·布列寧（一八四一～一九二六），文學與戲劇評論家，詩人，出版過幾本諷刺文集。他惡毒地嘲笑頹廢派和象徵派作品，尤其是勃洛克。他用不同的筆名嘲笑阿赫馬托娃的詩作。（譯者注）

娜·阿達里斯的會上）都要把我滅掉。[3]一九二五年（自從列列維奇在《在崗位上》，彼爾佐夫在《藝術生活》報上，斯捷潘諾夫在列寧格勒《真理報》上等等當時的報刊上）開始有步驟地、堅持不懈地圍攻我，再也不發表我的作品了。（科·丘科夫斯基當時發表了一篇論文〈兩個俄羅斯〉[4]的作用。）可以想像我當時的處境[5]。這樣一直繼續到一九三九年，有一天，斯大林在向作家頒發勳章的招待會上，問及我的情況。

---

3 勃留索夫（一八七五～一九二四），俄國詩人，他在「女詩人晚會上」，為慶祝阿杰林娜·阿達里斯（一九〇〇～？），而貶低阿赫馬托娃。後來他在〈詩數首〉一文中（一九二二年）寫道：「更可悲的是詩人重覆自己，這種重覆顯得更為暗淡無光。安娜·阿赫馬托娃的詩就是如此。」（譯者注）

4 科·楚科夫斯基（一八八二～一九六九），俄羅斯作家，他的《兩個俄羅斯》，專門談阿赫馬托娃與馬雅可夫斯基的創作。作者將貴族文化和它的代表人物阿赫馬托娃與新的革命的俄羅斯歌手相比。作者高度評價這兩位詩人，並相信他們的聲音將彙聚在新的俄羅斯詩歌中。（譯者注）

5 「聯共（布）中央通過一個決議（一九二五？）從未發表過，是馬·沙吉尼揚在涅瓦大街上告訴我的。從那時起再也不邀請我朗誦詩了。這一點從發言人的名單上可以看出。經過長期中斷之後，我和茹拉夫廖夫一起在維堡區文化館紀念馬雅可夫斯基的會上（他逝世十周年）朗誦了我的詩。這個決議（第一個）看來不像一九四六年著名的決議那麼包羅萬象，因為還讓我為科學院出版社翻譯《魯本斯的書信集》，此外還發表了我撰寫的有關普希金的兩篇文章，但再沒有向我索要過詩作。這時我為同情皮里尼亞克和扎米亞京，退出了作家協會。一九三四年我沒有填寫申請入會表格，便沒有進入蘇聯作家協會。」（阿赫馬托娃原注）沙吉尼揚（一八八八～一九八二），蘇聯著名女作家。（譯者注）

此後，在列寧格勒的雜誌上發表了我為數不多的幾首作品，那時蘇聯作家出版社收到指令：出版我的詩集。於是出現了經過篩選的詩集《選自六本詩集》。這本詩集在人世間大概只存在了六個星期[6]。

《柳樹》（譯按，《選自六本詩集》中新編成的一集，後改名《蘆葦》）雖然國外有要求出版的呼聲，但在國內從未出版過單行本。

後來，大家都知道，我無數次銷毀所有手稿，到了一九四六年，由於一些人煞費苦心的關注（斯大林、日丹諾夫、謝爾吉耶夫斯基、法捷耶夫、葉戈林），再次進行銷毀。最後提的那個人葉戈林已於昨天去世，可是我的詩多多少少還活在人間，但報刊上從不提我的名字（也許是在遵守舊的可尊敬的傳統）。至於一九五八年出版的《詩集》，沒有一處提過。

6 「以下一個情況影響了這本詩集的命運：蕭洛霍夫被推選獲斯大林獎金（一九四〇）。支持他的有阿．托爾斯泰和涅米羅維奇——丹欽科。阿謝耶夫因長詩《馬雅可夫斯基開始了》也應獲得該獎。各種流言四起，應該發生的事發生了：《選自六本書》遭到查禁，並從書店的櫃櫥上和圖書館裡下架。不知道意大利人 Di Sarra 為什麼認為這本書是我的全集。外國人認為我不再寫詩了，其實一九三五到一九四〇年間我寫了《安魂曲》。」（阿赫馬托娃原注）

二

「冰封的涅瓦河上是如此」，莫斯科河上也是如此，但大家都知道，例子是能誘人的。「……與她的鬥爭」轉移到國外去了。我的狀況在那裡尤其無望，因為唯一能替我說話的人，也就是我的詩——那裡沒有，代替我的詩的是些稀奇古怪的逐字翻譯，把意思翻得顛三倒四（見意大利的 Einaudi，法國的 laffite），更有駭人聽聞的傳說，大講我對勃洛克的不可救藥的戀情，彷彿我的戀情讓所有人都有快感[7]。此外，我的其他的罪名也不少。有人指責我不是象徵主義女詩人。有人拿我和「革新派」對立，並認為我再無用處。沙茨基硬說古米廖夫認為我的詩不外是「詩人的夫人的一時消遣」而已，（與所有報刊上古米廖夫的反響相悖）。格奧爾吉·伊萬諾夫在奧多耶夫采娃的指使下終生都在極力刺傷我，從他那趣味低下的《彼得堡之路》開始。

我不知哈金斯是在誰的指使下，抱著什麼目的，在自己編的《俄羅斯文學索引》中寫了一些淫詞穢語，致使我對熟人重述其內容時，別人甚至難以相信。他的來源出自何處?!彼埃爾·謝蓋爾在翻譯我的詩集（一九五九）的封面上刊出誘人的消息，說我兩次離婚（在封面上！），說我

---

7 「我再重複一遍，這種謠言只有小縣城的水平，它出現於二〇年代，也就是勃洛克逝世以後，而在前十年間大家都很清楚誰和誰有戀情，關於杰里馬斯大家大聲談論，說她是卡門，誰也不懷疑等等。」——（阿赫馬托娃原注）

第一次是被迫，而這事發生在革命前。我的可憐的離婚人！（一九一八年八月初）。他是否會想到，事隔四十年這事竟有幸成為類似國際性的醜聞。而我這期間哪兒也沒有去，沒有與任何人講過，完全不知道整個發展的過程。我只是收到一張紙，說和某某人離了婚。那時是飢寒、恐怖的年代，大家都遷往了他處（有的人一去未返），那時沒有正常生活，都在離婚。那時大家都早已習慣於看到我們分居，誰也不關心別人的事。哪有那種心情！可是四十年過去了，我得知自己是在革命前被迫離異。為什麼「在革命前」，為什麼是「被迫」？這一消息我應當感謝誰。大概傳遞這一美好信息的人希望埋名隱姓，正像古代說法[8]。

（有一天，偶然從朋友羅然斯基家中的書架上取下一本書，從中得知我是個 Amie Intime[9]，您猜對方是誰？——帕斯捷爾納克——這是 Rayne 的發現，大概誰也不會和他爭論。）

* * *

8 「我曾莽撞地相信：X寫的人只有我一個人離婚，其實他寫的其他人也都離過婚，如果不是離過一次婚的話（如阿·托爾斯泰、西蒙諾夫、別爾戈立茨等人）。」（阿赫馬托娃原注）

9 「Amie Intime」（法文），即「曖昧的女友」。（譯者注）

二〇年代初，正常的評論終止了（奧新斯基[10]和科倫泰[11]的努力立刻召來反擊），代之而來的是某種沒有前例的但（完全）絕非模棱兩可的。在當時那種報刊制度下要想保全自己是根本不可能的。生活漸漸地變成不斷地等待死亡（charite）[12]。在佩爾佐夫、列列維奇、斯捷潘諾夫[13]等人的第一批文章之後，要想找工作當即成了泡影。

一位研究者與阿赫馬托娃對話片段

拉特馬尼佐夫[14]（以下簡稱拉）：安娜．安得烈耶夫娜，請講一講一九二四年的事？為什麼

---

10 尼．奧新斯基（一八八七～一九三八），蘇聯國務和黨政活動家，肅反時被當局處決。他曾高度評價阿赫馬托娃的創作。（譯者注）

11 亞．柯倫泰（一八七二～一九五二），蘇聯著名婦女黨務工作者，對阿赫馬托娃的創作有很好的評價。（譯者注）

12 charite（法文），「老年公寓」。（阿赫馬托娃原注）

13 「不知為什麼我在標題中想起《抒情詩和反革命》（?!）。」（阿赫馬托娃原注）

14 米．弗．特拉馬尼佐夫（一九〇五～一九八〇），多年從事阿赫馬托娃和古米廖夫研究工作。他搜集了幾乎所有他們的報刊材料，在研究家中算是個有名的人物。特拉馬尼佐夫與一九六三年和阿赫馬托娃相識，以後多次採訪阿赫馬托娃並與她交談。阿赫瑪托娃很信任他。他逝世後，他的女兒把有關阿赫馬托娃的材料都轉贈給阿赫瑪托娃紀念館。（譯者注）

對您的詩作下了禁令？為什麼不再發表您的詩作？為什麼把已經印完的您的兩卷集銷毀了？

阿赫馬托娃（以下簡稱阿）：一九二四年我收到莫斯科發來的請柬，在那裡舉行我的新詩文學集會。我去了莫斯科，朗誦了很多長詩。我朗誦了〈誹謗〉和最新出版的 *Anno Domini* 詩集中的詩，這些詩以前未發表過。有一位大人物出席了集會，他不喜歡我的詩。所以，這次集會後我的詩就被禁止了，再也不予發表。印好的兩卷集也被銷毀了。這次禁令延長很久，一直到一九三九年再沒有發表過我的作品。於是我開始從事翻譯、文學研究、撰寫有關普希金的文章。我的詩作不再見報。所以大概就形成了傳説，説我緘口不語了。但是我還是不斷地在寫作，也沒有停止寫詩。一九三九年在一次文學會議上，斯大林突然想起了我：「阿赫馬托娃到哪兒去了？」有人告訴他，説我在列寧格勒。「為什麼不寫作品？」別人向他做了解釋，提起一九二四年的事。「還是允許她發表吧。」所以一九三九年就又讓我發表了。一九三九年我在雜誌上發表了一些詩。後來又發表了一些。編好並印行了詩集《選自六本詩集》。這本詩集問世後我又遭到禁止。這本詩集是一九四〇年出版的，斯大林看到了。其中有一首詩他不喜歡。他甚至沒有注意寫作年代。那是一首過去一九二二年寫的詩，又不准發表了，這次已是斯大林親自下的禁令。

我的詩能重見天日已是在戰爭年代。

為愛倫堡寫的[15]

一[16]

重提一九六四年和八月十四日斯大林的作用——不僅是時候，而且非常重要。我認為這事和邱吉爾的講話[17]相互呼應，這一發現很合乎道理。

簡直無法逐句引證日丹諾夫的話，如：他讓自己……（沒有寫完）。

一方面，新青年對這些事一無所知，對他們也沒有任何教育意義[18]，而沒有讀過我的書的人

---

15 阿赫馬托娃這段文字的標注是「為愛倫堡寫的」。阿赫馬托娃的工作本中有幾處這類注明，大概是在為他寫作提供材料。

16 本節以第三者口氣寫成。伊．愛倫堡（一八九一～一九六七）是作家和社會活動家，阿赫馬托娃晚年和他有所接觸。愛倫堡當時接近官方，曾企圖從牢獄中解救被關押的古米廖夫，替阿赫馬托娃平反。他曾想把阿赫馬托娃的材料用在他的隨筆《人、歲月、生活》中。（譯者注）

17 「……和邱吉爾的講話相比」——阿赫馬托娃深信一九四六年的決議和英國首相邱吉爾同年在美國密蘇里州富爾頓發言中奠定的「冷戰」政策是相互呼應的。（譯者注）

18 「青年人是從日丹諾夫的報告中知道了『淫蕩』這一詞組的」。（阿赫馬托娃原注）日丹諾夫的報告中提到：「阿赫馬托娃的題材，徹頭徹尾是個人主義的。她的詩歌的音域局限到異常可憐的限度——

至今還在提「阿赫馬托娃的淫猥的詩」（見奧澤羅夫[19]評論中所引的話），不給他們端上他們喜歡的菜。更不能容忍的是他們的腔調。這裡至少需要十八世紀決鬥者的風度。（「我不相信我的眼睛」等等。一個婦女，一個抒情詩人，從沒有寫過一句淫蕩的詩，說她是……，十五年來一直用這事例垂教後來的年輕人……所有學府考試時都有這一考題）。

主要是這一現象並無前例。也可以講這是阿赫馬托娃徒有的虛名。左琴科和阿赫馬托娃被開除作家協會，注定要過飢餓的日子。各種語言同樣類型的謾罵的文章數以千計。左琴科和阿赫馬

這是一個奔馳於閨房和禮拜堂之間的激怒的女太太所寫的詩歌。主要的東西——這就是戀愛與色情的主題，再和悲哀、憂鬱、死亡、神秘主義與宿命論的主題交織在一起。宿命論的感情（是垂死集團的社會意識所表現的感情），在臨危之前的絕望的悲慘的調子——這就是阿赫馬托娃的精神世界，那一去永不復返的美好的舊葉卡捷琳娜女皇時代的古老貴族文化的殘餘的精神世界。假若不是講修道的尼姑，那就是講淫蕩的女人，其實講得更正確一點，是既講淫蕩的女人，又講修道的尼姑，在她的身上，淫蕩和修道是混淆在一起的。

『我的天使的樂園向你發誓，
我的創造奇蹟的神像
和我們熱情的夜的陶醉向你發誓……』

（阿赫馬托娃 *ANNO DOMINI*）

這就是阿赫馬托娃和她那渺小的、狹窄的私人生活，那極不足道的個人體驗以及宗教與神秘的色情的全新表現。」

（俄文版原注）

19 列．奧澤羅夫（一九一四～），蘇聯詩人、評論家。

托娃——不過是古典風格的兩張面具（一個是喜劇的，另一個是悲劇的）。

在莫斯科：作家俱樂部晚會上，全體人員兩次起立。斯大林問：「是誰組織起立的？」[20]

二[21]

㈠、於是，後期的阿赫馬托娃走出了「愛情紀錄」（《念珠集》），在這個體裁方面無人可以與之比肩，她可能多少帶著某種惋惜和懊悔放棄了這一體裁，轉向對詩人的作用和命運的思考（古典的篇章，致帕斯捷爾納克），關於職業的思索（〈有時是這樣〉），〈最後的詩篇〉，輕鬆地描繪寬闊畫面的（〈陀思妥耶夫斯基的俄羅斯〉、〈皇村讚歌〉、〈在斯摩棱斯克大道上〉），這些作品確定了詩人對一切的平等態度。出現了敏銳的歷史感（〈俄羅斯和特里亞農宮〉），公園裡——漫畫式的速寫（以下字跡不清）和回憶的第一層（〈拐角〉）。

㈡、時間還證明了她的詩作的另一特質——耐讀性。自從第一本《黃昏集》出版後，已經過

20 阿赫馬托娃應邀赴莫斯科出席朗誦會。她來到會場時，大家起立表示歡迎。她朗誦完自己的作品時，大家起立表示祝賀。斯大林得知這一消息後，便質問：「是誰組織起立的？」（譯者注）

21 本節以第三者的立場寫成。

了半個世紀。至少有四代讀者熟悉它，他們都帶著不同的眼光時而翻閱。

㈢、〈克婁奧佩特拉〉、〈但丁〉、〈梅爾霍拉〉、〈狄多〉都是強勁的畫像。這類作品不多，很少出現。但它們很醒目。每個作品都有自己的特色。是些痛苦異常的作品。

㈣、〈回憶有三個時代……〉——這首詩開啟了心靈某種神祕的寶箱，甚至超越了所允許的界限。

㈤、音樂代替了建築，土地代替了流水。皇村的瀑布早已聲響靜息，喧囂的是科馬洛沃的〈菩提〉松柏，死去的是人，復活的是影子。

㈥、一九四〇年，〈手的十五年祭〉、〈陀思妥耶夫斯基的俄羅斯〉和〈陀思妥耶夫斯基〉，是三聯詩的開端（同屬一九四〇年）。

關於一次訪談錄

大概在一九四六年左右，斯大林身邊某一位聰明人建議他用機敏的辦法，把對我詩中充滿宗教色彩的批評改掉（二〇～三〇年代盡是列列維奇、謝里瓦諾夫斯基這類謾罵的文章），代之以指責淫蕩。

大家都知道，雖然我有生以來從未寫過一首淫蕩詩，國內都在大聲嘲笑〈決議文〉和日丹諾夫同志的報告，——但對國外來說，情況就不同了。因為我的詩完全不能翻譯。

挨罵的，吹捧的，
你們的聲音，既簡單又粗魯——
任何一種文字
都無法把你們譯出。

這些詩，過去也好，現在也罷，都不可能為廣大讀者所知。但辱罵它們具有宗教色彩，對於天主教徒和於路德教徒等等就成了褻瀆「res sacra」[22]，也就無法和它們進行鬥爭了。（我會被宣判為殉難女性）。

這也算是色情！——大家都感到有失體面（尤其是古板的英國，當時很實際，見邱吉爾在富爾頓的講話）。

請允許我提及一九四六年一件有趣味的細節，大概這事已被眾人忘卻了，而國外也許根本不知道。一九四六年好像要為我恢復名譽。（在列寧格勒他們硬要我做三次演講）。他們把我的文集用各民族文字出版的計畫拿給我看，甚至發給了我（免費）寄東西的證件，還給了幾塊衣料，讓我用以遮擋身體（記得，我後來稱它是「我的依佐拉最後的禮物」）。

七月最後一天，亞．亞．普羅科菲耶夫[23]給我打來電話，讓我晚上到「阿斯托利亞」賓館出席列寧格勒準備隆重地接待的戰時援助過蘇聯的美國人。他們都是宗教人士。請讀者相信我的話，一九四六年七月最後一天到當年八月十四日我沒有寫過任何「淫蕩的詩」。但卻聽到一片喧嘩聲：「還是個女人——真可怕。」這種讓人失體面的現象來自何方？事情發展到如此情況致使無所畏懼的布爾什維克政府在戰勝希特勒之後，不得不借助國家法令和這個可怕的女詩人進行鬥

22　「Res sacra」拉丁文，「神聖的事業」。

23　普羅科菲耶夫（一九〇〇～一九七一），俄羅斯詩人，當年是列格勒作家組織的負責人。

爭。何其嚴重啊！二十年後（一九六一年）我們看到了在世界發行量最廣的報紙（《紐約論壇報》）上發表的阿．威廉斯[24]「不朽的文章」。披露淫蕩的手法如此迷人，甚至把它印在報頭上：「俄國人重新發表二十年代作為淫蕩詩歌被禁止的作品。」

評論一九五〇年前我的創作道路不該由我來做。（一九四九年十一月六日）為了營救第二次被捕的、受盡拷打並可能被判處槍決的兒子，為了救他（我那時寫了一組〈和平光榮〉詩），至於現在看過去所作所為，大概具有一定的根源，雖然我完全不積極（當文章發表時，我正躺在醫院裡輸氧氣），我顯然是橫站在某人的路上，妨礙了某個人。（〈在那裡〉）妨礙誰，為什麼？

我看到的每個新的材料都超越過去（格．伊萬諾夫、斯特拉霍夫斯基、狄．薩拉、里別利諾）[25]，如今我不得不承認阿蘭．威廉斯是我的維多里亞．雷吉。

那麼C．K．馬科夫斯基呢（?!）

一九六二年六月十二日

列寧格勒

24 阿蘭．威廉斯——美國文學評論家。文章後邊阿赫馬托娃提到幾個與她長期爭論的俄國流亡國外的評論家的名字。她嘲弄地稱威廉斯是維托里亞．雷吉最高的或勝利的代表，並把他的文章作為控告的證據發表在《紐約論壇報》上（一九六一年十一月二十四日）。

25 里別利諾——即安吉洛．馬里亞——意大利文學評論家和翻譯家。

P.S. 順便說一下，國家出版社像是為慶祝我從事文學事業五十周年（一九一〇～一九六〇）出版了一本文集，其中有亞·亞·蘇爾科夫[26]的〈後記〉作為賀詞。

周年紀念日

這一天（八月十四日）[27]像是文學的一個節日：謾罵的文章在報刊上鋪天蓋地，報告會、討論會在各地舉行。

一九四八年轟轟烈烈的日子依舊，幾天後，日丹諾夫突然一命嗚呼[28]。一切重新開始。這位國務活動家一生不朽的光輝業績似乎只是用不堪入耳的語言謾罵一個老女人。當時還準備為日丹諾夫立碑、出版全集。兩者都沒有實現。

---

26 阿赫馬托娃的《詩選》（一九六一年）出版時，亞·亞·蘇爾科夫（一八九九～一九八三）作為詩人和蘇聯作家協會書記附有一篇後記，阿赫馬托娃的詩選正是由他主編出版的，另外還有前一本詩選也是他促成出版的（莫斯科，一九五八年）。（譯者注）

27 一九四六年八月十四日聯共（布）通過關於《星》和《列寧格勒》雜誌的決議（日丹諾夫關於上述兩雜誌的報告）。所以每年八月十四日都作為它的周年紀念日舉行各種活動。（譯者注）

28 日丹諾夫死於一九四八年八月三十日。

我那時的生活主要是挨餓受凍，加上經受兒子（被補）的煎熬。他已經在諾里斯克度過永恆的嚴寒，後來參軍，獲得過「占領柏林」獎章。如今要把他從科學院研究生院（勃羅夫科夫[29]和科津[30]領導下的）驅趕出來，其實很明顯禍起於我。（他大概是一九四七年秋被驅逐出研究生院的）。那一年冬天，我正在寫作〈石客〉。據說，斯大林時而問及：「那個尼姑在幹什麼？」

這樣一來，我不僅有可能見到自己的被剝奪公權終身，而且甚至有可能見到自己肉體的死亡。大家公開地表示希望我不要再活在世上。所以都說：「若是我，乾脆死了。」（如奧斯梅爾金所說[31]）。

也不知道是有人放出的風聲，還是自己冒出來的——說阿赫馬托娃自殺了。據說是一位為解剖屍體的醫生的兒子說的。連續不斷地有不認識的人（甚至從莫斯科）打來電話，核對消息的真實性。街上排隊的人群，公共廚房裡的男女，都在好奇地議論這事件。這成了民間傳說。

為了向群眾解釋這一行為，當局向各地派出了特使：

---

29 阿·庫·勃羅夫科夫，語言學家，突厥學專家。

30 斯·亞·科津，文學史家，突厥學專家。

31 亞·亞·奧斯梅爾金（一八九二～一九五三），俄羅斯畫家，一九三八～一九三九年為阿赫馬托娃畫過肖像（〈白夜〉噴泉樓，油畫）。（譯者注）

1. 巴甫連科[32]——去克雷木，

2. 沙吉尼揚——中央亞細亞，

3. 吉洪諾夫——外高加索，

4. 維什涅夫斯基——貝爾格萊德，

5. 法捷耶夫——布拉格。

阿·阿·日丹諾夫被派往「案發現場」。調動了In corpore[33]作家協會出席他在斯莫爾尼宮的報告。除此之外，大廳裡還出現了奇模怪樣的陌生人，他們個個坐在作協會員之間。幾扇大門不知為什麼都上了鎖，禁止任何人外出（甚至感到身體欠佳的人）。

有個人來找我，讓我一個月內不要離開自己的家，但要不斷靠近窗戶，以便能從花園裡看見我。我的窗戶下，花園裡，擺了一張椅子，有人晝夜（坐在那裡）值班。[34]

---

32 帕甫連科、沙吉尼揚、吉洪諾夫、維什涅夫斯基、法捷耶夫——當時都是蘇聯當權作家。那時每次正式出訪都有一項任務：講解日丹諾夫的報告和聯共（布）決議中關於批判阿赫馬托娃與左琴科的精神。

33 In corpore（拉丁文）——「全體」之意。（阿赫馬托娃原注）

34 阿赫馬托娃在這種惡劣的形式下，沒有被嚇倒，沒有移居國外，她毅然地佇立在祖國大地上，和多災多難的人民同受苦難、堅持寫作，成為俄國二十世紀最傑出的女詩人。（譯者注）

晚年

一切都是多麼久遠的事了……戰爭第一天，不久以前還是那麼近，還有勝利日，彷彿就是昨天的事，還有一九四六年八月十四日……這已經是歷史了。前些日子我把譯文有的交了出去，有的沒有交出去，札莫斯科沃列茨的住宅[1]，還有那些在白夜的背景前氣凶凶地擺來擺去的小松樹。

這兒已完全是北方季節——
今年，我選中秋天作為女伴。[2]

這是我去年寫的詩句，如今已經顯得那麼久遠了，而我現在居然想描繪十九世紀九〇年

1 札莫斯科沃列茨的住所——是阿爾多夫的家，阿赫馬托娃經常住在那裡——即大奧爾登卡街十七樓十三室。
2 這段詩句引自組詩〈野薔薇開花了……〉（一九五六）。

代！[3]

關於一本我永遠不會寫成的書，但不管怎樣它已存在，人們值得被寫進去。最初我想把它全都寫出來，現在決定把幾段加入關於我的生平和我這一代人的命運中去。這本書早就想寫，個別章節為我的朋友們所知曉。

* * *

* * *

我思考了那麼久，自己卻沒有意識到，誰能相信這一點呢？記憶變得異常敏銳。往事湧上心頭，並有所要求。要求什麼呢？親愛的遠去的影子幾乎在與我對話。對於他們來說，這也許是最後一個機會，當被人們稱之謂朦朧狀態的事可能擦肩而過。不知從什麼地方冒出我半個世紀前講

---

3 自此以下至〈詩人和他當年撰寫的一切……〉共十三則，在《回憶與詩》中是《摘自致K的信》的主體部分，此信的〈自序〉已見前。這兩部分最好作為整體閱讀，對了解阿赫馬托娃晚年的創作理念是非常重要的。——呂正惠校按

過的話，而近五十年來我一次也沒有記起這些話。只能用夏季的孤寂和與大自然的親近來解釋這一切現象，未免有些奇怪，然而大自然早就讓我想到死亡。

* * *

我寫自己生平的書已經進行多年了。我發現寫自己非常無聊，而寫別人或其他事（如彼得堡，帕夫洛夫火車站的氣味，貢格爾堡的帆船，奧德薩港進行了四十天大罷工的末期）卻很有意思。儘量少寫自己。

* * *

必須提到一月九日[4]和對馬島[5]——整個一生受到震撼，因為是初次，所以尤為可怕。

4 一九〇五年一月九日，沙皇政府對彼得堡工人和平遊行進行大屠殺，被稱為「流血的星期日」。

5 指一九〇五年一月、俄在對馬海峽海戰，俄軍大敗。

我擔心自己在這裡寫的一切都屬於陰鬱題材——「浮士德的女兒」（見都德的《扎克》）[6]，也就是說，這一切根本不存在。人們越是誇獎這種平庸可憐的胡言亂語時，我就越不相信他們。之所以如此，因為我本人在這些話語中看到和聽到那麼多的內容，以致於完全抹殺了話語本身。

* * *

* * *

如果來得及思考諸多事情，並寫出其百分之一來，該是多麼幸福呵……

* * *

6 都德（一八四〇～一八九七），法國作家。「浮士德的女兒」是他的長篇小說《扎克》中的人物。

一本和《安全保護證》[7]和《時代的喧囂》[8]堪稱姐妹篇的書應該問世。我擔心和自己那兩位絕妙的堂姐妹相比，會顯得不倫不類，平淡無味，如同灰姑娘等等。

他們兩個人（鮑里斯和奧西普）撰寫自己的書時剛剛進入成年，那時他們所回憶的事還不像故事那麼久遠。但從二十世紀中期的高度觀察十九世紀九〇年代，不頭昏眼花幾乎是不可能的。

* * *

我絕不準備復活「生理體裁特寫」，並把大量無關緊要的細節堆砌在書中。

* * *

我事先奉告讀者，回憶錄中一般來説百分之二十多多少少帶有偽造成分。隨便引證別人的話應當被視為違法的行為，應當受到刑事處分，因為它輕而易舉地從回憶錄中會轉寫入受人尊敬的

---

7 《安全保護證》，鮑里斯．帕斯捷爾納克的散文體自傳（一九三一）。

8 《時代的喧囂》，奧西普．曼德爾施塔姆的自傳（一九二五）。

文學著作或傳記中。連續不間斷——也是一種欺騙。人的記憶力就像一盞探照燈，它會照亮個別現象，而把不可逾越的黑暗留在周圍，即使記憶力再好，也應當允許它忘掉某些事。

* * *

從什麼開始都可以：從中間，從結尾或從開頭。比如一九五一年，現在我希望這座陽台鑲有玻璃窗的綠色小房子（我住在其中的一間裡），總是佇立在我的（閉著的）眼前。當我在蘇聯第五醫院（莫斯科）服了潘托邦藥片後，大概是在藥丸作用下，躺在那裡時，其實這些房子還沒有出現——一九五五年才建築起來，但當我親眼看了它們時，我立刻想起過去在什麼地方見過它。

於是我在〈尾聲〉中寫道：

我彷彿住在夢裡陌生的人家中，
也許，我已在那裡死亡……[9]

9　引自阿赫馬托娃〈野薔薇開花了〉組詩中的〈尾聲〉——「讓某些人還在南方修養吧……」

* * *

Pro domo mea[10]我說兩句。我從來沒有飛離或爬出詩歌領域，雖然划船的槳櫓不止一次狠狠地打在死抓住船舷的雙手上，不得不沉下去。我承認，我周圍的空氣時而失掉潮濕和穿不透聲音，像水桶放入水井時，代替歡快的潑濺聲發出撞擊石頭的乾啞聲，總之窒息的時期來到，有時延續數年之久。「認識語文」、「文字相撞」現在已成為通用術語。原來是大膽創新，三十年後聽起來則屬於平庸無味。還有一條路——準確性，更重要的是讓每個字在句行中占據自己的地位，彷彿它在那裡已站了一千年，而讀者聽起來如生平第一次。這是一條艱巨的道路，但如能辦到這一點時，人們會說：「這是關於我，這好像是我寫的」。我有時閱讀或聆聽別人的詩時，（偶爾也有這種感覺）。這像是嫉妒，但比較高尚一些。

X．問我，寫詩——艱苦還是容易。我回答說：如果有人口授，那麼寫詩就非常容易，如果不是口授——則簡直寫不成。

一九五九

10 拉丁文，「關於自己」。

* * *

詩人和他當年撰寫的一切有一種神祕的聯繫，它們又經常與讀者所想的某一首詩相矛盾。

比如，對於我來說，我的第一本詩集《黃昏》集（一九一二）中現在真正喜歡的只有這麼兩句：

我陶醉於說話的聲音

那聲音和你的多麼相像。[11]

我甚至覺得，我的詩中很多東西都是由這兩行詩中派生出來的。

另一方面，對我來說模糊不清的、寫不下去的、根本沒有代表性的〈護士，我來接你的班……〉那首詩中我喜歡的句子是：

早已聽不見手鼓聲，

11 此句引自阿赫馬托娃一九一一年撰寫的〈白夜〉一詩。

而我知道，你怕寂靜。[12]

至於批評家們至今常提到的詩，對我來說完全無所謂。

對作者來說，詩可以分成兩種：一種是他可以想起是怎麼寫成的，另一種彷彿是自己誕生的。在某些詩中詩人註定聽到提琴的演奏，這種聲音幫助他寫成了這首詩。另一種——可能聽到火車的隆隆聲，它曾妨礙他寫作。詩可以和香水和鮮花的氣味聯繫起來。寫作組詩〈野薔薇開花了〉時，我確確實實聞到了野薔薇的芳香。

這不僅與自己的詩作有關，也與普希金的詩中我聽到的皇村瀑布傾瀉的聲音（「這些有生命的水」）有關，我趕上了它的尾聲。

摘自日記

……風雪輕輕刮起。傍晚很安寧，非常寂靜。T．很早就走了——我總是獨自一人，電話機默不作聲。一些詩紛至沓來，我和往常一樣總把它們驅趕走，直到聽到真正的詩句。整個十二

12 此句引自阿赫馬托娃一九一二年撰寫的〈護士，我來接你的班……〉

月都充滿詩情，雖然心臟經常作痛而且又頻繁復發，可是〈梅爾赫拉〉[13]還沒來，只是隱隱閃閃，也就是說，還是一些次要的東西。不過我還是可以征服它。

想寫回憶的企圖突然喚起一大堆往事，記憶在加深，如同患病：說話聲、雜音、氣味、人們，巴甫洛夫公園裡樅樹上的銅十字架，等等等等，無窮無盡。比如想起我第一次在維亞切斯拉夫·伊萬諾夫那裡朗誦詩的情況，那是一九一〇年，也就是五十年前[14]。

處處要保護詩作，免受其他影響。

最近，我總覺得自己身外發生了什麼事。根據哪一條路來的還不清楚，是在莫斯科，或在別的地方，像巨大的火爐的熱風，或像輪船的巨輪在吸引我。

二十九日我和伊琳娜[15]去科馬羅沃「創作之家」——僅去十天。也許能休息一陣，——更可能休息不了。

……人人知曉，有的人從耶誕節開始就感受到春天已經來臨。可是我今天就感受到春天了，雖然冬天還沒有結束。與它相聯的是那麼多美妙的、歡快的事物，我不敢告訴別人，怕把這事弄

---

13 梅爾赫拉——聖經故事中的一個少女名字。阿赫馬托娃於一九二二～一九六一年把她寫入詩中。

14 維亞切斯拉夫·伊萬諾夫聽完阿赫馬托娃的朗誦〈他們來了，說你的弟弟死了！〉……咧著嘴笑了一下，說「多麼重的浪漫主義」。這句話在當時是很值得懷疑的奉承。

15 伊琳娜，即蒲寧前妻的女兒。蒲寧是阿赫馬托娃第三位丈夫。

糟。我還覺得我和朝鮮玫瑰相聯繫，和大瓣的繡球花、和長在靜靜的黑土地裡的根鬚相聯繫。它們現在是否冷呀？雪還滿意嗎？月亮在望著它們嗎？這一切都與我血肉相聯，我甚至在夢中也忘不了它們。

一九五九，十二，二十四．（歐洲聖誕前夜）

白樺樹

首先，誰也沒有見過這種白樺樹。我一想到這些白樺樹就感到恐怖。這是一種說不清楚的現象。一種可怕的悲慘的東西，如同「別爾加姆祭壇」[16]，富麗堂皇，獨一無二。樹林裡好像應該有烏鴉。世界上沒有比這些白樺更美的樹，雄偉，挺拔如同德魯伊特[17]，甚至更古老。過了三個月，可是如同昨天，我還是醒悟不過來，但我總不希望這是夢。我需要真實。[18]

---

16 「別爾加姆祭壇」是別爾加姆市的宙斯大祭壇，建於西元前一八〇年。現存柏林別爾加姆博物館。中央有宏偉的浮雕簷壁，浮雕生動逼真地描繪諸神與巨人鏖戰的情景。

17 德魯伊特——古代克爾特人的祭司。

18 以下五則，在《回憶與詩》中，是一個整體，題為〈白樺樹〉。——呂正惠校按

（一九五九～一九六一）

* * *

眾所周知，每一個離開俄羅斯的人都隨身帶走了自己的最後一天。不久以前，閱讀Di Sarra[19]寫的關於我的文章時，不得不進行一次核對。他說，我的詩全部來自米·庫茲明[20]的詩作。四十五年來已無人如此認為了。可是維亞切斯拉夫·伊萬諾夫自一九一二年永遠離開了彼得堡以後，帶走了我和庫茲明有聯繫的印象，只因為庫茲明為我的《黃昏》集（一九一二）寫過前言。這是維·伊萬諾夫所能記得的最後印象，所以他在國外時有人也向他打聽我，他說我是庫茲明的學生。這樣一來，我變成了雙胞胎或會變化的人，在某人的印象中和平相處了幾十年，跟我的真實的命運沒有任何接觸，等等。

一個問題油然而生，有多少類似的雙胞胎或會變化的人在世界上遊蕩，他們最後的角色是什麼。

---

19 Di Sarra（狄·薩拉），意大利評論家，為阿赫馬托娃詩集意大利文譯本（洛薩，一九五一）寫過序，下文所提的文章即此序。

20 米·庫茲明（一八七五～一九三六），俄羅斯詩人，早期傾向象徵派，後來轉向阿克梅派。

* * *

這些（不太善意的）作法中，有一件事引人注意：從著作中突出我的第一本書（《念珠》集），宣布它為 livre de chevet[21]，同時踐踏其餘的，即把我看成是謝爾蓋．戈羅傑茨基[22]（《春苗》）那種沒有創作前途的詩人，和弗朗蘇阿．莎岡[23]——一位「坦誠可愛」的小姑娘之間的人物。

事情在於《念珠》集出版於一九一四年三月，它的生命只有兩個半月。那時，文學季節結束於五月。當我們從農村回來時，正趕上戰爭。過了大約一年出版了第二版，印數為一千冊。《群飛的白鳥》集情況也類似。該詩集問世於一九一七年九月，由於運輸不通，甚至沒有發行到莫斯科。第二版等了一年時間，即和《念珠》集相同。第三版由阿良斯基[24]於一九二二年印行，同時出現了柏林版（第四版）。它也是最後一版，因為一九二四年我去了莫斯科和哈爾科夫之後不再出版我的作品了。這一情況持續到一九三九年（……）

21 這是一句法文，可譯為「放在枕邊的書」，即「喜愛的書」的意思。
22 謝．戈羅傑茨基（一八八四～一九六七）俄羅斯詩人，《春苗》是他一九〇七年出版的詩集。
23 弗朗蘇阿．莎岡（一九三五～），法國女作家。她十九歲發表了第一部長篇小說《你好啊，憂愁》。
24 阿良斯基（一八九一～一九七四），十九世紀二〇年代他主持「阿爾科諾斯」出版社。

當時格森出版社（彼得堡）已經排好版的兩卷集被銷毀，時斷時續的咒罵已成為有計劃的和經過考慮的事（列列維奇在《在崗位上》雜誌，佩爾佐夫在《藝術生活》報上等等）[25]，有時強度竟達到十二級，也就是致命的風暴。那時也不讓我從事翻譯（除魯本斯的書信，三〇年代）。然而我寫的第一篇關於普希金的文章（〈普希金的最後一篇故事〉）發表在《星》雜誌上。禁令只涉及到詩。這就是不加修飾的真實情況。如今，我從外國報刊上知道了我原來在革命之後完全不寫詩了，直到四〇年代。但我的書為什麼不再重版，我的名字只在街頭似的辱罵聲中才提及？顯然有一種不可抗拒的力量想把我封死在二十世紀頭一個十年裡，外加某種莫名其妙的罪過。

* * *

我聆聽了蕭斯塔科維奇的芭蕾舞組曲中活潑的華爾滋。這是奇蹟，彷彿是純正的美本身在舞蹈。能像他那樣調動聲音來調動語言嗎？

25 當時蘇聯出版界不公正地批判阿赫馬托娃創作，如列列維奇的《安娜·阿赫馬托娃散記》（一九二三），佩爾佐夫的《沿著文學的分水嶺》（一九二五）等。

一九六一，十一。

* * *

如果詩歌命定二十世紀要在我的祖國繁榮的話，我敢說我一直是歡悅和可信的證人……我深信，我們現在還沒有徹底弄清我們具有多麼神奇的大合唱，俄羅斯語充滿青春活力，而且柔韌，我們才剛剛開始寫詩，我愛它、信賴它。

回憶同時代人

阿赫馬托娃晚年著手寫一部回憶友人的隨筆，她以《日記的散頁》為篇名，發表了回憶好友洛津斯基、第一任丈夫古米廖夫、俄羅斯詩人曼德爾施塔姆、意大利畫家莫迪利阿尼等人的文章。

她還計畫寫一部有關勃洛克的書，可惜沒有完成，只有一些片斷。本輯將這些文章收集在一起。

譯者

因諾肯季·安年斯基

一

當巴爾蒙特和勃留索夫結束他們自己開創的事業時（顯然，使省城的寫作狂們久久地困惑不解），安年斯基的事業以其沉痛的力量活在後輩的心中。假如他不是過早地謝世，他會親眼看見，他所播灑的豪雨迸濺在鮑·帕斯捷爾納克的書頁上，而音調玄妙的「讓爺爺和麗達和睦相處……」已被赫列勃尼科夫繼承，他的拉洋片唱詞《氫氣球》已被馬雅可夫斯基所接受，如此等等，不必贅述。我並不想以此說明，所有的人都在模仿他。但是他的確同時探索過很多條道路！他的身上蘊藏著那麼多新穎的胚芽以致於所有創新都跟著他有親緣關係……

鮑里斯·列昂尼多維奇·帕斯捷爾納克……堅決肯定安年斯基對他的創作中起了巨大的作用……

我和奧西普（譯按，即曼德爾斯坦姆）幾次談過安年斯基。他總是以不變的崇敬提及安年斯基。

我不知道瑪麗娜．茨維塔耶娃是否了解安年斯基。古米廖夫的詩歌和散文中對這位導師充滿愛戴和敬仰。

二

近年，因諾肯季．安年斯基詩歌的聲音響得尤為嘹亮。我認為這是理所當然的事。讓我回憶一下亞歷山大．勃洛克給《雕花柏木匣》作者寫的書信，其中曾抄錄了〈平靜的歌〉的詩句：「這會永遠留在記憶中，這裡留下了心靈的一部分」。我深信安年斯基在我們詩歌界應當占有像巴拉騰斯基、丘特切夫、費特的榮譽地位。

因諾肯季．安年斯基不是因為帕斯捷爾納克、曼德爾施塔姆和古米廖夫模仿他而成為他們的導師，——不……但提及的上述幾位詩人已經「包含」在安年斯基之中。比如，我們回憶一下安年斯基的〈草台戲小丑的三葉草〉：

乖孩子，快來買氫氣球！哎，穿狐皮大衣的先生，不要捨不得五毛錢出手：我撒手讓它飛上青天你就花兩個小時用兩隻眼緊緊地盯住它看啊看！[1]

你可以把〈兒童玩的小氣球〉和年輕的馬雅可夫斯基的詩，和他在《諷刺》[2]週刊上刊登的「充滿顯明的老百姓的土語」作個對比……

讀者請看：

鈴鐺鈴鐺，叮呤呤的響，鈴鐺鈴鐺，叮呤呤的響，劈成小塊塊，磨成碎末越來越多呀，越來越多，劈成小塊，磨成碎末末。

鈴鐺鈴鐺，叮呤呤的響，一群嘮叨鬼，蜂擁而上，嘟嘟囔囔的。又爭又搶，呼爾喊叫著，手忙腳忙，手腳忙亂著，又叫又嚷，弄壞了鈴鐺，叫人心慌，——

外行者或許會認為這是維里米爾．赫列布尼科夫的詩。其實我讀的是安年斯基的《小鈴鐺》。如果我們說《小鈴鐺》一書中已播下種子，後來聲音嘹亮的赫列布尼科夫形成風格，這樣

1　引自安年斯基的詩集《小鈴鐺》。

2　《諷刺》週刊，俄國自由資產階級派諷刺與幽默刊物。一九〇八～一九一四年在彼得堡出版。

說大體不會有錯。《雕花柏木匣》詩集中已傾注了帕斯捷爾納克的磅礴大雨。尼古拉・古米廖夫的詩歌並非來自法國帕爾納斯派[3]，如大家一般所認為的，而是起源於安年斯基。

我「開始」寫詩也模仿安年斯基。我認為他的創作充滿悲傷、真誠和藝術的完美……

3 帕爾納斯派——法國的一個詩人團體，鼓吹「為藝術而藝術」，提倡「完美形式」的恬靜詩歌。

憶勃洛克[1]

第一次登台朗誦。那已經是五十二年前的事了。

大概誰也忘了自己第一次公開登台朗誦的情況。

……一九一三年秋，在彼得堡一家飯店裡（阿爾貝特飯店？）為前來俄國訪問的維爾哈倫[2]舉行歡迎會。同一天，別斯圖熱夫學校[3]也舉辦了一個規模相當大的內部晚會，只限本校女學員參加。

籌備晚會的人中有位太太（女慈善家），想請我也去參加，讓我向維爾哈倫致歡迎詞。我對他懷有溫柔的愛慕之情，不是因為他那轟動的大都市主義，而是因為一首小詩。我從來沒有見過

---

1 阿赫馬托娃寫了有關詩人勃洛克的片斷，後來擬出版一部以《我如何沒有和勃洛克發生浪漫史》為名的書，其中還有一章〈悲慘的秋天〉，但都沒有完成。這裡譯出的是她反覆修改的回憶勃洛克的部分，還有幾段草稿和計畫。

2 維爾哈倫（一八五五～一九一六），比利時著名現代派詩人，同時也寫戲劇與文藝評論。他的詩突出地表現了近代都市生活，所以被稱為大都市的歌手。

3 別斯圖熱夫學校——一八七八年建立於彼得堡，是高等女子學府。當時因別斯圖熱夫—廖明教授任校長，故得此名。

這首小詩印出來，但不知根據什麼人的聲音，我永遠把它記住了，並背了下來：

Ils etaient deux enfants de rois
La bas, la bas au bout du monde
Et rien la bas qu'un pont de bois…
Ils s'aimaient sait-on pourquoi,
Parce que l'eau coulait profonde…[4]

我總覺得彼得堡的餐廳裡舉行盛大招待會像是開追悼會，燕尾服、上等香檳酒和不倫不類的法語，還有祝酒詞——鑒於此，我決定參加女學員的集會。

這個晚會來了一些貴婦人，其中有一位是女作家阿里阿德娜·弗拉基米羅夫娜·特爾科娃（韋爾格斯卡婭，第二個丈夫姓威廉斯。我父親背後稱她為標誌女郎阿里阿德娜）。我小的時

4 原詩為法文：
在很遠很遠的地方，在天邊住著國王的兩個孩子，那裡還有一座小木橋……它們彼此相愛。為什麼？因為橋下的水，深而又深……

候，她就認識我，我發言之後，她說：「瞧，阿涅奇卡[5]已經為自己爭來了平等的權利。」那天，施呂瑟爾堡人莫羅佐夫[6]也在場，他把我當成了女學員。

我在演員化粧室裡遇見了勃洛克。

我問勃洛克為什麼沒有去參加維爾哈倫的歡迎會。詩人以感人的直率回答道：「因為那兒有人會要求我發言，而我不會講法語。」

一位女學員拿著名單來到我們面前，通知我在勃洛克之後朗誦。我哀求道：「亞歷山大．亞歷山大羅維奇，在您之後我不敢朗誦。」他用帶有責備的口氣回答說：「安娜．安德列耶夫娜，我們並不是高音歌唱家！」當時他已經是最著名的詩人了。

那兩年我也經常在「詩人作坊」[7]、「藝術語言愛好者協會」[8]和在維亞切斯拉夫．伊萬諾夫的「塔」[9]裡朗誦自己的詩篇，可是在這兒，情況完全不同了。

5 即安娜的愛稱。
6 尼古拉．亞歷山德羅大娜．莫羅佐夫（一八五四～一九四六）職業革命家，作家，學者。一八八一年從歐洲祕密回國時，被沙皇政府逮捕，關在施呂瑟爾堡監獄，即後來的彼得要塞監獄。
7 一個文學團體，成立於一九一一年，為首者是古米廖夫和戈羅傑茨基。
8 「藝術語言愛好者協會」成立於一九〇九年，發起人有維．伊萬諾夫、安年斯基等人。
9 指象徵派詩人維亞切斯拉夫．伊萬諾夫的寓所。他住在彼得堡一座塔樓上，故以「塔」稱之。當時每星期三在那裡舉行文學家集會。

如果說大舞台能夠掩飾一個人，那麼小平台就會把他無情地暴露於眾。小平台活像個斷頭台。那天，我可能第一次有了這種感受。對於站在小平台上的人來說，朗誦的人覺得場內的人彷彿是一個千頭怪物。控制全場很難。在這方面，左琴科是個天才。帕斯捷爾納克在小平台上也蠻好。

誰也不認識我，所以當我出場時，便聽到有人在喊：「這是誰？」

勃洛克建議我朗誦〈我們在這兒是群游手好閒之輩……〉。我拒絕說：「每當我讀到『我穿上了窄筒裙』時——大家就哄笑。」他回答說：「每當我讀到『酒鬼們瞪著兔子一般的眼睛』時——他們也哄笑。」

好像不是在那兒，而是在另外一個文學晚會上，勃洛克聽完伊戈爾．謝維里亞寧朗誦之後，回到演員化粧室，說：「他的嗓門油漬漬的，跟律師的一樣。」

一九一三年年底的一個禮拜天，我帶著他的詩集去看他，請他簽名留念。他在前兩本書上簡簡單單地寫道：「阿赫馬托娃留念——勃洛克」。（這是他的《美婦人詩集》）。而在第三本上，詩人寫了一首短詩獻給我：「有人會告訴你：美麗是多麼可怕……」。詩中說我披著西班牙披巾。

* * *

我到勃洛克家只去過一次，在那唯一的一次訪問時，我順便提到詩人別涅吉克特．里夫什茨抱怨說：「只是因為有他——勃洛克——的存在，所以才妨礙了他寫詩。」勃洛克沒有笑，而是十分嚴肅地對我說：「這事我理解。列夫．托爾斯泰也妨礙我寫作。」

*　*　*

在塔什干的時候，別斯圖熱夫學校的女學員塔拉霍夫斯卡婭回憶起她曾出席了那次晚會，還記住了我。那時，我們以為以後再也見不到瓦西里耶夫島，也見不到那些分了手的人。（塔拉霍夫斯卡婭是兒童作家，謝．帕爾諾克的妹妹。）她在一本書上給我題詞：

我的星星啊，阿赫馬托娃，住在那鬼裡鬼氣的房檐下……

（那時我們住在卡．馬克思街七號，莫斯科作家的宿舍）。

*　*　*

一九一四年夏，我到基輔近郊達爾尼茨去看望母親，松樹林裡熱得要命。除了我以外，妹妹伊婭．安德列耶娃也住在那裡。她常到另一片樹林去，去看望波德維日尼克。他一見到她就稱她是基督的兒媳。（〈我走近松林……〉）與涅多布羅沃[10]談俄國的命運。聖索菲婭和米哈伊洛夫斯基修道院不可摧毀的牆——ad periculum maris，也就是在自己拜占庭棺材裡和魔鬼——跛腿雅羅斯拉夫鬥爭的堡壘。

* * *

七月初，我回家鄉斯列普涅沃。路經莫斯科。從火車站（基輔火車站）坐馬車到另一個火車站（尼古拉耶夫斯科）。昏昏沉沉的、空空蕩蕩的，還完全是平平靜靜的莫斯科，和往常一樣，那裡只有這座城市才有的鐘聲，到處色彩斑斕的古老的小教堂，包圍它的還有一些小公墓，公墓院裡盡是一些瘋癲人、盲歌手，修女，有的苦行僧身上還戴著鎖鏈，唧唧作響，教堂裡擺放著一些沒有蓋的棺廓：「與聖靈同在！」[11]，總之，這是馬里娜．茨維塔耶娃的莫斯科，兩年之後，

---

10 尼古拉．尼古拉耶維奇．涅多勃羅沃（一八八二～一九一九），阿赫馬托娃的好友，詩人，文藝評論家，他對阿赫馬托娃意識的形成起過一定的作用。

11 內部倉庫掛著大鎖。一切都成批出售。——原注

她把贈言獻給了我：「我把我的鐘聲陣陣的城市贈給你……」

當火車開進莫斯科時，必不可少的是用莫斯科腔大談的「偉大的」拉馬諾娃[12]的話題（男人們認為這是最有趣的話題），還談馬匹、賽馬、當然還有波杜布內[13]。這裡的口音與我在彼得堡所習慣聽到的聲音顯然不一樣。

馬車拉著我們穿過克里姆林宮（後來有二十年時間不能進入此地）。我這個彼得堡女人感到驚奇的是馬車夫在斯帕斯基門樓下脱掉帽子，用牙叼著，用手劃十字。這一切都是一九一四年戰前的莫斯科。

我搭上第一輛郵政列車。我站在沒有遮掩的平台上吸煙。火車在某一個空蕩蕩的月台前煞了車——有人把裝有信件的口袋拋下去。突然，勃洛克出現在我的眼前，由於意想不到，我喊道：「亞歷山大．亞歷山大羅維奇！」他回頭看了看。他是個善於委婉提出問題的能手，問道：「您跟誰同行？」我只來得及回答一句：「一個人。」火車開了。

五十一年後的今天，我翻開日爾蒙斯基贈給我的勃洛克的《筆記本》，我在一九一四年七月九日這一天讀到：「我陪母親到波德松涅奇納去看一看療養院。魔鬼在捉弄我。安娜．阿赫馬托

12 娜傑日達．彼得羅夫娜．拉馬諾娃（一八六一～一九四一），莫斯科時裝沙龍女老闆，本人是服裝設計師。

13 伊萬．馬克西莫維奇．波杜布內（一八七一～一九四九），俄羅斯摔跤運動員，百戰百勝，從未輸過一場。一九一〇年他是世界最主要錦標賽的冠軍。

娃在郵車上。」（火車站的名字就叫彼德松涅奇納。）

寫到這裡便可以結束了，但是我似乎答應某人證明勃洛克認為我起碼是個妖婦，在這裡提醒一下，他獻給我的短詩，在草稿當中，有這樣一句話：「周圍人都說——您是惡魔，您很美……」（一九一三年十二月），設想一下，這位被頌揚的貴婦人「不是那麼簡單，可以任意殺戮……」——這種恭維的話非常可疑。我不引證她關於在「塔」上朗誦詩的記錄，手邊沒有書，而我在別墅（崗樓），大家都走了，只有秋風在周圍狂吹。（書中的片斷，書名可以叫做《我如何沒有和勃洛克發生浪漫史》。）

提一下拉馬諾娃。真逗，幾個月後，當我躺在莫斯科鮑特金醫院時，和我同一病房（十一號）躺著一位女人，她自豪地說她母親是巧手女工拉馬諾娃的學徒。

* * *

勃洛克的母親寫過一封信（一九一四？）給她妹妹葉夫根尼婭．伊萬諾娃，她以同情的口吻談到了我，如果不是讚美的話，也是表示一種願望，希望她的兒子能和我相愛，可惜她的兒子並不喜歡我這樣的女性。受人尊敬的年邁的貴婦人給自己的兒子挑選情人，真是一種奇怪的風俗，出了嫁的婦女和有兩歲孩子的母親就成了她們的犧牲品。（此信保存在莫斯科一家博物館裡——

幾年前別人給我讀過。）

* * *

勃洛克的《筆記本》使人零星地有所得，它把模糊不清的往事從忘卻的深淵中挖掘出來，並指明事件發生的時間。我又想起了那座木結構的伊薩克橋。橋樑燃著熊熊火焰向涅瓦河口飄去。我和尼·瓦·涅多勃羅沃驚詫地望著那不曾見過的場面，這一天是還留下了日期……

我在戲劇食堂裡又碰見了勃洛克，他臉色憔悴，瞪著一對發了瘋的眼睛。他對我說：「大家在這兒見面，彷彿已經到了那個世界……」

（……）

我們三個人（勃洛克、古米廖夫和我）在皇村火車站吃飯（一九一四年八月五日。古米廖夫已經穿上了軍裝）。勃洛克當時走訪軍人家屬，給予幫助。當只剩下我們二人時，科利亞[14]說：「難道把他也派到前線上去？這等於把夜鶯扔到油裡去炸。」

14　科利亞——是尼古拉的愛稱，即尼古拉·古米廖夫。

……一九二一年五月（？），我們在話劇大劇場[15]的後台最後一次會晤時，當時納佩里保姆為他拍了照片，沒有記錄。我和札米亞金，還有一個人。那是為勃洛克舉行的一次盛大的晚會（還有科爾涅伊．丘科夫斯基）。勃洛克走到我面前問道：「那條西班牙披巾呢？[16]」這是我聽到他說的最後一句話。我從來沒有西班牙披巾，他把我也西班牙化了。所以他在獻給我的那首短詩中選用了 romanzero 的詩節，並有「頭髮上的薔薇」的描述。

我相信，誰也不會認為我的頭髮上有那麼怪里怪氣的裝束。

* * *

一九一四年第三首有關基輔的詩，也許不是一九一四年寫的，但它描寫的是那個時期：

在基輔大教堂面對智慧的神靈，
我雙腿跪地向你宣誓，

15 我們去劇場時，走在街上，有位熟人喊了一句：「去參加勃洛克追悼會？」——原注

16 「我從來沒有西班牙披巾，是他把我西班牙化了（詩句、披巾、薔薇），他那時常想卡門（一九一三年十二月）」。見修改稿上的文字。——原注

不管我的路蜿蜒於何地，
我將會屬於你。
我在索菲亞教堂嚴峻的鐘聲中
聽到了你那驚顫的聲音。

*
*
*

結尾（關於勃洛克）

……我們（奧莉加和我）去列米佐夫家，以便轉交斯卡爾金的手抄書。敲不開門。過了幾個小時，那裡已經有了埋伏——他們前一天逃亡國外。回來的路上，在噴泉街十八號院落裡，遇見了塔馬拉．佩爾西茨。她傷心哭泣——勃洛克逝世了。

棺材裡躺著一個人，我從來未見過。有人告訴我，那是勃洛克。他身旁站著一個兵——白髮蒼蒼的老人，禿頂，一對精神失常的眼睛。我問：「這是誰？」——「安德列．別雷」追悼會。

葉爾紹夫夫婦（鄰居）說，他疼得大喊大叫，窗外過路人都停下了腳步。

當時整個彼得堡，全市的人，都在安葬他，更正確地說，安葬他所遺留下來的一切。在墓園裡度建堂節，當地人一再問我們：「你們在安葬什麼人？」

教堂裡舉行安魂日禱時，參加者比復活節的晨禱的人數還多。一切都像勃洛克詩中所說的那樣在不斷地發生。這件事大家都注意到了，後來大家也常常回憶。

一九六五，九，二十一。

* * *

FINIS

……勃洛克記錄中說我和傑利馬斯及麗莎·庫茲明娜—卡拉瓦耶娃在電話中把他折磨苦了。看來，就此事我可以提供某些證據。

我打了電話。亞歷山大·亞歷山大羅維奇有個習慣，往往把心中想的事說出聲來。那天，他以特有的直爽問道：「您給我來電話，大概因為阿里阿德娜·弗拉基米羅夫娜·特爾科娃把我說您的話，都告訴了您？」

好奇心快把我憋死了，於是我在阿里阿德娜·弗拉基米羅夫娜的一個什麼日子，去看望她。我問她，勃洛克都說了些什麼。我怎麼央求，她也不肯講：「阿涅奇卡，我從來不把這位客人議論別人的話傳給那個人。」

基輔教堂弗魯別利畫的神像。聖母瞪著一雙瘋狂的眼睛……充滿如此和諧的日子一過去，再也不復返了。我後來的生活就是從一個圈子轉向另一個圈子。只不過有個對事物觀察準確和細心的人發現，我不要向相反的方向運轉，也就是從壞轉向好。

* * *

瑪麗亞——修女（即麗莎·庫茲明娜—卡拉瓦耶娃）在她的巴黎回憶錄（一九三……）中寫道，勃洛克在「塔」上，當我朗誦了詩作（在這之前，他在詩研究會和「詩人作坊」第一次會議上，在戈羅傑茨基家中，聽過我朗誦）之後說：「阿赫馬托娃寫詩時，彷彿有個男人在望著她；寫詩時應當覺得是上帝在觀望詩人。」此外，在「塔」中類似的發言一般是想像不到的……

當我們（奧莉加·蘇傑伊金娜和我）到軍人街參加勃洛克第一次追悼會時，與勃洛克住在同一棟樓裡的葉爾紹夫（伊萬·瓦西里耶維奇）和他的夫人說，他疼得大喊大叫，竟使過路人在窗外停下了腳步。

* * *

我根本不提及柳·德·門捷列娃[17]。應當回憶的只是能對他說些好話的人。

* * *

譯者補記：

阿赫馬托娃撰寫《回憶勃洛克》有多種版本，這是其中之一。個別段落根據別的版本予以補充。

17 柳·德·門捷列娃（一八八一～一九三九），大化學家門捷列夫之女，女演員，藝名巴薩爾金娜，勃洛克的妻子。勃洛克的《美婦人之詩》就是獻給她的。阿赫馬托娃對她十分反感。

米哈伊爾·洛津斯基瑣記[1]

我和米哈伊爾·洛津斯基是在一九一一年，在「詩人作坊」早期召開的一次會議上相識的，那天，我第一次聽到他朗誦自己的詩。

我感到驕傲的是，我慶幸有機會含著悲痛來悼念這位無與倫比的、出色的人，他身上既有神話般的韌性、最奇妙的機智敏銳，又有高尚氣度和對友誼的忠貞。

洛津斯基工作起來就會廢寢忘食。身患一種無疑要使任何一個人致命的疾病的他，卻繼續在工作，並不斷地幫助別人。遠在三十年代，我到醫院去探視他時，他把自己浮腫的照片拿給我看，平心靜氣地說：「這兒的人會告訴我什麼時間離世。」

當時他沒有死，面對那超人的意志，折磨他的可怕疾病也變得無能為力。正是在那個時期，他下定決心完成他終生的功勳——翻譯但丁的《神曲》，這事想起來，讓人不可思議。米哈伊

---

1 一九六五年五月為紀念米·洛津斯基逝世十周年，阿赫馬托娃接受列寧格勒電視台採訪，講了這段瑣記。後來，她感覺不完備，又專門寫了一篇紀念文章（見下文），本文所提及的人物、事件等的注釋請參看下文。

爾·列昂尼多維奇當時對我說：「我想看到附有完全不一樣的插圖本《神曲》，展現但丁著名的波瀾壯闊的對比，比如被一群諂媚者所包圍的幸福的歸鄉的賭徒。讓威尼斯醫院座落於別的地方，等等。」這些場面大概他在翻譯過程中，以其不朽的力量和秀美浮現在他的思維的目光前，他感到遺憾的是讀者不能十全十美地理解。我想，在座的所有人也不太理解何謂翻譯連環三韻體。這大概是翻譯中最難的工作。當我把這一點講給洛津斯基時，他回答是：「應當看著書頁立刻意識到怎樣形成譯文。這是駕馭三韻體的唯一辦法；至於逐行翻譯——簡直是辦不到的事。」

我想從洛津斯基作為翻譯家的建議中再引一個非常有代表性的例子。他對我說：「如果您不是第一個翻譯某一作品的人，在你譯成作品之前，不要先去讀你前人的譯文，否則記憶會跟你開惡性的玩笑。」

只有完全不理解洛津斯基的人才會認為他翻譯的《哈姆雷特》晦澀難讀、讓人不能理解。米哈伊爾·列昂尼多維奇這時的目的是想傳達莎士比亞語言的年齡，還有連英國人都埋怨的他的不通俗。

與《哈姆雷特》與《馬克白》同時，洛津斯基還翻譯了西班牙人的作品，他的譯文飄逸純真。當我們一起觀看《瓦倫西亞的寡婦》時，我只是驚歎了一句：「米哈伊爾·列昂尼多維奇，這簡直是奇蹟！一句平庸的韻腳也沒有！」他只是微微一笑，說：「是啊，好像是如此。」這使人不能擺脫一種感覺，俄羅斯語中比過去想像的韻腳更多。

在艱苦的高尚的翻譯藝術事業中，洛津斯基對二十世紀來說，相當於十九世紀的茹科夫斯基。

米哈伊爾·列昂尼多維奇對自己的朋友一生堅貞忠誠。任何時候、任何事上他都隨時準備幫助朋友，信守諾言是洛津斯基最大的特點。

當阿克梅主義最初組成時，我們最接近的人就是洛津斯基，但他不願意放棄象徵主義，繼續擔任我們的雜誌《吉別爾保列伊》編輯的同時，他還是「詩人作坊」的主要成員之一，是我們眾人的朋友。

我的講話即將結束時，我表示希望今晚的集會，能成為研究一個人的偉大遺產的一個開端，我們因有這麼一個人，這麼一位朋友，這麼一位導師，這麼一位相助者和無與倫比的詩人——翻譯家而自豪。

四〇年代春天，當米哈伊爾·列昂尼多維奇審閱我的詩集《選自六本詩集》的校樣時，我為他寫了一首詩，要說的話都包涵在詩裡了：

當萬物崩潰的時刻
幾乎從幻影的神奧
接受這春天的賜予

作為最出色的回報。

願它，崇高的自由的靈魂，
不朽的忠誠，
超越一年四季，
被稱之為友好，——

它如同三十年前，
對我短暫地一笑……
夏花園的欄杆，還有
列寧格勒雪花飄飄……

這本書裡好像是
魔鏡在閃爍，
復活了的蘆葦

在沉思的勒托[2]身邊喧囂。

2 勒托——希臘神話中宙斯的妻子之一，阿波羅及阿耳忒彌斯的母親。

洛津斯基[1]

明天是祈禱和悲傷的日子[2]

一九一一年麗莎・庫茲敏娜・卡拉瓦耶娃[3]在練馬場廣場的家中召集的「詩人作坊[4]」第二次集會上，她把我介紹給了他。這兒是麗莎母親（皮連柯）豪華的私邸，她母親似乎是納雷什金娜[5]所生。麗莎本人和米佳・庫茲敏・卡拉瓦耶夫過的是大學生的生活。米哈伊爾・列昂尼多維奇・洛津斯基表面是位舉止文雅的彼得堡人，愛說俏皮話，又招人喜歡，但他寫的詩卻異常嚴

1 米哈伊爾・列昂尼多維奇・洛津斯基（一八八六～一九五五），俄羅斯翻譯家，詩人，編輯，是阿赫馬托娃的好友。

2 此句詩引自丘特切夫的〈一八六四年八月四日紀念日前夕〉。

3 麗莎・尤里耶夫娜・庫茲敏娜・卡拉瓦耶娃（一八九一～一九四五），原姓皮連科——詩人，「詩人作坊」的成員。十月革命後移居法國，積極參予抵抗運動，以「瑪麗婭母親」聞名，犧牲於法西斯集中營。

4 「詩人作坊」——二十世紀初由古米廖夫、曼德爾施塔姆等青年詩人成立的團體，企圖革新美學與詩創作，存在於一九一一～一九一四年間。

5 係十二月黨人納雷什金之女。

肅，高深莫測，說明他緊張的精神生活[6]。我認為當時他寫給我的詩最為出色（〈忘不了的女人〉）。

我們一下子就成了好朋友，一直延續到他逝世（一九五五年一月三十一日）。當時，即一九一〇年代形成了一個三人聯合體：洛津斯基、古米廖夫和希列伊科。古米廖夫和麗莎玩牌，他們彼此以「你」相稱，可是又互相尊稱乳名和父名。見面時相互請安，告別時相互吻別。大家喝的是「弗洛吉斯敦」（一種散裝的廉價酒）。洛津斯基和古米廖夫二人都認為第三人（希列伊科）的天才絕對超群，對他奉如神明。是他們（願上帝寬恕他們）硬讓我相信世上無人可以與其相比。不過這已是另一個話題了。

洛津斯基在聖彼得堡大學畢業於兩個系（一個是為父親讀完法律系，另一個是為自己完成語言系）。他在「詩人作坊」中是最有學問的人。（我不敢評論希列伊科的奇妙的知識。）他當著我的面讓奧西普．曼德爾施塔姆修正〈還有下毒的女人費德拉〉，因為費德拉沒有毒死任何人，僅僅是愛上了前夫的兒子。他也不止一次為古米廖夫糾正他有關古代傳說中或其它方面的疏忽。[7]

6 現在那些詩誰也不喜歡。大家也不喜歡那些作品。——阿赫馬托娃原注。
7 譬如：「薩莫特拉斯的勝利」應為「薩莫弗拉斯的勝利」。——阿赫馬托娃原注。

希列伊科向他講解聖經和塔木德[8]。但主要當然是詩。

古米廖夫建議馬科夫斯基[9]邀請洛津斯基擔任《阿波羅》[10]雜誌的秘書，這是對他最好的支持。遊手好閒、信口胡說的馬科夫斯基處處依賴自己的秘書，猶如他的靠山（拉拉．馬索，或戴手套的蛾子）。洛津斯基精通外語，他是異乎尋常地絕對認真的人。不久以後他便開始從事翻譯，發現自己大有顯身手的才能。他在這條路上達到極高的榮譽，並留下了無法超越的完整的譯本榜樣。但這一切都是很久以後的事。那時他常和塔季揚娜．鮑里索夫娜去聽歌劇，經常造訪「喪家犬」[11]酒吧，並處理《阿波羅》的一些雜事。這並沒有妨礙他成為我們《吉別爾保列伊》[12]（現在已是罕見的文獻珍品）的編輯，同時還審閱我的詩集校樣。他審閱稿子，像做其他事一樣，無懈可擊。我撒嬌，他卻親切地說：「她和自己的秘書一起辦事，心情不好。」這事發生在圖奇卡胡同我的家裡，我們一起讀《念珠》詩集的校樣時說的。多年以後（一九四〇年出

---

8 塔木德，形成於西元前四世紀～西元前五世紀的猶太教義、宗教倫理與律法等。

9 謝．庫．馬科夫斯基（一八七八～一九六二），俄羅斯詩人、美術評論家，《阿波羅》雜誌編輯。

10 《阿波羅》，俄羅斯一九〇七至一九一七年出版的文藝雜誌，先後與象徵派和阿克梅派有聯繫。

11 「喪家犬」酒吧，位於彼得堡米哈伊洛夫廣場五號地下室，一九一二至一九一五年營業，現代派詩人、藝術家常在此聚會，朗誦詩歌或演出劇碼，消磨夜晚。也有人譯做「流浪狗」酒吧或「浪狗」酒吧。

12 「吉別爾保列伊」，辛守魁譯作「極北族人」。（見《阿赫馬托娃》一書）；徐振亞譯作「北方之神」（見《阿赫馬托娃詩文集》一書）。

版《選自六本詩集》時）：他又說：「您既然這麼說了，別人也會照說不變，不過還是不糟蹋俄羅斯語言更好？」於是我不得不改正自己的錯誤。他最後一次對我幫助的是審閱《瑪麗蓉．德洛麥》[13]的草稿。他也看了我的《魯本斯書信》，為此他從公共圖書館下班後來到我家噴泉樓。

飢餓年代洛津斯基和他的夫人餓得東倒西歪，可是他們的孩子們卻身體胖胖，面色紅紅，還有他們那位閱歷豐富的保姆也是胖乎乎的。洛津斯基由於吃不飽而渾身浮腫。

* * *

三〇年代——他的個人生活中發生沉痛的複雜關係：他愛上一位年輕的姑娘[14]。她是一位翻譯工作者，他的學生。詳情我毫無所知，即使知道的話也不會張揚，但在一次《世界文學》出版社（在莫赫瓦亞街三十六號）召開的晚會上，她要求他離棄自己的家，娶她為妻。結果洛津斯基進了醫院[15]，這事總算告一段落。她嫁了人，不久後去世。臨終時，他一次又一次去醫院——整

13 《瑪麗蓉．德洛麥》，法國作家雨果的劇本，寫於一八二九年。
14 這位姑娘名叫阿達．奧諾什凱維奇．亞琴娜（一八七七～一九三五）。她後來嫁給海軍軍官葉甫根尼．什維傑（一八九〇～一九七七）。
15 洛津斯基長時間住醫院，阿赫馬托娃經常去探視。有一次他對阿赫馬托娃說：「我的腿疼得厲害，當我看到第一個自

夜地護理她。

* * *

他長時間患病，而且病情嚴重。三〇年代大難臨頭，他的腦垂體增生，使他變了相。他頭疼得厲害，六點鐘之前他甚至連親人們也不接見。等他終於治好這種病還有喉結核時，又犯了氣喘病，奪走了他的生命。

去年我在電視廣播（值得找出來）中，回憶了關於洛津斯基的細節，它不應當被忘記（關於 *Divina Comedia*[16] 等的翻譯方法）。

* * *

我的書裡應當有一章關於我這位敬愛的不可忘卻的友人，他是英勇與高尚的典範。

由走來走去的人時——我哭了。」

16 即《神曲》。

他最後的一件喜事是他譯的劇本在舞台上的演出。他邀請我去觀賞《瓦倫西亞的寡婦》[17]。演到中間時，我悄悄對他說：「天哪，米哈伊爾．列昂尼多維奇，一句平庸的韻腳也沒有。台詞太不可思議了。」這位奇人回答說：「是的，好像是如此。」

《霸占草料的狗》。每場演出都好評如潮。

一、關於《哈姆雷特》和西班牙人著作的翻譯……。嫉妒心強又缺乏修養的小人們硬說《哈姆雷特》譯文沉重、難懂，等等。他們根本沒有想到原文正是這種風格，而洛津斯基比誰都會譯得輕鬆、透明，飄逸，只要讀一讀西班牙喜劇的譯本即可感受到這些……

二、關於他的建議（自己的譯本未完成之前，不要讀他人的譯作），「否則記憶會跟你開惡性的玩笑」。

* * *

一九一四年戰爭初期他和我們在一起。我總是把古米廖夫從前線寄來的詩交給他（供《阿波

17 《瓦倫西亞的寡婦》——西班牙劇作家洛貝．德．維加（一五六二～一六三五）的劇作。

羅》刊用）。我們的通信保留了下來。[18]

蘇傑依金為我畫的像一直掛在洛津斯基的辦公室裡。事情的經過是這樣。我和蘇傑依金來到《阿波羅》的雜誌編輯部。當然是去看望洛津斯基（我從未進過馬科夫斯基辦公室）。我坐在沙發上。謝爾蓋·尤里耶維奇在《阿波羅》的專用箋上為我畫了一幅速寫像，並把它送給了米哈伊爾·列昂尼多維奇。

* * *

像所有從事藝術的人一樣，洛津斯基很容易愛上別人。「明眸自古以來如此，還有帶著鎖鏈（即手鐲）的纖纖細手[19]」就是他獻給我的瓦麗婭的[20]（她一度在公共圖書館工作），並作為真正的詩人預言了自己的死亡：

隨時準備變成可怕的腐體。

18 阿赫馬托娃與洛津斯基的通信確實保留下來了。如今存放在彼得堡洛津斯基檔案館。
19 引自洛津斯基的詩〈豈能不為你唱讚歌……〉（一九一九）。
20 瓦麗婭，指瓦列麗婭，謝爾蓋耶夫娜，斯列茲涅夫斯卡婭，她是阿赫馬托娃最親密的同學及好友。

這是指自己的肉身。本來還年紀輕輕的，他似乎已預見到自己被可怕的疾病變得畸形的樣子。（見二〇年初的詩）[21]。

洛津斯基熟知拼寫方法和標點符號的規則，對它們的感受如同人們對音樂的感受一樣，當他審閱我的詩稿校樣時，他說：「俄國文字中沒有『一點一橫』這種標點符號，可是您這麼寫了。」

古米廖夫就此事經常說：

嗨！家中只有他一個人識字，——

不用說了，「吉別爾保列伊」完全仰仗洛津斯基。他大概總要從出版社買書號（大概是四十盧布），親自作校對，並和代理商們一起聘請編務人員。

我在另一處已經寫過（見《日記的散頁》），宣佈阿克梅主義（一九一一）時，洛津斯基（還有弗·弗·吉皮烏斯）拒絕加入這一新流派。洛津斯基甚至不想離開巴爾蒙特，我覺得他有些過分了。

21 引自洛津斯基的詩〈可愛的事物如此多，竟使心臟無法承受……〉（一九二一）。

洛津斯基常對我說：「啊，女皇啊，你的職業是多難之秋」，而我居然不知道這句話引自何處。顯然來源於俄羅斯古代文獻。

* * *

希列伊科和我結為連理以後，由於強烈的嫉妒，他不再理洛津斯基。米哈伊爾．列昂尼諾維奇不向他作任何解釋，只傷心地告訴我：「他把我從自己的心房裡轟出去了。」

* * *

我寫的越長，想起來的事也越多。記得有幾次我們乘坐馬車去遠行，雨水輕輕地落在撐起來的車篷上，我身上的香水（Avia）味和淋濕的皮革味道混淆在一起，皇村鐵路的車廂（這整整是一個天地），「詩人作坊」的聚會，米哈伊爾．列昂尼多維奇用一種讓人不能忘卻的嗓音講話。（在作家協會追悼他的晚會上，聽到空中某處傳來他朗誦〈地獄〉中某一首詩的聲音，讓我心悸肉跳。）

身邊的人都知道洛津斯基有一股捨己為人的勇氣，但作家協會恢復我會籍的理事會上（一九五〇）讓他講話時，他提到羅蒙洛索夫寧肯拋棄科學院而保留他，而不是相反，這番話還是讓大家都大吃一驚。至於我的詩，他說：只要她用以寫作的語言存在，她的詩就會存在。

他講話時，我是懷著恐怖心理觀察著「俄羅斯土地上偉大作家們」的低垂的眼睛。那是個嚴峻的時代……

* * *

如今，每當我乘車返回自己的住處科馬羅沃鎮，回到自己的「崗樓」去時，總要經過基洛夫大街一棟大樓，我看到牆上一塊大理石牌子（「他曾住在這裡……」），我心裡想：「他曾住在這裡，如今他住在每一個了解他的人的心中，永遠不會忘記他，因為善良、高貴和寬容是無法被忘記的。」

一九六六

帕斯捷爾納克

《第二次誕生》[1]結束了抒情詩的第一個階段。看來，繼續走走不下去了……漫長的（十年）、苦惱的間歇時刻來到了，他確實一行詩也寫不成。這已經為我所目睹。我聽到他那六神無主的腔調：「我怎麼啦?!」他有了別墅（佩列傑爾金諾[2]），先是夏季避暑的，後來是過冬的。實際上他永遠放棄了城市。在那裡，在莫斯科郊區，他和大自然匯合交融。大自然是他一生中唯一全權的繆斯，是他竊竊私語的交流物件，是他的未婚妻，是他的戀人，是他的妻子和遺孀——大自然對他來說，就相當於俄羅斯對於勃洛克。他至死對大自然忠貞不渝，而大自然慷慨地賜予他褒獎。窒息時代結束了。一九四一年六月，當我來到莫斯科時，他在電話裡對我說：「我寫了九首詩。現在就來給你朗誦。」他來了。說：「這僅僅是開始——我會大寫特寫。」

1 《第二次誕生》，帕斯捷爾納克的詩集，一九三一年出版。
2 佩列傑爾金諾，在莫斯科西郊，蘇聯作家的別墅區。

茨維塔耶娃

一

一九四一年六月我們是第一次也是最後一次在大奧爾登卡大街十七號，阿爾多夫住宅裡（第一天）和在馬里亞樹林區，在尼．伊．哈爾德日耶夫家中（頭一天和最後一天）有過兩日的會晤。如果瑪麗娜還活著，而我在一九四一年八月三十一日死去，她會怎樣記述那次會晤呢，一想到這事就心悸肉跳。正像我們祖輩說的，這將是一個「芳香襲人的傳說」。也許是對二十五年的相愛的哭訴，是多此一舉，但無論如何讓人留戀。如今，她像女皇一樣回到了自己的莫斯科，而且是永遠回來了（不是她喜歡把自己比作的那個人，即阿拉伯女孩和身穿法國連衣裙的猴子，也就是 decollete grande gorge[1]）我想不作為「傳說」回憶那兩天。

1 即「袒胸露背的衣服」（法文）。

二

一九四一年六月當我為瑪麗娜．茨維塔耶娃朗誦了長詩的一段（第一個草稿），她不無挖苦地說：「在一九四一年寫阿爾連金[2]、科洛姆比娜[3]和皮埃羅[4]幾家，需要有足夠的勇氣」，她大概以為這部長詩是別奴阿和索莫夫的「藝術世界」派的風格的產物，也就是她在國外與之鬥爭的陳舊破爛。時間說明，並非如此。

三

瑪麗娜陷入荒謬之中。見《空氣之歌》[5]。她在詩歌範圍內感到狹窄。她正像莎士比亞作品中的克列奧帕特拉關於安東尼的說法是個dolphinlike[6]。單純寫詩，她還嫌不足，她闖入別的

---

2 阿爾連金、科洛姆比娜、皮埃羅——皆為長詩《沒有英雄人物的敘事詩》中的人物。
3 同注2。
4 同注2。
5 《空氣之歌》（一九二七）是茨維塔耶娃獻給超越大西洋的美國飛行員查理斯．林德伯格的長詩。
6 此詞係英文，即「類似海豚」。

或其他多種領域。帕斯捷爾納克則相反，他從自己的帕斯捷爾納克的荒謬之中返回到尋常的詩歌（一九四一年──佩列傑爾金諾組詩。如果詩歌能夠變成尋常的話）。曼德爾施塔姆的道路則更複雜更神祕。

一九五九

曼德爾施塔姆

一

一九五七年七月二十八日

……洛津斯基[1]的逝世莫名其妙地扯斷了我對往昔回憶的情絲。從此，凡是他不能作證的事我都不敢再去回憶（關於「詩人作坊」[2]、阿克梅主義[3]、《吉別爾保列伊》雜誌[4]及其他等等）。他晚年為疾病所纏身，我們極少見面，我沒有來得及跟他談完某些至關重要的事，也沒有

1 米哈伊爾·列昂尼多維奇·洛津斯基（一八八六～一九五八），詩人，翻譯家，文學翻譯理論家，古米廖夫和阿赫馬托娃的好友。

2 二十世紀初，俄國青年詩人古米廖夫、曼德爾施塔姆等人創立阿克梅派，企圖革新美學與象徵派詩學，追求雕塑式藝術形象和預言式的詩歌語言。他們成立「詩人作坊」小組，創辦《吉別爾保列伊》雜誌。

3 同注2。

4 同注2。

來得及為他朗誦我在三〇年代的詩（即《安魂曲》）。這些原因，使他在一定程度上把我繼續看成是當年在皇村認識我時的樣子。一九四〇年我們在一起校對《選自六本集子》[5]的校樣時，我才察覺到這一點。

＊　＊　＊

曼德爾施塔姆對我的看法有些類似，只是表現形式不同罷了（他當然熟悉我的每一首詩）。此人不善於回憶，確切地說，回憶在他身上是另外一種過程，目前我還找不到恰當的字眼兒來形容這種過程，但，這個過程無疑更接近於創作。（舉個例子——《時代的喧囂》中用五歲兒童明亮的眼睛看到的彼得堡。）

曼德爾施塔姆不愧為出類拔萃的健談對手中的佼佼者：他不是傾聽自己講話，也不是回答自己提問，如同現在幾乎所有人做的那樣。講起話來，他謙恭、機靈，而且花樣翻新。我從來沒有聽過他講重複的話，或者像是放上舊唱片那樣讓老調重彈。奧西普．埃米利耶維奇學習別種語言，真可謂不費吹灰之力。他可以用意大利文整頁整頁地背誦《神曲》。臨終前不久，他還要求

5《選自六本集子》，是阿赫馬托娃根據她過去出版的詩集編選的一本新詩集。

娜佳[6]教會他過去一竅不通的英文。一旦談起詩來，他振振有辭、激情四濺，有時又偏頗到駭人聽聞的地步，如對勃洛克。關於帕斯捷爾納克，他說：「關於他我想得太多了，甚至於想累了。」還有：「我的詩，他一行也沒有看過，對此我深信不疑。」[7]關於瑪麗娜[8]，他說：「我是反茨維塔耶娃的人。」[9]

奧西普對於音樂，如數家珍，這是極少有的特質。人世間他最怕自己沉默。他把這種現象稱為窒息。當窒息出現時，他就嚇得坐臥不安，並編造種種荒唐的理由來說明這種災難。第二種令他傷心的事是讀者，這事經常發生。他總認為愛他的人並非應該愛他的那些人。他熟悉並牢記別人的詩，常常對個別句子酷愛至深。譬如：

雪花兄弟的白袍飄落在馬蹄踩爛的熱泥上……

---

6 娜佳，曼德爾施塔姆的妻子娜傑日達．雅科夫列夫娜（一八九九～一九八〇）的愛稱。

7 後來證明他說的對。（帕斯捷爾納克在自傳體散文《人與事》中寫道，他當時對四位詩人估計不足，即古米廖夫、赫列布尼科夫、巴格里茨基和曼德爾施塔姆）——作者原注。

8 瑪麗娜，俄羅斯女詩人瑪麗娜．茨維塔耶娃（一八九二～一九四一）的愛稱。

9 曼德爾施塔姆認為他與茨維塔耶娃在詩歌體系方面極不一致。茨維塔耶娃也有這種看法。一九一六年她在獻給曼德爾施塔姆的詩〈任何人沒有奪走任何東西……〉中就寫道：「年輕的傑爾查文，我的不規則的詩，對您有何用？」康．傑爾查文（一七四三～一八一六）是俄國詩人，俄國古典主義文學代表。此處喻比曼德爾施塔姆。

我僅僅根據他的吟誦記住了這句詩。是誰寫的呢？

他喜歡談論自己稱為「犯傻」的現象。有時為了討我開心，又講一些無聊卻逗趣的瑣事。比方說，他年青時曾把馬拉美的「La jeune mere allaitant son enfant」[10]似乎譯成了「夢中餵奶的年輕的母親」。我們相互逗樂，倒在「圖奇卡的」[11]沙發上，壓得所有彈簧吱吱作響，哈哈笑得幾乎暈過去，如同喬伊斯[12]的小說《尤利西斯》中的……小姐們。

我和奧西普．曼德爾施塔姆是一九一一年春天在維亞切斯拉夫．伊萬諾夫的「塔」[13]裡相識的。當時，他還是個面目清秀的翩翩少年，鈕扣孔上插著一支鈴蘭花，頭顱向後高仰，目光炯炯炙人，睫毛遮住半張臉龐。第二次見到他是在老涅瓦街托爾斯泰家裡。他沒有認出我，當阿列克謝．尼古拉耶維奇[14]向他打聽古米廖夫的妻子時，他用手比劃了一下，說明我戴過一頂怎樣的大帽子。我怕出現無法挽救的尷尬，便自報了家門。

10 法文：「年輕的母親在給嬰兒餵奶」。這是法國詩人馬拉美（一八四二～一八九八）的詩句。曼氏把son（嬰兒）誤認為是song（夢）。

11 「圖奇卡」系阿赫馬托娃的丈夫古米廖夫在彼得堡圖奇卡胡同租賃的一間屋子的暱稱。

12 喬伊斯（一八八二～一九四一），愛爾蘭小說家，長篇小說《尤利西斯》是他的代表作。

13 維．伊萬諾夫（一八六六～一九四九），象徵主義理論家與詩人。當時他住在彼得堡市塔夫里切斯卡亞街二十五號二十三室。有些文學家每週三在那裡聚會，因住宅位於六層，故有「塔」之別稱。

14 即阿．托爾斯泰。按，此一托爾斯泰為蘇聯時期的著名小說家。

這是我認識的第一個曼德爾施塔姆，綠色封面詩集《石頭》的作者（「阿克梅」出版社出版）。他在書上題了幾句話：「昏頭昏腦時的理智火花。安娜．阿赫馬托娃留念。作者敬贈。」奧西普喜歡以其特有的令人叫絕的自嘲調侃一位猶太老人——印刷《石頭》詩集的印刷所的老闆——怎樣為他的詩集出版表示祝賀。老人握了握他的手說：「年輕人，你會寫得越來越好。」

我彷彿是透過瓦西里島上的薄霧，看見他在過去的「金希飯館」（位於二道街與大直街拐角處；現在那兒是理髮館）裡，傳說當年羅蒙諾索夫[15]在那兒喝酒把公家的鐘都給喝掉了，我們（古米廖夫和我）有時從「圖卡奇」家走到那兒去吃早飯。在「圖卡奇」沒有開過任何會，也不可能開。這是尼古拉．斯捷潘諾維奇[16]當大學生時住的一間屋子，連坐的東西都沒有。有關在「圖奇卡」五時茶的描寫（格奧爾吉．伊萬諾夫——《詩人們》），從頭至尾純屬捏造。尼．弗．涅多勃羅沃[17]從未跨過「圖奇卡」門檻。

這位曼德爾施塔姆——如果不是主持編撰《經典蠢話大全》的合作者，起碼也算是不遺餘力的同仁。「詩人作坊」的成員們（除我以外，幾乎所有人）聚餐時都參加編造。（「列斯比婭，

---

15 羅蒙諾索夫（一七一一～一七六五），俄國最早的科學家、詩人、畫家、歷史學家。

16 即古米廖夫的乳名與父名。

17 尼．涅多勃羅沃（一八八四～一九一九），詩人、文藝批評家。

你去過何地……」、「列昂尼德的兒子真吝嗇……」）

朝聖人！你來自何方？
——我曾到希列依科[18]家作過客。
此人午飯吃鴨肉，活得真不錯，
手一觸電鈕——光明就四射。
如果第四條聖誕街上住著這種人
那麼第八條街上又是什麼人？
朝聖人！求求你，告訴我。

我記得這是奧西普之作。津克維奇[19]也持同樣看法。
嘲弄奧西普的短詩：

18 指弗．希列伊科（一八九一～一九三〇），東方學學者、詩人，翻譯家。
19 米．津克維奇（一八九一～一九七三），詩人，翻譯家。

菸灰落滿左肩頭，別吭聲——

讓友人害怕吧！——大金牙。

（此句來源於——〈讓大海害怕吧——鑲有牙的怪魚。〉）

這兩句也可能是古米廖夫編的。奧西普吸菸時，總像是往肩後抖菸灰，其實一堆菸灰往往都落在肩頭上。

「詩人作坊」的成員們針對普希金的著名的十四行詩〈嚴肅的但丁對十四行詩沒瞧不起〉編寫的諷刺短詩，保留其殘行斷句，或許是值得的：

勃留索夫並不藐視十四行，

伊萬諾夫用它編成了花環，

阿涅塔的丈夫喜歡它的詩格，

沃洛申嘮嘮叨叨出手不凡。

很多詩人都對它十分迷戀，

庫茲明拿它當車夫來幹，

一旦忘記羽毛球拍和球，
就派它去把勃洛克追趕。

納爾布特，真是一條狼，
……披上了玄妙的服裝，
津克維奇為他掩住了
莫拉夫斯卡婭[20]珍貴的淚花。

（有些話記不得了。）
再看一看關於星期五聚會的詩（八行兩韻詩，好像是瓦·瓦·吉皮烏斯寫的）：

1

每到星期五，在《吉別爾保列伊》
文學玫瑰盛開……

20 瑪·莫拉夫斯卡婭（一八八九～一九九七），俄羅斯詩人、小說家，一九一四年前是「詩人作坊」的成員，後流亡國外。

米哈伊爾·洛津斯基
邊吸菸邊說笑，走了出來，
他用大手把自己的產兒——
雜誌——撫愛。

2

尼古拉·古米廖夫
一條腿高翹，
為了播種浪漫主義，
他將珍珠隨地亂拋。
不管廖瓦[21]在皇村又哭又鬧，
尼古拉·古米廖夫
一條腿高翹。

21 廖瓦，指古米廖夫和阿赫馬托娃的兒子，他當時隨家人住在皇村。

3

阿赫馬托娃目光憂傷，
望著在座的每一位。
她穿的真正麝鼴做的皮衣，
散發著一種沁人心肺的香味。
她盯著不聲不響的客人的眼睛
……………………
……………………

4

……約瑟夫·曼德爾施塔姆，
坐上阿克梅的四座馬車……

不久以前有人發現了奧西普·曼德爾施塔姆寫給維亞切斯拉夫·伊萬諾夫的信（一九〇九）。這是一位參加「詩研究會」前身活動的人（「塔友」）。象徵主義者曼德爾施塔姆寫的。目前還沒有發現維亞切斯拉夫·伊萬諾夫是否給他回過信。寫信的人當時十八歲，但可以發誓，說他已年及四十未嘗不可。信中還有好多詩。那些詩寫得蠻好，但不是我們稱之為曼德爾施塔姆的作品。

阿傑萊達·格爾齊克的妹妹[22]在她的回憶錄中斷言維亞切斯拉夫·伊萬諾夫不承認我們所有人。一九一一年曼德爾施塔姆對維亞切斯拉夫·伊萬諾夫沒有一點好感。「詩人作坊」抵制「詩研究會」。比如，詩中說：

維亞切斯拉夫·伊萬諾夫，
身板硬得像核桃，
詩研究會把沙發
拋向「詩人作坊」來胡鬧……

一九一五年，維亞切斯拉夫·伊萬諾夫來到彼得堡時，到拉茲耶日雅街拜訪了索洛古勃夫婦。晚會——盛況空前，佳餚——美味異常。我正在客廳裡，曼德爾施塔姆走過來，說：「我覺得，一位大師——場面壯觀，一對大師——稍顯可笑！」

---

22 格爾齊克的妹妹葉夫根尼婭（一八七八～一九四四），翻譯工作者。

在本世紀第一個十年裡，不言而喻，我們無處不相逢：在某些編輯部，在一些友人的寓所，在《吉別爾保列伊》星期五聚會上，也就是在洛津斯基家中，在「喪家犬」酒館，順便提一下，他在那兒向我介紹了馬雅可夫斯基。後來在三十年代他還洋洋得意把這事講給哈爾吉耶夫[23]。有一次大家在「喪家犬」酒館裡吃得熱熱鬧鬧，碗盤叮叮噹噹亂響時，馬雅可夫斯基異想天開地要朗誦詩，奧西普．曼德爾施塔姆走到他面前，說：「馬雅可夫斯基，別朗誦了。你又不是羅馬尼亞樂隊。」當時（一九一二至一九一三年）我也在場。伶牙俐齒的馬雅可夫斯基居然被弄得無以對答。

我們在「詩研究會」（維亞切斯拉夫．伊萬諾夫指手劃腳的「藝術語言愛好者協會」）也見過面。「研究會」和「詩人作坊」針鋒相對。曼德爾施塔姆很快就成了這個「詩人作坊」的首席小提琴手。那時他就寫成了神秘莫測的（但又不太成功的）關於白雪上的黑色安琪兒一詩。娜佳說那是寫給我的。

我覺得有關這個黑色安琪兒的情況相當複雜。這首詩對於當時的曼德爾施塔姆來說，是一篇品質不高又較晦澀的作品。這首詩好象是從未發表。大概這是他與弗．卡．希列依科[24]談論的結

23 尼．伊．哈爾吉耶夫（一九〇三～），蘇聯文學藝術理論家，著有《馬雅可夫斯基的詩歌文化》等。
24 弗．希列依科（一八九一～一九三〇）一九一八年十二月與阿赫馬托娃結婚，一九二六年解除婚約。

果，後者曾對我講過類似的話。不過奧西普那時還「不會寫獻給婦女的和關於婦女的」詩（他的原話）。〈黑色的安琪兒〉，可能是他初次試筆，因此它與我的詩句相近：

黑色安琪兒的翅膀鋒利，
最後的宣判即將到來，
腥紅的篝火如同玫瑰
在白色的雪地上綻開。

曼德爾施塔姆從來沒有為我朗誦過這首詩。顯然，他和希列伊科的談話，鼓舞他寫出了詩作〈埃及人〉。

古米廖夫很早而且很高地評價了曼德爾施塔姆，他們二人相識於巴黎。請參閱奧西普關於古米廖夫的詩的結尾部分。詩中說尼古拉．斯捷潘諾維奇臉上施了粉，頭上戴著大禮帽：

我覺得彼得堡的阿克梅派詩人更親近，
勝過巴黎的浪漫主義皮埃羅。
象徵主義者從來沒有接受他。

奧西普·埃米利耶維奇到過皇村。當他戀愛的時候，（而這類事經常發生），我幾次充當了他的心腹。我記得第一位是安娜·米哈伊洛夫娜·澤爾曼諾娃——丘多夫斯卡婭，她是一位女畫家，一位標緻的美人兒。她在阿列克謝耶夫街的住宅裡給他畫過一幅肖像（一九一四年），仰著頭，背景是藍色的。他沒有給安娜·米哈伊洛夫娜寫過詩，為此他對我傷心地表示過內疚——說那時他還不會寫情詩。第二位是茨維塔耶娃，他的克里木組詩和莫斯科組詩都是為她寫的。第三位是薩洛美婭·安德羅尼科娃（安德列耶娃，現在是加利佩林，曼德爾施塔姆在《憂傷》詩集中使她永生不息——「麥秸兒，當你不在寬敞的臥房睡覺時……」那裡有一節詩：「女人臨終時自己能知道什麼……」，可和我的詩句相比——「莫非我等待的不是死亡的時刻」。）我還記得薩洛美婭在瓦西里島上公寓中的那間豪華的臥室。

奧西普·埃米利耶維奇的確去過華沙，那裡的猶太人居住區使他震驚（米·津克維奇也記得此事），至於格奧爾吉·伊萬諾夫所報導的有關他企圖自殺一事，甚至連娜佳也沒有聽說過，如同說她似乎生過一個女兒叫莉波奇卡一樣。

革命初期（一九二〇年），當我離群索居時，甚至跟他也沒有見過面。有一段時間，他愛上了亞歷山大劇院的女演員奧莉加·阿爾別寧娜，後來她嫁給了尤·尤爾昆。曼德爾施塔姆為她寫過詩（〈因為我把你的手……〉等等）。傳說詩的手稿在圍困年代遺失，可是我不久前在×那兒見過它。

多年以後，他把這幾位革命前的太太們（估計其中也包括我）統統稱之為「溫柔的歐羅巴女士」：

當年那幾位美女，溫柔的歐羅巴女士，
讓我領受了多少困惑、苦惱與悲痛！

「在斯德哥爾摩寒冷的被窩裡……」這首出色的詩是獻給奧莉加·瓦克塞爾和她的倩影的。「你願意嗎，我把氈靴脫掉……」也是獻給她的。

一九三三至一九三四年間，奧西普·埃米利耶維奇在不長的一段時期裡對瑪麗婭·謝爾蓋耶夫娜·彼得羅維赫[25]產生了狂熱的單戀。〈土耳其女人〉這首詩（標題是我起的）就是獻給她的，或者更確切地說，是為她而寫的。〈善於流露內疚的目光……〉依我所見，是二〇年代最好的愛情詩。瑪麗婭·謝爾蓋耶夫娜說，還有一首關於白色的絕妙的詩。手稿大概遺失了。有幾行，瑪麗婭·謝爾蓋耶夫娜還能背誦。

我不必提醒這個唐璜式的名單，我相信並非歷數曼德爾施塔姆所有親近過的女人。

25 瑪·謝·彼得羅維赫（一九〇八～一九七九），俄羅斯抒情詩人、詩歌翻譯家。

「隔著肩膀看了一眼」的貴婦人，——即比亞卡（薇拉·阿爾圖羅夫娜）[26]，那時她是謝·尤·蘇傑伊金的生活伴侶，如今是伊戈爾·斯特拉文斯基的夫人。

奧西普在沃羅涅日和娜塔莎·施滕佩利交了朋友。

關於他迷上了安娜·拉德洛娃[27]一事，毫無根據。

阿爾希斯特拉蒂格走向聖像壁……
沉沉的深夜裡散發出纈草[28]的氣息，
阿爾希斯特拉蒂格向我提出問題，
你要……辮子幹什麼，
還有你那酥軟閃光的雙臂……

也就是說，這是對拉德洛娃的詩的嘲諷——他出於取樂的惡作劇而非由於 par depit[29] 而寫了這首

26 比亞卡—薇·阿·德·鮑賽，室內劇院女演員，後來隨謝·尤·蘇傑伊金出國。
27 安·德·拉德洛娃（一八九一～一九四九），俄羅斯女詩人，翻譯家。
28 俄文「纈草」與丘多夫斯基的名字 Валерьян 同字。詩中暗喻丘多夫斯基，因為他十分傾慕拉德洛娃。
29 法文：懊惱。

詩。有一次作客時，他做出可怕的樣子，對我悄悄耳語：「阿爾希斯特拉蒂格的事傳到了她的耳中！」也就是說，有人把這首詩告訴了拉德洛娃。

本世紀第一個十年是曼德爾施塔姆創作道路上最重要的時期，將來有人會更多地思考和論述這個時期（維庸、恰達耶夫、天主教……）。關於他與「吉列伊」[30]小組的接觸——參看津克維奇回憶錄。

曼德爾施塔姆十分熱心於「作坊」聚會，可是一九一三至一九一四年冬季（阿克梅主義遭到摧殘之後）我們都逐漸感到「作坊」是個包袱，於是奧西普和我甚至聯手寫了一份申請書，要求封閉「作坊」並把申請書交給了戈羅傑茨基和古米廖夫。戈羅傑茨基作了批示：「把全體人員吊死，把阿赫馬托娃監禁於馬拉亞街六十三號」。這事發生在《北方記事》編輯部裡。

除了寫給奧．阿爾別寧娜的極美的詩之外，能夠回憶起奧西普一九二〇年在彼得堡活動過的物件，還有當時的一些晚會廣告。這些廣告保留著生氣，但像拿破崙的旌旗一樣，已經退了顏色。廣告上，曼德爾施塔姆的名字和古米廖夫、勃洛克排在一起。

彼得堡老字型大小店鋪所有招牌仍然掛在原處，但招牌後邊除了灰塵、黑暗與空蕩之外，什麼也沒有了。斑疹傷寒、飢荒，一次次地槍決，住宅黑暗無燈光，濕漉漉的劈柴，人們浮腫得已

30　「吉列伊」——俄國一個未來派小團體的名稱。

無法相認。在商場的大院裡可以大捧地採集野花。彼得堡著名的木樁馬路已經腐爛不堪。從「克拉夫特」地下室的窗戶裡還飄來了巧克力的香味。所有公墓都遭到破壞。這座城市不僅僅變了樣，而且已面目全非。但是，人們（主要是青年人）還是喜歡詩，幾乎和現在（即一九六四年）一樣。

皇村，那時改稱「以烏里茨基同志為名的兒童城」，幾乎家家戶戶飼養山羊；不知為什麼把這些山羊都叫做塔馬拉。

二〇年代的皇村，令人無法想像。所有木柵欄都當柴火燒了。無蓋的水道漏口上擺著生了鏽的床，這些床是從第一次世界大戰的病房裡搬出來的。大街小巷雜草叢生，各種顏色的公雞走來走去，叫個不停……。施滕博克——費莫爾伯爵的樓房，不久前還富麗堂皇，如今它的正門上掛著一塊醒目的大招牌：「牲畜配種站」。但是，希羅卡亞街每到秋天，橡樹的芳味仍然濃濃的——這些橡樹是我童年的見證人，教堂屋頂十字架上的烏鴉呱呱的叫聲仍然像我上學經過教堂小花園時所聽見的聲音，公園裡的雕像仍然是十年代的樣子。有時，我也能從衣服襤褸的可怕的人影上認出皇村「所有那石刻的圓規和絃琴……」——我一生總覺得這是普希金指皇村而說的。還有更令人心驚膽顫的話：

我常常在迷人的夜晚，

這是我讀到或聽到過的最有膽量的詩句（如果用「神聖的夜晚」也不錯）。

〔寫生畫〕

關於〈側影〉一詩，寫作過程如下：一九一四年一月，普羅寧為「喪家犬」舉辦了一個盛大的晚會，不是在自己家的地下室，而是在科紐申納亞街的一間大廳裡。平時的老主顧消逝在眾多的「外來客」（即對任何一種藝術都毫無興趣的人）當中。天熱，人多，熙熙攘攘，亂亂糟糟。這場面使我們終於感到厭煩，於是我們（大約二十至三十人）便到米哈洛夫廣場的「喪家犬」酒館去了。那兒又暗又冷。我站在表演台上跟某人說話。大廳裡有幾個人要求我朗誦。我沒有改變姿勢便朗誦了一首詩。奧西普走了過來，說：「瞧您站立的姿態，聽您朗誦的聲音……」還提到了披肩（參見瓦．謝．斯列茲涅夫斯卡婭關於曼德爾施塔姆的回憶錄），〈相貌的特徵變了形〉的四句詩，就是這種寫生之作。我和曼德爾施塔姆在皇村火車站（十年代），他隔著小屋的玻璃看我打電話，當我出來時，他朗誦了這四句詩。

〔關於「詩人作坊」〕

曼德爾施塔姆相當認真地參加「詩人作坊」的會議，可是到了一九一三至一九一四年冬（摧毀阿克梅之後）我們都為「詩人作坊」感到苦惱，我們甚至向戈羅傑茨基和古米廖夫遞交了由奧西普和我起草的解散「詩人作坊」的申請。戈羅傑茨基作了批示：「把所有人吊死，把阿赫馬托娃拘禁起來——（馬拉亞街六十三號）」。這事發生在《北方記事》雜誌編輯部。

從一九一一年十一月到一九一二年四月（即我們去義大利），「詩人作坊」召開過大約十五次會議（每月三次）。從一九一二年十月到一九一三年四月——大約召開了十次會議（每月二次）。（對於《勞動與日常生活》頗有利可圖，可惜沒人管過它。）通知書由我（祕書?!）分發；洛津斯基為我開了一份「作坊」成員通訊錄。（三〇年代，我曾把這個通訊錄給過日本人鳴海。）每份通知書上都有一個豎琴標記。這個豎琴也印在我的《黃昏》集上、津克維奇的《野紫菜》上和葉麗莎白．尤里耶夫娜．庫茲明娜—卡拉瓦耶娃的《西徐亞人的瓦片》上。

〔一九一一至一九一四年的「詩人作坊」〕

古米廖夫和戈羅傑茨基是法人代表；德米特里．庫茲明—卡拉瓦耶夫是訴訟代理人；安娜．

阿赫馬托娃是秘書：成員有奧西普．曼德爾施塔姆、弗拉季米爾．納爾布特、米．津克維奇、尼．布魯尼、格奧爾吉．伊萬諾夫．阿達莫維奇、瓦．瓦．吉皮烏斯、瑪．莫拉夫斯卡婭、葉麗莎白．庫茲明娜—卡拉瓦耶娃、切爾尼亞夫斯基、米．洛津斯基。第一次會議是在噴泉街戈羅傑茨基家中舉行的：出席的還有勃洛克，還有幾位法國人！……第二次——是在馬涅日廣場麗莎家中舉行的，後來在皇村我們的家裡（馬拉亞街六十三號）、在瓦西里島上洛津斯基家裡、在美術學院布魯尼處都舉行過。阿克梅主義的名稱是在皇村（馬拉亞街六十三號）我們家裡定下來的。

二

革命來臨時，曼德爾施塔姆已經是位相當成熟的詩人了，而且在小圈子裡但已頗有名氣。（他的心裡充滿了周圍發生的一切。）

曼德爾施塔姆是第一批以公民題材寫詩的人當中的一位。革命對於他來說是件大事。所以他的詩中常常出現「人民」二字並非偶然。

一九一七年至一九一八年間，我和曼德爾施塔姆見面尤為頻繁。那時我住在維堡區斯列茲涅夫斯基家中（鮑特金街九號）——不是在瘋人院裡，而是在高級醫師維亞切斯拉夫．維亞切斯拉沃維奇．斯列茲涅夫斯基的家中，他是我的女友瓦列里婭．謝爾蓋耶夫娜的丈夫。

曼德爾施塔姆經常來找我。在那充滿革命氣息的冬天，我們倆坐在馬車裡，顛簸在坑坑窪窪的街道上，穿行在名揚天下的篝火之間，這堆堆篝火幾乎一直燃燒到五月，諦聽不知來自何方的噠噠槍聲。我們就是這樣前往美術學院參加那裡為傷患們舉行的各種募捐晚會，我們倆都在晚會上幾次參加朗誦。奧西普．埃米利耶維奇也陪著我到音樂學院欣賞過布托莫—納茲瓦諾娃演唱舒伯特作品的音樂會（參見〈他們為我們演唱舒伯特……〉）。

他獻給我的詩都寫於這個時期：〈我在繁花似錦的瞬間沒有尋找……〉（一九一七年十二月）。〈你那可愛的發音……〉；一種奇怪的預言也與我有關，現在已多多少少變成了現實：

將來有一天，在那時喜時怒的首都，
在涅瓦河畔狂歡的時刻，
有人會在煩人的舞會的樂聲中
從美麗的頭上扯下你的頭巾……

下邊還有：

螞蚱像鐘錶在叫（這是我們在燒火爐；我發燒——我在測量體温）。

得了瘧疾
乾燥在爐子嘶嘶作響
如同紅色的絲綢在燃燒……

此外，不同時期還有四首四行詩是獻給我的：

1.〈您想當個玩具……〉（一九一一年）。
2.〈相貌的特徵扭曲了……〉（一〇年代）。
3.〈蜜蜂習慣於養蜂人……〉（三〇年代）。
4.〈我們相識已到了暮年……〉（三〇年代）。

經過一番猶豫，我還是決定在這些劄記中回憶一下當時的情況。當時我不得不對奧西普說明，我們不能這樣經常見面，這樣下去可能會給人們提供一些資料，對我們的關係作歪曲解釋。在這之後，大約在三月裡，曼德爾施塔姆消逝了。〔當時周圍的一切都亂哄哄、模糊不清，——這個人消逝了，一去無影，那個人暫時不見了不知為什麼，大家覺得他們去了外地，——當然，不是這話的現在意義，——其實也沒有中央（據洛津斯基觀察）、所以奧西普·

埃米里耶維奇的消失並沒有使我感到奇怪。奧西普．曼德爾施塔姆在札恰吉耶夫三道街。〕

曼德爾施塔姆在莫斯科當了《勞動旗幟報》的固定工作人員。大概就在這個時期他寫成了〈電話〉這首神秘莫測的詩：

在這個荒蠻可怕的人世，
你是子夜葬禮的親朋，
導致自殺的傢伙——
你擺在高大嚴肅的辦公廳！

瀝青路上黑色的水窪，
是鐵蹄憤憤踐踏的殘景，
太陽快要升起來了：
昏頭昏腦的公雞即將啼鳴。

那兒有笨拙的瓦爾加拉，
還有富麗堂皇的古老的夢；

電話響起的時刻，
命運下了指示，黑夜作了決定。

沉重的幃簾吸乾了全部空氣，
戲劇廣場黑黑漆漆，
一聲鈴響——天旋地轉：
自殺已經成了定局。

離開這喧鬧的冷酷的生活，
還能逃往何方？
住嘴，該死的匣子！
對不起，海底鮮花怒放！

只有聲音，像鳥一般的聲音，
向富麗堂皇的夢鄉飛翔。
電話，你是自殺的解脫，

你是自殺的閃光！

（一九一八年六月，莫斯科）

一九一八年我在莫斯科又見到了曼德爾施塔姆，只是一閃而過。一九二〇年他到謝爾吉耶夫街（在彼得堡）來看過我一兩次。當時我在農藝學院圖書館工作，並住在學校裡。（學校原是沃爾康斯基親王的公館。那兒有我的一處「公房」。）那時我才知道他在克里木被白軍逮捕過，在梯弗里斯又被孟什維克逮捕過。

一九二〇年奧西普．埃米里耶維奇來到謝爾吉耶夫大街七號家中，以便告訴我一九一九年十二月尼．弗．涅多勃羅沃在雅爾達逝世的消息。他是在科克捷別里鎮從沃洛申那裡得知這一噩耗的。以後再也沒有人把任何細節告訴我。那個時代就是如此！

一九二四年夏，奧西普．曼德爾施塔姆把自己年輕的妻子帶到我家來（噴泉街二號）。娜佳正像法國人常說的，是位 laide, mais charmante[31]，從那一天起我和她就成了朋友，一直延續到今天。

奧西普非常愛娜佳，簡直令人不可思議。娜佳在基輔切除闌尾時，他從沒有離開醫院，一直

31 法文——不美但迷人的女人。

住在醫院門衛的小屋裡。他一步也不讓娜佳離開他，不讓她工作，對她嫉妒得要死，寫詩時每個字都徵求她的意見。總之，我生平從沒見過類似的情況。保存下來的曼德爾施塔姆寫給妻子的書信，完全證實了我的印象。

一九二五年在皇村時，我和曼德爾施塔姆夫婦住在札伊采夫寄宿中學宿舍同一條走廊裡。娜佳和我都患有重病，臥床不起，測量體溫，一直偏高，我們好像是一次也沒有到附近的公園裡去散過步。奧西普．埃米里耶維奇天天去列寧格勒，試圖找個工作，弄點收入。他在那兒偷偷地為我背誦了寫給奧．瓦克塞爾的詩，我記住了，也偷偷地寫了下來（「你願意嗎，我把氈靴脱掉……」）他在那兒還向帕．尼．盧克尼茨基口述了回憶古米廖夫的文章。

有一年冬天，曼德爾施塔姆夫婦（因為娜佳的健康情況）住在皇村中學。我去看過他們幾次——同時去滑雪。他們本想住在大宮殿的半圓形大廳裡，可是那間屋子裡爐子倒煙，屋頂漏水。於是就想到了皇村中學。奧西普不喜歡住在那裡。他對皇村的幾位以普希金的名字欺世盜名的所謂名士們，如戈列里巴赫和羅日傑斯特文斯基恨之入骨。

曼德爾施塔姆對待普希金懷著一種前所未有的、近乎威嚴的敬意——在這崇敬之中，我隱約感覺到一種超乎人類的聖潔的最高成就。他厭惡任何一種普希金主義。至於喻普希金是「黑色擔架上抬著昨日的太陽」這一句詩，我也好，娜佳也罷，對此一無所知，到了近年（五〇年代），才從他的手稿中發現。

他親自從我桌子上拿走了我撰寫的〈最後的故事〉，即論述〈金雞〉一文，讀過以後，他說：「簡直是一盤棋」。

亞歷山大太陽光芒四射
一百年前就照亮了所有的人

（一九一七年十二月）

這裡指的當然也是普希金。（他是這樣轉述了我的話。）

〔一般來說，沒有《曼德爾施塔姆在皇村》這一題材，也不應該有。這個主題不屬於他。〕

夏天，曼德爾施塔姆夫婦住在中國村[32]時，我也去看望過他們。那時他們和利夫希茨夫婦住在一起。房間裡沒有任何傢俱，腐朽的地板露出一個個窟窿。至於當年茹科夫斯基[33]和卡拉姆津[34]曾在該處住過一事，奧西普·埃米利耶維奇對此毫無興趣。他邀我和他一起去買香煙或是白

32　「中國村」——皇村建築群的一部分。
33　瓦·安·茹科夫斯基（一七八三～一八五二），俄國詩人，彼得堡科學院名譽院士。
34　尼·米·卡拉姆津（一七六六～一八二六），俄國作家、歷史學家。

糖，我深信他是有意地說：「咱們到本市歐洲部分去吧」，似乎這兒是巴赫奇薩賴[35]或是其它同樣異域風光的地方。他這種故意的馬虎也表現在詩句中，如「槍騎兵在那邊微笑」。皇村有史以來不曾有過槍騎兵，有的是驃騎兵，黃色的胸甲騎兵和護衛隊。

一九二八年曼德爾施塔姆夫婦去過克里木。請看奧西普八月二十五日的信（那一天是尼·謝·古米廖夫逝世的日子）：

親愛的安娜·安德列耶夫娜：

我們和帕·尼·魯克尼茨基在雅爾達一起給您寫信，我們三個人在這裡都過著艱苦的勞動生活。

我想回家，想見到您。您要知道，我有一種本領能在想像中進行交談。不過只能和兩個人，即尼古拉·斯捷潘諾維奇和您。我和科利亞[36]的交談沒有中斷過，永遠也不會中斷。

十月份我們回到彼得堡小住一段時間。禁止娜佳在那裡過冬。出於利己的考慮，我們說服了帕·尼·魯克尼茨基，讓他留在雅爾達。請給我們來信。

---

35 位於克里半島上的一個古國的城市。

36 「科利亞」即尼古拉的愛稱，此處指古米廖夫。

對他來說，南方和大海如同娜佳一樣，為他所需要。

再讓我享受一點點藍海吧，
只有耳眼那麼小一點也行……

他幾次想在列寧格勒找個工作，都落空了。娜佳不喜歡與這座城市相聯繫的一切。她嚮往莫斯科，那裡有她心愛的弟弟葉夫蓋尼·雅科夫列維奇·哈津。奧西普總以為莫斯科有人了解他、器重他，其實恰恰相反。這段歷史中有個細節，聽來讓我吃驚：當時（一九三三年）列寧格勒曾把奧西普·埃米利耶維奇當做偉大詩人、persona grata[37]等人物歡迎的，列寧格勒的文學界全班人馬的所有人（特尼亞諾夫、艾興包姆、古科夫斯基）到歐羅巴旅館去向他表示敬意。他的光臨，為他舉行的晚會——都被看做是大事。多年以來大家都是如此地回憶這些事，直到現在（一九六二年），仍然如此。

您的奧·曼德爾施塔姆

37 拉丁文，受歡迎的人。

莫斯科誰也不想瞭解曼德爾施塔姆，除了跟兩三個自然科學界的無名小輩之外，奧西普·埃米利耶維奇與任何人也沒有交往（他與別雷的相識始於科克捷別利）。帕斯捷爾納克總是支支吾吾回避跟他見面。帕斯捷爾納克只喜歡格魯吉亞人和他們的「漂亮夫人們」。作協領導的態度曖昧得令人生疑。

列寧格勒的文學界對曼德爾施塔姆一直保持著忠誠——利季婭·雅科夫列維夫娜·金茨堡和鮑里斯·雅科夫列維奇·布赫什塔布——這些通曉曼德爾施塔姆詩歌的大家們。這個關懷中還不應該忘記采札里·沃爾佩。他不顧新聞檢查機關的禁止，在《星》雜誌上發表了〈亞美尼亞旅遊記〉的結尾部分（仿古亞美尼亞文體）。

同時代作家中，曼德爾施塔姆非常器重巴別爾[38]和左琴科[39]。左琴科知道這一點，為此感到自豪。不知為什麼曼德爾施塔姆看不起列昂諾夫[40]。

有人說尼·楚科夫斯基寫了一部長篇小說。奧西普對此持懷疑態度。他說，要想寫長篇小說至少需要經歷陀思妥耶夫斯基的苦刑或享有列夫·托爾斯泰的幾俄畝土地。〔三〇年代，曼德爾

38 伊·埃·巴別爾（一八九四～一九四一），俄羅斯作家，代表作有小說集《騎兵軍》。
39 米·丘·左琴科（一八九五～一九五八），俄羅斯諷刺小說家，著有《日出之前》、《猴子奇遇記》等。
40 列·馬·列昂諾夫（一八九九～一九九四），俄羅斯作家，著有《賊》、《俄羅斯森林》等。

施塔姆在某一家雜誌編輯部遇見了費定[41]，對他說：「您的長篇小說（指《盜竊歐洲》）是穿著膠皮鞋底的荷蘭咖啡，而膠皮是蘇聯的」（他那一天說。）」

一九三三年秋，曼德爾施塔姆終於在納肖金胡同得到一個住所（他在詩中讚美過的）（兩間屋子，在五層樓上，沒有電梯；那時還沒有煤氣灶和浴盆）（「住宅像紙一般靜……」）。無家可歸的生活似乎從此可以結束了。奧西普在這個家裡開始有藏書了，主要是些意大利詩人的古老版本著作（但丁、彼特拉克）。其實，什麼也沒有結束：三番五次地往某處打電話，等待、期望。結果一件事也辦不成，時時如此。奧西普．埃米利耶維奇反對譯詩。在納肖金住宅，他當著我的面，對帕斯捷爾納克說：「您的全集將由十二部譯作和一部您自己的詩作組成。」曼德爾施塔姆知道在翻譯過程會浪費創作能量，所以強迫他從事翻譯，難上加難。他周圍聚集了許多人，往往是些莫名其妙的人，幾乎又都是無用之徒。

雖然那個時期生活比較簡陋，可是不祥的陰影和滅頂之災仍然籠罩著這個家。有一天，我們走在普列奇斯堅卡亞街上（一九三四年二月），談論的內容記不得了，到了果戈理林蔭路時我們拐了彎，奧西普說：「我已做好死的準備。」二十八年過去了，每當我經過那個地方就會想起那

41 康．亞．費定（一八九二～一九七七），俄羅斯作家。《盜竊歐洲》敘述荷蘭林業大王的家世及其到蘇聯做木材生意的經歷。

一瞬間。

我已經很久沒有見到奧西普和娜佳了。一九三三年曼德爾施塔姆夫婦根據某人的邀請來到了列寧格勒。他們下榻於「歐羅巴旅館」。奧西普出席了兩個晚會。他剛剛學會意大利文，滿腦子但丁，整頁整頁地背誦。我們談起《煉獄》來。我背誦了第三十歌裡的一段（貝阿特麗齊出現的場面）：

> Sopra candido vel cinta dóliva
> Donna ḿapparve, sotto verde manto,
> Vestita di color di fiamma viva.
> ……………………………………
> …………"Men che dramma
> Di sanque m'e rimaso non tremi:
> Conosco i seqni dell' antica fiamma".[42]

42 此處原文是意大利文。

（我是憑記憶在引證。）

一位貴婦人，蒙著雪白的輕紗，
身穿猩紅色長裙，披著綠坎肩，
頭戴一頂橄欖葉編的花冠。

…………

……「我的血液中浸透了
難以言表的顫慄：
我認出了那是往昔煉火的痕跡！」

奧西普哭了，我嚇了一跳——「怎麼啦？」——「不，沒什麼，是這些話和您的嗓音。」這事不該由我回憶。如果娜佳願意的話，讓她回憶好了。

奧西普為我背誦尼古拉．阿列克謝耶維奇．克留耶夫[43]的詩〈誹謗藝術的人〉的片斷，正是這首詩斷送了不幸的克留耶夫的性命。我在瓦爾瓦拉．克雷奇科娃那兒親眼見過克留耶夫的申請

43 尼．阿．克留耶夫（一八八七〜一九三七），俄羅斯詩人。

〈寫於集中營，請求赦免〉：「我是因〈誹謗藝術的人〉一詩和因我草稿中的精神錯亂的句子而被判決有罪的人……」。我摘了兩行詩作為〈硬幣背面〉一詩的引句。

有一次我用不讚許的口吻提到葉賽寧的某件事時，奧西普反駁說，就憑葉賽寧的「沒有在各個監獄裡屠殺不幸的人」這一句詩，就可以原諒他的一切。

總之，生活沒有著落——靠點翻譯，靠點評論文章，還得靠點允諾——維持生計。退休金勉勉強強只夠支付房租和購買口糧。曼德爾施塔姆這時外表變化極大：他變得不愛動了，頭髮長了白絲，呼吸開始吃力，他給人的印象是個小老頭（那時他才四十二歲），不過他的兩隻眼睛仍然炯炯有神。詩——越寫越好，散文也是如此。

前幾天重讀《時代的喧囂》時（從一九二八年以來，我就再沒有翻開過這本書），我有了個意外的發現。作者除了在詩方面所達到的崇高的和首創的一切之外，他居然還成了記述彼得堡地方風俗的最後一人——寫得準確、鮮明，不偏不倚，絕無僅有。那些幾乎已經被遺忘的和多次遭到辱罵的街道，重又呈現出其九〇年代至九五年代的全部清新。有人會對我說，他是在革命剛剛過了五年之後，即一九二三年寫的，說他長期不在此地，而不在此地正是醫治遺忘症的靈丹妙藥（以後再解釋），永遠遺忘的最好辦法便是天天耳濡目染。（我正是因此而忘記了自己居住長達三十五年之久的噴泉樓）。還有該市的劇院，還有科米薩爾熱夫斯卡婭[44]，他沒有用最後的形容詞說她是現代藝術的女皇；還有薩溫娜[45]——自「外商市場」以後她變成懶倦的夫人，還有伴隨了我一生的帕夫洛夫火車站的氣味。還有，通過五歲孩子亮晶晶的眼睛，看到戰時首都的全部美麗，還有，面對頭戴帽子的人（餐桌前）所流露出來的猶太人混濁的感受和困惑……

有時，這種散文聽起來，如同為詩作的注釋，但曼德爾施塔姆在任何地方也不提自己是詩人，如果不知道他的詩，你甚至想像不到這是詩人寫的散文。他在《時代的喧囂》中所寫的一切，早就深深地埋在他心底——他從未講述過，他對「藝術世界」[46]派那種留戀老的（和不老的）彼得堡，頗感厭惡。

除此之外，描寫喀山大教堂前舉行的政治遊行示威的細節，很有趣味，說明他對這些事件是非常關心的，並令人想起是奧西普本人通知把它載入《蘇聯現代的作家們》一書中。

這種散文聞所未聞，已經被遺忘，只是到現在才開始為讀者所領悟。但是我無時無刻不聽到它，主要是從青年人的口中。這種散文使青年們發瘋，在整個二十世紀不曾有過這般的散文（這

---

44 薇·費·科米薩爾熱夫卡婭（一八六四～一九一〇），俄國演員，一九〇四年自己成立劇院，以演契訶夫的話劇而著名。

45 瑪·加·薩溫娜（一八五四～一九一五），以演果戈里、奧斯特洛夫斯基的劇作而馳名。

46 「藝術世界」，俄羅斯藝術團體（一八九八～一九三四），提倡「純藝術」，創立者伯努瓦·佳吉列夫。

就是所謂「第四種散文」）。

我清清楚楚記得我們進行的一次有關就詩的談話。奧西普・曼德爾施塔姆非常痛苦地經受現在稱之為個人迷信的現象，他對我說：「現在的詩，應該富有公民感」，接著便背誦了「我們腳下感覺不到……」大約就在那個時候產生了「詞彙相識論」[47]，多年以後，他強調：詩只能在受到強烈震動之後才寫，這種震動即有歡樂的，也有悲慘的。關於自己寫的吹捧史達林的詩：〈我想說，不是史達林——朱加什維里〉（一九三五），他對我說：「我現在明白了，當時那是一種病。」

當我為奧西普背誦了我的詩〈拂曉時他們把你帶走〉（一九三五）之後，他說：「感謝您。」這首詩在《安魂曲》之中，是寫一九三五年尼・尼・普寧[48]被捕。

曼德爾施塔姆也認為〈略談地理〉一詩（「不是歐洲的首都……」）中的最後兩句指的是自己（這是公允的）：

他被我們、被有罪的人

---

47 這種理論主張把過去從不連在一起的字連起來，使詞彙與詞彙相識。

48 尼・尼・普寧（一八八八～一九五三），阿赫馬托娃的第三個丈夫。

頌揚為首屈一指的詩家。

一九三四年五月十三日他被捕。同一天，我接到的電報如同冰雹那麼多，電話鈴也響個不停，之後我便從列寧格勒趕到曼德爾施塔姆的家。（不久前他在列寧格勒和托爾斯泰爆發了一場衝突。）那時我們很窮，為了買張回程的火車票，我隨身帶去了「猴宮勳章」，那是俄國發給列米佐夫[49]的最後一枚勳章（一九二一年列米佐夫逃亡後，別人轉交給我的），還有丹柯[50]燒製的一個小瓷人（我的立像，一九二四年）以便出售。（蘇．托爾斯泰婭為作家協會買下了這兩件西。）

逮捕證是亞戈達[51]親手簽署的，搜查進行了整整一夜。他們在找詩，他們的腳踩在從小箱子裡扔出來的手稿上。我們幾個人坐在一間屋子裡。鴉雀無聲。隔壁，基爾尚諾夫家，有人在彈奏哈瓦那吉他。偵察員當著我的面找到了《狼》[52]，拿給奧西普．曼德爾施塔姆看。他默默點了

49 阿．米．列米佐夫（一八七七～一九五七），俄羅斯作家。他曾組織取樂的「猴宮」團體，凡是參加該組織活動的人，都會得到他親手繪製的獎狀和「勳章」。

50 納．雅．丹柯（一八九二～一九四二），俄羅斯女雕刻家。

51 亨．格．亞戈達，一九三四至一九三六年任蘇聯內務部人民委員。

52 指曼德爾施塔姆的《狼的組詩》（一九三二）。據蘇聯有關刊物介紹，那次搜查實際上找的是他一九三三年十一月寫

點頭。臨別時，他吻了我，早晨七點鐘他被帶走了。天已大亮。娜佳去找她弟弟，我去找丘爾科夫，他住在斯摩棱斯克林陰路八號，我們約好在某處碰頭。後來一起回到家中，打掃房間，坐下來吃早點。又有人敲門，又開始搜查。葉夫蓋尼·雅科夫列維奇·哈津說：「如果他們再來，就會把您也給帶走。」那一天，我去找過帕斯捷爾納克，他到《消息報》去找布哈林[53]為曼德爾施塔姆求情。我到克里姆林宮去找葉努基澤[54]。那時能進克里姆林宮可算是奇蹟。那次是瓦赫坦戈夫劇院演員魯斯拉諾夫通過葉努基澤的秘書安排的。葉努基澤相當客氣，但馬上問道：「也許是有某些詩？」我們的活動促進了、大概也減輕了對他的判決。判處三年徒刑，服役地點是切爾登。奧西普在那裡從醫院窗戶跳了出去，他覺得有人來抓他（參閱《斯坦司》，第四節），摔斷了胳膊。娜佳給中央委員會拍了一封電報。史達林下令重審此案，並讓人另選一個服刑地點。然後他又跟帕斯捷爾納克通了電話[55]。再以後的事，大家太清楚了。

的一首反史達林個人迷信的詩。

53 尼·伊·布哈林，一九三四年任蘇聯《消息報》主編。

54 阿·薩·葉努基澤，一九三四年任蘇聯中央執委會秘書。

55 關於這次電話的傳說很多。曼德爾施塔姆的遺孀娜佳和帕斯捷爾納克的遺孀季娜——都寫過文章，法國作家阿拉貢的夫人特里奧萊寫成文字（當然是在紀念帕斯捷爾納克的日子裡）說是帕斯捷爾納克害死了奧西普。阿赫馬托娃和娜佳都認為，帕斯捷爾納克的表現無可置疑。——原注

我和帕斯捷爾納克一起去看望過烏西耶維奇[56]，在那裡遇見了作協的領導們，還有不少當時的馬克思主義青年。我去找過皮利尼亞克，在他家見到了巴爾特魯沙伊蒂斯[57]、施佩特和謝·普羅科菲耶夫[58]。男人當中來看望娜佳的只有佩列茨·瑪律基什[59]。

而在同一時期，「詩人作坊」前代表謝爾蓋·戈羅傑茨基在某處演講，說了以下一句不朽的名言：「這幾行詩就是那個已投靠反革命的阿赫馬托娃寫的」，發表這次集會報導的《文學報》甚至也把演說人的原話軟化了（見《文學報》，一九三四年五月）。

布哈林在致史達林的信的結尾寫道：「帕斯捷爾納克也在焦慮。」史達林通知說，已傳達了命令，曼德爾施塔姆一切都會正常。他問帕斯捷爾納克：為什麼不為曼德爾施塔姆奔走。「如果我的詩友遭到不幸，我會翻山倒海，也要拯救他。」帕斯捷爾納克回答說，如果他不奔走，那麼斯大林就不會知道這件事。「為什麼您不找我或找作家組織？」——「作家組織從一九二七年以

56 葉·費·烏西耶維奇（一八九三～一九六八），俄羅斯女評論家。

57 尤·巴爾特魯沙伊蒂斯（一八七三～一九四四），立陶宛詩人，一九二一至一九三九年為立陶宛駐蘇聯全權代表。一九三九年遷居巴黎。

58 謝·普羅科菲耶夫（一八九一～一九五三），俄羅斯作曲家。

59 佩列茨·瑪律基什（一八九五～一九五二），猶太人作家，後來誣告他與國外有聯繫，被判處死刑。阿赫馬托娃後與他的兒子、翻譯家保持聯繫。

來已經不管這類事了。」——「然而，他是您的朋友吧？」帕斯捷爾納克支支吾吾，經過短時的停頓，斯大林繼續問道：「他是大師吧？是大師吧？」帕斯捷爾納克回答說：「這無濟於事。」鮑里斯．列昂尼多維奇以為史達林在考察他，看他是否知道詩的事。他用這個原因解釋自己回答得不乾脆。

「為什麼我們總是談曼德爾施塔姆，曼德爾施塔姆，我很久就想跟您談一談了。」——「談什麼？」——「談談生與死。」史達林掛了電話。

據羅伯特．培因[60]記述，娜佳從未找過鮑里斯．列昂尼多維奇，沒有求他辦過任何事。這個消息來自季娜，她講過一句著名的不朽的話。我的孩子們（指兒子們）最愛的是史達林，其次是媽媽。那天，女性們來的較多。我記得她們長相標緻，衣著華麗，鮮豔的春裝；其中有希瑪．納爾布特，她當時還沒有嘗到災難的滋味；津克維奇的妻子，美麗的「土耳其女俘」（我們給她起的綽號）；眼睛明亮、身材勻稱，而且非常鎮靜的尼娜．奧里舍夫斯卡婭。可是我和娜佳坐在那兒，身上是揉皺的毛線衣，臉色焦黃，神情發呆。和我們在一起的還有艾瑪．格爾施泰因和娜佳的弟弟。

過了十五天，清早，有人給娜佳打來電話，問她如果願意跟丈夫同行，那麼傍晚可到喀山火

60 羅伯特．培因——美國人，文學史家。

車站去等候。一切都結束了。尼娜·奧利舍夫斯卡婭和我為他們的遠行到處籌款，大家捐獻了很多錢。葉連娜·謝爾蓋耶夫娜·布林加科娃哭了，她把自己小錢包裡的全部所有都塞到我手中。

我陪娜佳去了火車站。順路到魯比揚卡領取了各種證件。天氣明媚清朗。每扇窗戶上都有蓄著蟑螂大鬍鬚的「節日主人」，瞪眼瞧著我們。他們久久不把奧西普帶來。他的狀態極壞，連他們也無法讓他坐進囚車。我乘的火車（從列寧格勒火車站[61]發車）就要開動了，我沒能等到他的到來。葉夫蓋尼·雅科夫列維奇·哈津和亞歷山大·埃米利耶維奇·曼德爾施塔姆送我上了火車，等到他們回去之後，奧西普才被帶來，但禁止跟他們談話。我沒有等到和他見一面，這事做得很不妥。他沒有見到我，因此他在切爾登時便以為我一定已經喪命。押送他們的是「從格別烏[62]鐵門中走出來的可愛的小夥子們」[63]，他們一路在閱讀普希金的作品。

當時正在籌備召開作家第一屆代表大會（一九三四年），給我也寄來了登記表。奧西普被捕一事，在我心中留下的印象極壞，以至於我無法拿起筆來填寫這張表格。布哈林在這次代表大會上宣布帕斯捷爾納克是一號詩人（使傑米揚·別德奈大吃一驚），布哈林把我臭罵了一頓，大概一句話也沒有提奧西普。

61 莫斯科有許多火車站，都是以列車開往的地點命名的。

62 即「格別烏」國家政治保安局，是「克格勃」的前身。

63 這句話引自曼德爾施塔姆的詩。

一九三六年二月，我到沃羅涅日去看望曼德爾施塔姆夫婦，這才了解到他的「案件」的全部詳情。他告訴我，當他精神失常時，便在切爾登四處亂竄，到處尋找我被處決的屍體，逢人就大喊大叫地講述這件事。為慶祝切柳斯金號[64]船員們歸來而搭起的凱旋門，他以為是為他的來臨而搭的。

帕斯捷爾納克和我分別去見在任的最高檢察長，為曼德爾施塔姆求情，但，恐怖已經開始，一切活動都已無濟於事。

令人奇怪的是，恰恰是在沃羅涅日，當曼德爾施塔姆完全失去自由時，他的詩中反而出現了寬度、廣度和深沉的呼吸。

窒息之後，我的聲音裡
傳出了大地的聲音——這最後的武器……

從曼德爾施塔姆夫婦那兒回來以後，我寫了一首題為〈沃羅涅日〉的詩。它的結尾是：

64 一九三四年「切柳斯金號」輪船在楚科奇海被浮冰撞碎，船員被蘇聯飛行員們救出。這些飛行員是「蘇聯英雄」稱號的第一批獲得者。

恐懼和繆斯輪流
在失寵的詩人家中值日，
夜來了
何時黎明它不知。

奧西普關於自己在沃羅涅日時說：「按本質我是個聽命的人。因此，我在此地感到尤為困難。」

二〇年代初（一九二二－二三），曼德爾施塔姆兩次在雜誌（《俄羅斯藝術》第一和第二至三期）上猛烈地抨擊我的詩。這事我們從來沒有談過。但是他讚美我的詩的事，也沒有提過，現在我才讀到了（見《繆斯選集》（一九一六）上的評價文章和〈關於俄羅斯詩的一封信〉，一九二二年，哈爾科夫[65]）。

在那裡（在沃羅涅日），有人多少是別有用心地讓他做一次關於阿克梅主義的報告。他在一九三七年說的話不應當被忘記：「我既不棄絕活人，也不棄絕死者。」在回答什麼是阿克梅主義這一問題時，曼德爾施塔姆說：「思念世界文化。」

65 據俄羅斯學者考證，此處阿赫馬托娃記錯了，不是哈爾科夫市出版的，而是頓河上的羅斯托夫市出版的。

在沃羅涅日時，曼德爾施塔姆身邊的人中有一個名叫謝爾蓋．鮑里索維奇．魯達科夫[66]，遺憾的是，這個人完全不像我們想像的那麼好。顯然，他患有某種誇大狂症，他總覺得詩不是奧西普而是他——魯達科夫——寫的。魯達科夫已在戰場上陣亡，因此不想詳細描寫他在沃羅涅日的品德了。但，凡是來自他的消息，卻應倍加小心對待。

三

格奧爾吉．伊萬諾夫[67]在他撰寫的那本趣味低下的回憶錄《彼得堡之冬》中，凡是有關曼德爾施塔姆的陳述無不卑微、空泛、不得要領。伊萬諾夫於二〇年代初離開了俄國，所以他根本不了解成熟時期的曼德爾施塔姆。編造這一類回憶錄不用費腦子，不需要記憶，不需要用心，不需要愛，也不需要時代感。什麼材料都可以用，而且要求不高的讀者還會懷著感激的心情接收書中提供的一切。不過，當這類文章偶爾滲入嚴肅的文學史著作中時，情況就更糟了。列昂尼德．沙茨基（斯特拉霍夫斯基）就是這樣對待曼德爾施塔姆的：作者手邊有兩三本相當「聳人聽聞」

---

66 魯達科夫是一位年輕的語言學家和詩人，也被流放到沃羅涅日。阿赫馬托娃與他相識，還寫過一首詩獻給他。

67 格．弗．伊萬諾夫（一八九四～一九五八），俄國詩人，一九二三年流亡國外，死於巴黎。

的回憶錄（格·伊萬諾夫的《彼得堡之冬》、貝內迪克特·利夫希茨的《一隻半眼睛的射手》、愛倫堡的《俄羅斯詩人群像》，一九二二）。這幾本書都被他派上用場了。資料部分摘自科茲明很久以前編的《當代作家》手冊（莫斯科，一九二八年）。其次，他從曼德爾施塔姆的《詩集》（一九二八年）中引用了〈火車站上的音樂〉（準確地說，應當是〈火車站上的演奏會〉），這首詩從時間上來看，在這本集子裡也不是最後一篇。可是他卻把它宣布為詩人的絕筆。詩人逝世的年分也是隨意定的——一九四五年（比真正的死期——一九三八年十二月二十七日——晚了七年）。至於有的報刊發表過曼德爾施塔姆的詩——比方說《新世界》雜誌一九三〇年發表了一組相當精彩的詩〈亞美尼亞〉，沙茨基對此毫無興趣。他大放厥詞，說曼德爾施塔姆寫到〈火車站上的音樂〉一詩便結束了，他不再是詩人了，他變成可憐巴巴的翻譯匠了，他墮落了，他整天泡在廉價的小酒館裡，等等。這大概已經是巴黎的某位格奧爾吉·伊萬諾夫的口頭信息了。

本來是一位才華罕見的詩人的悲慘形象，他甚至在沃羅涅日流放年代仍然繼續寫作具有非凡之美之力的作品，可是讓我們看到的竟是一個「城市裡的瘋子」，無賴，不可救藥的傢伙。而且還把這一切都刊印在自詡為美國最好的、最老的、等等的大學（哈佛）出版的書中，對此我們只好向這個最好、最老的美國大學表示祝賀了。

他是一個怪物？——當然是個怪物！比方說，他把一個青年詩人轟出家門，因為那個小青年向他訴苦說沒人發表他的詩。垂頭喪氣的青年下樓的時候，奧西普站在樓上的平台上對他喊道：

「有誰發表過安德列・舍尼埃[68]的作品？有誰發表過薩福[69]的作品？有誰發表過耶穌・基督的作品？」

謝・利普金[70]和阿・塔爾科夫斯基[71]至今還津津樂道曼德爾施塔姆用什麼詞兒大罵過他們少年時代寫的詩。

阿爾圖・謝爾蓋耶維奇・盧里耶[72]很熟悉曼德爾施塔姆，寫過關於奧西普・曼德爾施塔姆對待音樂的上乘文章。他對我講過這麼一件事（一〇年代），有一天他和曼德爾施塔姆一起走在涅瓦大街上，他們遇見一位非常高雅的婦人。奧西普機智地向同行人建議：「咱們把她的東西都搶下來，然後送給安娜・安德列耶夫娜」。（為了準確，可向盧里耶核實）。

…………

他極不喜歡青年婦女愛讀《念珠》集。據說，有一次他來到卡達耶夫家中，和漂亮的家庭主婦談得很融洽。最後，他想驗證一下這位夫人的興趣，便問道：「您喜歡阿赫馬托娃嗎？」那位

68 安・舍尼埃（一七六二～一七九四），法國詩人，評論家。
69 薩福（西元前六一〇～西元前五八〇），古希臘女詩人。
70 謝・伊・利普金（一九一一～），俄羅斯詩人，翻譯家。
71 阿・亞・塔爾科夫斯基（一九〇七～一九八九），俄羅斯詩人，翻譯家。
72 阿・謝・盧里耶（一八九二～一九六七），作曲家和音樂史家，阿赫馬托娃的朋友，死於美國。

太太自然地回答說：「我沒有讀過她的作品」：這一下子可把客人氣炸了，他撒了一陣野，然後氣呼呼地跑了。這事他沒有對我講過。

一九三三至一九三四年之交的冬天，我住在曼德爾施塔姆夫婦家裡，納肖金胡同，一九三四年二月布林加科夫夫婦請我晚上到他們家去。奧西普不安起來：「他們想讓你和莫斯科文學界接近?!」我原意想安慰他，卻講了一句不得體的話：「不，布林加科夫本人就已被人所拋棄。大概莫斯科藝術劇院會有人參加聚會。」奧西普更火了。他在室內一邊跑來跑去，一邊大叫大喊：「怎樣才能讓阿赫馬托娃和莫斯科藝術劇院斷絕來往呢？」

有一天，娜佳拖著奧西普到火車站去迎接我。他起得早，凍壞了，情緒沮喪。當我從車廂裡出來時，他對我說：「您是以安娜·卡列尼娜的速度光臨的。」

我在他們家中住的那間小屋子（後來改成廚房）奧西普把它稱做「神廟」。他把自己的房間稱之為「腕骨」室（因為皮亞斯特[73]住在前邊的一間）。他把娜佳叫做「媽媽納斯」（我們的媽媽）。

為什麼某些類型的回憶錄作者們（如沙茨基—斯特拉霍夫斯基、埃·明德林、謝·馬科夫斯

73　這是俄文文字遊戲。俄文「皮亞斯特」有「手骨」的意思。而「札皮亞斯特」應為「手骨後邊」的意思，即「腕骨」。

基、格·伊萬諾夫、本·利夫希茨），能夠那麼無微不至地、如獲至寶地搜羅和保存五花八門的流言蜚語、胡說八道，特別是對詩人所表現出來的庸俗見解，卻不能在一個詩人出現這種無與倫比的了不起的大事面前低頭致敬呢？而這個詩人出手不凡，頭幾首詩就以其完美性和無人為師的現象令人折服。

曼德爾施塔姆沒有師承。這是值得人們思考的。世界詩壇上我還沒見過類似事實。我們知道普希金和勃洛克的詩歌源頭，可是誰能指出這新的神奇的和諧是從何處傳到我們耳際的？這種和諧就是奧西普·曼德爾施塔姆的詩！

四

一九三七年五月曼德爾施塔姆夫婦又回到納肖金胡同「自己的家」中。那時我在阿爾多夫[74]家中做客，和他們同住在一棟樓裡。奧西普已是個病人了，經常躺著。他把自己新寫的詩讀給我聽，但不讓任何人抄寫。他談了很多有關娜塔莎（施滕佩里）的事，這是他在沃羅涅日交的朋友。（有兩首詩是寫給她的：〈嫩芽含有黏性詛咒的味道……〉和〈不由得匍匐在空空的大地

74 維·葉·阿爾多夫（一九〇〇～一九七六），俄羅斯幽默小說家。

上……〉）

恐怖在周圍已經猖獗一年了，一天比一天凶。曼德爾施塔姆本來有兩間房子，可是有一間已被另一個人占用，那個人編造假材料告發他們，弄得他們無法在那個單元裡露面。奧西普沒能得到居留在首都的許可證。X．對他說：「您太好發脾氣了。」沒有職業。他們兩口子從卡里寧市來到這裡，坐在林蔭路上。大概就在這時，奧西普對娜佳說：「要善於更換職業。現在我們是乞丐」，而「乞丐們到了夏天，日子就好過些。」

你還沒有死，你還不是孤身一人，
你還有個行乞的女友為伴，
你和她還能共賞茫茫平原，
你和她還能分擔風雪、飢餓、嚴寒。

我聽到奧西普背誦的最後一首詩是〈在鬼城基輔的街道上……〉（一九三七）。情況是這樣，曼德爾施塔姆夫婦沒有過夜的地方。我便留他們住在我的家（噴泉樓）。我給奧西普在長躺椅上鋪了被褥。我出去幹點事，回來時，他已經微微入睡，但立刻醒了，於是給我背誦了這首詩。我重複了一遍。他說：「謝謝您」，說完就沉入夢鄉。

當時，舍列梅捷夫大樓裡有個所謂「趣味科學之家」。來我們家，必須穿過這個可疑的機關。奧西普憂心忡忡地問我：「或許還有另外一個趣味出口？」

當時，我們倆同時在閱讀喬伊斯的《尤利西斯》。他讀的是優秀的德文譯本，我看的是原文。我們幾次想談談《尤利西斯》，但那時已經顧不上談論作品了。

他們如此過了一年。奧西普已經病重，可是他以令人不可理解的強勁兒要求作家協會為他舉辦一次晚會。晚會的時間已經確定，但，有關人員大概「忘記」發出通知，所以無人到場。奧西普·埃米利耶維奇給阿謝耶夫[75]打電話請他參加。對方說：「我去看《白雪公主》。」曼德爾施塔姆在街心公園遇見了謝爾文斯基[76]，向他借錢，那位仁兄給了他三個盧布。

我最後一次見到曼德爾施塔姆是在一九三七年秋天。他們——他和娜佳——到列寧格勒小住兩三天。那是個啟示錄式的年代。災難步步跟蹤我們每一個人。曼德爾施塔姆夫婦身上一文不名。他們完全沒有居住的地方。奧西普呼吸困難，兩片嘴唇在捕捉空氣。我去看望過他們，已經記不清是在哪兒了。一切如同噩夢。我到了以後，又來了一個人，他說奧西普·埃米利耶維奇的父親[77]（即「爺爺」）沒有棉衣。奧西普當場脫下自己上衣裡面的絨線衫，交給了他，讓他轉交

---

75 尼·尼·阿謝耶夫，（一八八九～一九六三），俄羅斯詩人。

76 伊·利·謝爾文斯基，（一八九九～一九六八），俄羅斯詩人。

77 指曼德爾施塔姆的父親（一八五六～一九三八）。少年時曾在柏林猶太教會學校讀過書，後來帶著家屬遷到彼得堡，

給他的父親。

我兒子[78]告訴我，審訊他的時候，曾把奧西普．曼德爾施塔姆有關他的和有關我的證詞讀給他聽，證詞無懈可擊。可悲的是，我們同代人中能有幾個人可以如此地談及自己呢？……

一九三八年五月二日曼德爾施塔姆在契魯斯吉火車站附近的神經病療養院第二次被捕（當時是恐怖最盛時期）。那時我兒子在什帕列爾監獄已經關了兩個月（從三月十日起）。大家都在大聲高談拷打的情況。娜佳來到列寧格勒。她的眼睛令人生畏。她說：「只有我得知他已經不在人世時，我的心才能安靜下來。」

一九三九年初，我收到莫斯科一位女朋友（艾．格．戈爾什坦）寄來的短信，她寫道：「女友列娜（奧斯梅爾金娜）生了一個女兒，女友娜佳成了寡婦。」

一九六三，七，八於科馬羅沃

78 阿赫馬托娃的兒子列夫三次被捕，在流放地與監獄度過十一年，對他進行過多次審訊。從事過印刷和皮革分類行業。

補一

奧西普從他去世的地方只來過一封來信（是寫給他弟弟亞歷山大的）。這封信在娜佳手裡。她拿給我看過。奧西普寫道，「我的親愛的娜佳在哪兒呢？」他要求寄些棉衣。郵包寄去了。郵包又被退了回來，他生前沒有收到。

在娜佳極其艱難的歲月裡，瓦西里莎·什克洛夫斯卡婭和她的女兒瓦里婭，是她的真正朋友。

奧西普·曼德爾施塔姆如今是世界公認的偉大詩人。有人為他寫書——進行論文答辯。做他的朋友是榮譽，當他的敵人是恥辱。正在籌備出版他的作品的經典版本。每發現一封他的信都是大事一樁。

對於我來說，他不僅是偉大詩人，而且是人，當他得知（大概從娜佳口中）我在噴泉樓的生活如何惡劣時，他在列寧格勒的莫斯科火車站上跟我告別時，對我說：「阿努什卡[79]（他平生從未這樣呼喚過我），請您永遠記住，我的家就是您的家。」這事只能發生在死亡臨頭的時刻……

79 安努什卡，即安娜的暱稱。

一九六三，七，八。
於科馬羅沃

當老曼德爾施塔姆得知奧西普被捕之後，他大哭不已，一再重複：「他是那麼溫柔的（也許是「我的非常溫柔的奧西亞」）」。我最不想寫「回顧式」的曼德爾施塔姆傳記。他也完全不需要這類的傳記。這個人有一顆流浪漢的心，是這個字的最重要的意義，同時是poete maudit par excellence[80]，他的經歷恰好證明了這一點。南方，大海，新的地點永遠在召喚他。一九二九年寫的一組不朽的詩說明他對亞美尼亞的狂熱的愛戀。多少年來，他不得不從早晨起就考慮在哪兒弄點兒吃午飯的錢。他一點兒也不會攢錢和算帳。都說「他向所有人都借過錢」。可是，他從來沒有向我借過一分錢。也沒有向斯列茨涅夫斯卡婭借過。

提出並盡力說明列寧格勒和莫斯科對曼德爾施塔姆的不同態度（三〇年代）。

80 法文：真正的受詛咒的詩人。

莉莉·勃里克沙龍的活動。[81]

* * *

有的詩人生前赫赫有名（如索洛古布），可是死後完全被忘卻。有的詩人生前默默無聞（如古米廖夫），可是人一死馬上成了名人。（莫迪利阿尼的命運也是如此。）

曼德爾施塔姆的情況複雜得多。他是在為自己的重孫們寫作。這些重孫們出生在血泊裡、汙泥中、饑俄中、非正義中，卻長成純潔的、聰明的和充滿活力的人。他們來了，說：「就是他——我們不需要任何其他人」。

歌……

越過孫子向重孫們飛翔。

81 莉莉·勃里克和她丈夫的沙龍，常有克格勃大人物聚會，阿赫馬托娃懷疑這與曼德爾施塔姆被捕有關。不過這一懷疑沒有物證可以證明。

新的彈唱歌手會譜成陌生的歌曲

像是自己的歌一樣在唱——

奧西普．曼德爾施塔姆還是個孩子時就這麼寫了，他已預見到二十世紀六〇年代會發生的事。（也有像維亞切斯拉夫．伊萬諾夫這種人——故弄玄虛以愚弄人民的卓絕能手。他去了國外，他使自己和別人都相信他在國內是個知名的人物。）

關於奧西普．曼德爾施塔姆

一九一七年十月二十五日他經過宮廷廣場，在那裡看到了婦女最後一次閱兵式。其中有位騎在馬上的女人對著群眾中的一位夫人喊道：「Au revoir, tante Vera」。[82]

82 法文，「薇拉姑媽，再見。」

補二

我把自己寫的關於曼德爾施塔姆的隨筆交給了日爾蒙斯基。

一九一六至一九一七年，奧·曼德爾施塔姆住在克里木，不只是在科克捷別利，還在阿盧什塔市馬戈登科家中。那時，在那裡還有莫丘利斯基、涅多勃羅沃、斯米爾諾夫、拉德洛夫兄弟、日爾蒙斯基（一九一六至一九一七）、薩洛梅婭和拉法洛維奇[83]、丘多夫斯基夫婦。蘇傑伊金和薇拉·阿爾圖羅夫娜單獨住在另一處，離阿盧什塔不遠。正是她越過肩膀在窺視……

補三

奧西普在「詩人作坊」裡（這事發生在洛津斯基家中）對我說：「您的詩一般都給我一種飛翔的感覺。今天沒有這種感覺，應當有。注意，要時時都有！」另一次：「只有動用外科手術才能把您的這些詩句從我的腦子裡清除出去。」（指《念珠》集中的某首詩）

---

83 慣於製造流言蜚語的老傢伙（格·伊萬諾夫）可以把這一對男女編造成腰纏萬貫的亞美尼亞男人和他的漂亮的姘婦。這兩個人當時都在巴黎，當然二人不能不動手打架，不知麥秸兒是指誰說的，格奧爾吉·伊萬諾夫根本辦不到（大家都知道這一點），既然他把她稱為漂亮的姘婦，他就需要戴上假面具。——原注

侮辱。

談到尼·布魯尼（在一號作坊）的詩時，他大發脾氣，怒吼道：有的詩聽起來像是對個人的

補四

就「喪家犬」酒吧講幾句。地點：米哈伊洛夫斯卡亞廣場五號。兩個冬天。普羅寧總是把革命文獻藏在沙發底下。關於《宿營地》我一無所知，沒有去過。過路的外國人，如 Paul Fort[84]，Marinetti[85]——有時來到「喪家犬」酒吧，形式主義者們在那裡舉行過研討會。樂曲陣陣。關於《驅逐天堂》。角色。奧麗佳——耶娃，米克拉舍夫斯卡婭——蛇魔，卡爾薩維娜的紀念會。每天白天，更正確地說是每天晚上，馬雅可夫斯基穿著黃色短上衣出現。他喜歡在那裡朗誦。

我記得他朗誦過：

算是什麼丈夫

84 保羅·弗爾（一八七二～一九六〇），法國詩人，一九一四年三月在「喪家犬」酒吧舉行過朗誦會。

85 馬里奈蒂（一八七六～一九四四），意大利詩人，形式主義理論家。一九一四年二月在「喪家犬」酒吧為他舉行過一周的活動。

直接從手裡搶奪……

FINALE

夏天行駛職能
秋天門上公園的門栓。
車站出售黃色車票
買這種票沒有座位……

派人去找御醫，
御醫說到就到。
宮廷的小丑像個
玩具小熊在奔跑。

在「喪家犬」酒吧演出的另一個場面：

烏拉，治療開始了

全身輕鬆了

不知為什麼出現了把小木椿和美妙的天主教教徒押成一個韻。

* * *

奧．曼德爾施塔姆對我說：「當您和人們交流時，好像是蒙著蓋頭在接待他們。」

阿米蒂奧·莫迪利阿尼

我非常相信別人的話，他們把他描繪得並不像我所熟悉的樣子，這裡有些原因。第一，我只曉得他實質性的某一個方面（即閃光的一面），因為我是外來人，是個二十歲的外國婦女，我本身可能也不太為他人所理解；其次，當我和他於一九一一年相會時，我發現，在他身上已發生了巨大的變化。他變得陰鬱而消瘦了。

一九一〇年，我和他見面的機會很少，只有幾次。可是那年冬天，他卻不斷地給我寫信[1]。但他沒有告訴我他在寫詩。

根據我現在的理解，我當時使他最感驚奇的是，我喜歡猜測他人的思想，窺察別人的夢境，以及其他等等瑣事，而了解我的人，對這些早已習以為常。他口中振振有詞地說：「On

1 我還記得他信中的幾句話。其中有一句：「Vous etes en moi comme une hantise」。（法文：「您讓我著了迷」。）——原注

communique[2]。」他常講的話是：「Il n'y a que vous pour realiser cela[3]」。

我們倆大概都不理解一個實際問題：當時發生的一切，對我們來說，是我們兩人的生命的前奏，一個是他那極短的和另一個是我這極長的生命的前奏。藝術的呼吸還沒有吹燃起火花，還沒有改造這兩個人的生存，那應該是一個明媚的、輕快的、拂曉的時刻。而未來，在它進屋之前，大家都曉得，早已把自己的影子投射進來。它敲著窗戶，藏在路燈後邊，它橫穿夢幻，並用波特萊爾筆下的可怕的巴黎嚇唬人，而這個巴黎就隱蔽在身旁。莫迪利阿尼的一切神聖奇妙的東西，當時只是隔著一層迷霧在閃爍放光。

他長著安提諾[4]似的頭，雙眼閃著金色的光芒，他與世上任何人沒有絲毫相似之處，除了我常常想起來的亞．特施勒，那時（一九四三）特施勒正在塔什干為我畫像。

不知為什麼，他說話的聲音卻永遠留在我記憶之中。我認識他時，他窮得像個乞丐，我不曉得他靠什麼維持生活。當時他作為一名畫家，連成名的跡象也沒有。

那時（一九一一年）他住在 Impasse Falguiere[5]。他很窮，所以我們逛盧森堡公園時，一向

2 法文：「噢，傳遞想法。」
3 法文：「噢，這只有您才做得出來。」
4 安提諾，羅馬皇帝寵愛的希臘少年。
5 法文：法爾吉埃胡同。

是坐在長凳上，而不是坐在需要付費的椅子上。他並不抱怨那種極端的困境，也不抱怨別人如此不賞識他。只有一次，在一九一一年，他說：前一年冬天他是那麼糟糕，以至不能去思忖他最珍愛的事。

我覺得他被孤獨緊緊地困住。我不記得他在盧森堡公園或在拉丁區跟什麼人點頭打過招呼，而住在那一帶的人彼此都多多少少相識。我沒有聽見他提及過一個熟人、一個朋友或一個畫家的名字。我也沒有聽見他講過任何一個笑話。我從未見過他喝醉的時候，也沒有聞到他身上有酒味。看來，他喝酒是後來的事，但那時他已提到過印度大麻素[6]。那時他沒有明確的生活伴侶。他從不講述前一次的戀愛經歷（可惜，大家都喜歡講）。他跟我也不談世間俗事。他彬彬有禮，這並非家教的結果，而是他崇高的精神的流露。

當時他從事雕塑。他身穿工作服在畫室外的小天井裡工作（空蕩蕩的死胡同裡可以聽見他錘子的敲打聲）。他畫室的牆壁上掛滿肖像畫，其長度是意想不到的（據我現在的回憶，覺得那些畫是從天花板一直垂到地板上）。我沒有見過那些畫的複製品，原作可保存下來？他把自己的一座雕塑稱之為「a chose」[7]，一九一一年大概在「Independants」[8]展出過。他邀我去看這件展

6 從印度大麻的膠質中提取的麻醉物質，可以製藥，亦可作為毒品吸用。
7 法文：意為「東西」。
8 法文：「獨立展覽會」，這是一個由青年美術家組成的團休舉辦的展覽會。

品，但在展覽廳裡他卻沒有走近我，因為我當時不是獨自一人，而是和朋友在一起。後來當我遭到重大損失時，他送給我的那次照片也遺失了。

那個時期，莫迪利阿尼的腦子裡裝滿了埃及。他帶我到盧浮宮去參觀埃及展廳，並一再表示，其餘（tout le reste）展品都不屑一顧。他畫我的頭時，頭上畫上了埃及女皇和舞女的頭飾，使人覺得他完全為埃及偉大藝術所征服。顯然，埃及是他最後的追求。過了不久，他變得如此獨具一格，以致欣賞他的畫時，再不願意追念其它了。如今，莫迪利阿尼的那個時期被大家稱做 Periode negre[9]。

他說過：「Les bijoux doivent etre sauvages[10]」（指我的非洲串珠項鍊），並為我畫了佩戴項鍊的肖像。月夜他領我去參觀 le vieux Paris derriere le Pantheon[11]。他非常熟悉這座城市，可是，有一次我們還是迷了路。他說：「J' aioublie quily a une ile au milieux」[12]。是他使我看見了真正的巴黎。

關於米洛斯島上的維納斯，他說，值得雕塑與作畫的體型勻稱的婦女，一旦穿上衣服便顯得

---

9 法文：黑人時期。

10 法文：「珍寶應當帶有野性。」

11 法文：先賢祠後邊的老巴黎。

12 法文：「我忘記中間有一個島。」（指聖路易島）。

笨拙。

細雨紛飛（巴黎多雨），莫迪利阿尼撐著一把又大又舊的黑傘上街。有時，我們撐著這把傘，坐在盧森堡公園的長凳上，夏季的雨水暖洋洋的，le vieux palais a l'Italienne[13]在附近昏昏欲睡。我們二人異口同聲地背誦我們記得牢牢的魏爾倫[14]的詩句。我們喜出望外，因為我們記住的是同一些作品。

我看過一本美國出版的傳記，書中說，似乎是貝阿特麗絲．黑[15]對莫迪利阿尼發生過巨大的影響。正是這個女人曾把他叫做「perle et pourceau」[16]。我可以證明，而且我認為有必要證明，阿米蒂奧早在與貝阿特麗絲．黑相識之前，也就是在一九一〇年，已經是具有高度修養的人了。一個把偉大的畫家叫做豬崽的貴婦人，未必對某人能起開導作用。

一九四五年十一月，在噴泉樓，第一位來到我家的外國人，見到莫迪利阿尼給我畫的肖像說

13 法文：「一座義大利風格的古老宮殿」，指盧森堡宮，這座宮殿是建築師傑勃羅斯奉國王亨利四世的遺孀馬利亞．梅迪西之命在一六一五～一六二一年建成的。

14 魏爾倫（一八四四～一八九六），法國象徵派詩人。

15 「黑，」是特朗斯瓦里馬戲團的一名女騎手（參見《巴黎藝術》雜誌一九二〇年第六期第一至二頁古勞梅的文章）。書中的潛意大概如下：「一個外省城來的猶太孩子怎能受到多方面的深厚的教養？」——原注。

16 法文：「既是珍珠，又是豬崽。」作者引的貝阿特麗絲．黑斯廷格（即「黑」）的這句話，摘自里坡希茲的著作（阿米蒂奧．莫迪利阿尼）結尾一章．巴黎，一九五四年版。

了一句某位無名詩人完全談及其他事的話，讓我「既記不住，又不能忘卻」。

* * *

比我們年長的人把魏爾倫和簇擁他的一大批景仰者走過的盧森堡公園的林蔭路，指給我們看：說他就是沿著那條路「從自己的咖啡館」，即他每天高談闊論的地方，走向「自己的飯店」去用餐的。但是，一九一一年沿著這條林蔭路走的不是魏爾倫，而是一個高個子先生，他身穿無可非議的常禮服，頭戴大禮帽，胸佩「榮譽團」綬帶，——周圍的人悄悄地說：「亨利·德·雷尼埃[17]！」

這個名字對我們兩人來說，一點也不響亮。莫迪利阿尼（如同其他有教養的巴黎人一樣）根本不想聽到阿納托爾·法朗士的名字。他得知我也不喜歡此人時感到高興。魏爾倫在盧森堡公園只作為一座紀念像存在著，這座紀念像是在那一年落成的。關於雨果嘛，莫迪利阿尼簡單地說了一句：「Mais Hugo-c'est declamatoire?」[18]

17 雷尼埃（一八六四～一九三六），法國詩人。
18 法文：「雨果——是演說家嗎？」

有一天，我去找莫迪利阿尼，大概沒能約好時間，所以他不在家。我決心等他一會兒。我手中有一捧紅色的玫瑰花。畫室的大門鎖著，門上的那扇窗戶卻開著。我閒得無聊，便把鮮花一枝枝拋進畫室。沒能等到莫迪利阿尼歸來，我便走了。

當我們見面時，他表示萬分驚訝：房間鎖著，鑰匙還在他那裡，我怎樣進了他的屋。我把經過說了一遍。莫迪利阿尼說：「不可能，花兒擺得那麼美……」

莫迪利阿尼喜歡徹夜在巴黎遊逛。當街道陷入沉睡的寂靜時，我常常聽到他的腳步聲，於是我便離開寫字台，走近窗戶，透過百葉窗，望著他在我窗下緩緩漫步的身影。

當時的巴黎，到了二〇年代初便得名「vieux Paris」[19]或「Paris avant guerre」[20]了。出租馬車比比皆是。車夫有自己的小酒館，叫做「Au rendez-vous des cochers」[21]，我青年時期的同代人當時還活在人間，但，過了不久，他們便陣亡在馬恩河上和凡爾登城下了。所有左派美術家，除莫迪利阿尼之外，都得到了讚許。畢卡索當時的名氣和現在一樣的大，不過那時都說：「畢卡索

19　法文：「老巴黎」。

20　法文：「戰前的巴黎」。

21　法文：「馬車夫聚會地」。

和勃拉克[22]。」那時伊達·魯賓什坦[23]扮演莎樂美，佳吉列夫[24]的 Ballets Russes[25]美的傳統（斯特拉文斯基[26]、尼金斯基、帕甫洛娃、卡爾薩溫娜、巴克斯特[27]）。

如今，我們曉得斯特拉文斯基的命運也沒有停滯在二十世紀前一〇年代，他的創作成了二十世紀最高音樂精神的表現。當時我們還認識不到這一點。一九一〇年六月二十日《火鳥》上演了……一九一一年六月十三日福金[28]在佳吉列夫劇團排演了《彼得魯什卡》[29]。

那時，在巴黎鬧市區鋪修新的林蔭大道（Raspail[30]林蔭大道）的工程尚未最後完工（左拉對此有過描述）。愛迪生的朋友韋爾納在 Taverne de Pantheon[31]指給我兩張桌子看，說：「這是你

---

22 勃拉克（一八八二～一九六三），法國現代派畫家。
23 魯賓什坦（一八八五～一九六〇），俄國女演員。
24 佳吉列夫（一八七二～一九二九），俄國戲劇活動家。
25 法文：俄羅斯芭蕾舞。
26 斯特拉文斯基（一八八二～一九七一），俄羅斯作曲家。
27 巴克斯特（一八六六～一九二四），俄羅斯舞台美術家；其餘幾人均為當時享譽舞壇的俄羅斯演員。
28 米·福金（一八八〇～一九四二），俄羅斯芭蕾舞演員，舞劇編導。
29 彼得魯什卡——俄羅斯民間木偶戲的主要人物——樂觀不屈的好漢，被壓迫的弱小人物的保護者；斯特拉文斯基將其故事編為芭蕾舞劇。
30 法文：街名，音譯為拉斯帕伊。
31 法文：先賢祠餐廳。

們的社會民主黨人待的地方，布爾什維克們在這兒，孟什維克們在那兒。」婦女們的穿戴興趣經常變換，忽兒穿上裙褲（jupes-culottes），忽兒又幾乎是包住大腿的裙子（jupes-entravees[32]）。詩——無人問津。只有印有名聲大小不等的美術家的裝飾畫的詩集才有人購買。我那時已明白，巴黎美術把法國詩歌給吞了。

雷涅·吉爾在提倡「科學詩」，而他的所謂門徒們則是極不樂意地去拜訪他們的這位道長。

* * *

天主教堂把貞德變成了聖人。

Et Jehanne, la bonne Lorraine,
Qu'Anglois brulerent a Rouen[33]……

---

32 法文：窄裙。

33 古法文：「出生在洛林的善良的貞德，被英國人燒死在盧昂……」。這是法國詩人弗朗索瓦·維庸（一四三一～一四六三以後）的敘事詩〈關於往昔的貴婦人〉中的兩句。

當我看見這位新的女聖者的一尊尊雕像時，不由得想起了一部萬古流芳的敘事詩的這兩行詩句（譯按，指上引維庸的詩）。這些趣味相當低劣的小雕像，已開始在經營教堂用具的店鋪中出售。

* * *

莫迪利阿尼聽不懂我的詩，感到十分遺憾。他猜想詩中一定隱藏著某些神奇內容，其實那些詩僅僅是怯懦的初試（例如一九一一年在《阿波羅》雜誌上發表的詩）。對於《阿波羅》上刊載的美術作品（「藝術世界社」的畫），莫迪利阿尼公開予以嘲笑。

莫迪利阿尼在一個醜陋不堪的人的身上發現了美，而且極力堅持這種看法，這事使我感到意外。我當時產生了個想法：他對一切事物的觀察，大概與我們大不相同。

總而言之，巴黎稱之為時髦的東西，以各種華麗的詞藻打扮的東西，莫迪利阿尼都嗤之以鼻。

他畫我的時候不是當場寫生，而是關在自己的家中作畫，然後把這些畫贈給我。一共給了我十六幅。他要求我把這些畫嵌上鏡框，掛在自己的房間。可惜這些畫在革命的頭幾年被毀於皇村。殘存的一幅，與其它十幾幅相比，最不能預見到他後來畫的「人體畫」……

我們在一塊兒談得最多的是詩。我們兩人知道很多法國人的詩：魏爾蘭、拉弗格[34]、馬拉美[35]、波特萊爾等人的作品。

他從未給我讀過但丁。可能因為我當時還不懂義大利文。

有一次，他說：「J'ai oublie de vous dire que je suis juif。」[36]他說他生於里富納近郊——同時說他二十四歲，其實他已經二十六了……

他說，他對航空員（現在稱為飛行員）頗感興趣，可是當他和其中的一人相識之後，便大失所望：原來他們不過是一般的運動員。（他期待的是什麼呢？）

那時，大家都曉得，早期輕便飛機，形狀類似書架，在鏽跡斑斑的、有些曲線的艾菲爾鐵塔——我同齡（一八八九）的產物——上空盤旋。

我覺得這座鐵塔像一盞碩大的燈檯，被一個巨人遺忘在小人國的首府裡了。這種說法已經近似格列佛[37]了。

---

34 拉弗格（一八六〇～一八八七），法國象徵派詩人。

35 馬拉美（一八四二～一八九八），法國象徵派詩人。

36 法文：「我忘記告訴您，我是猶太人。」

37 格列佛是英國作家斯威夫特的諷刺小說《格列佛遊記》中的主人公。他周遊過小人國和大人國等虛構國度，並有一些離奇的遭遇。

……不久前占了上風的立體派，這時到處顯出一副不可一世的樣子，可是莫迪利阿尼對它始終感到格格不入。

馬克·夏加爾[38]已經把自己神奇的維捷布斯克帶到了巴黎。另一位尚未成名的小字輩，還沒有昇華為明星的查理·卓別林，那時正在巴黎林蔭路上徘徊（當時電影被稱之為「偉大的啞巴」，它出色地保持著沉默）。

* * *

「而在遙遠的北方」……（見普希金：《石客》）在俄羅斯，列夫·托爾斯泰、弗魯別利[39]、薇拉·柯米薩爾熱夫斯卡婭[40]相繼去世。象徵派宣布自己處於危機狀態。亞歷山大·勃洛

38 夏加爾（一八八七～一九八五），俄裔法國現代派美術家，出生在維捷布斯克（白俄羅斯境內）。他曾把表現家鄉的美術作品帶到巴黎去展出。

39 弗魯別利（一八五六～一九一〇），俄國著名畫家。

40 柯米薩爾熱夫斯卡婭（一八六四～一九一〇），俄國著名話劇女演員。

克卻預言道：

呵，孩子們，如果你們知道

來日的寒冷與黑暗……

還有

給大地送來了黃色炸藥……

又在散文中說

當偉大的中國向我們撲來時……（一九一一）

如今，支撐著二十世紀的三條巨鯨——普魯斯特、喬伊斯和卡夫卡——當時還沒有作為神話存在，那時他們和一般人一樣地生活著。

＊
＊
＊

我深信這樣一個人一定會光芒四射，所以後來我遇到從巴黎回來的人便打聽有關莫迪利阿尼的下落，他們的回答都雷同：我們不知道，沒有聽說過[41]。

只有一次，當我和尼·斯·古米廖夫最後一次一起去別熱茨克看望兒子（一九一八年五月），我提起莫迪利阿尼的名字時，古米廖夫說他是個「大酒鬼」，或類似什麼。他說，在巴黎時，他們之間發生過一次衝突，因為古米廖夫在一夥人中間用俄語講話，莫迪利阿尼提出抗議。那時，他們兩人大約都只剩下三年的話頭了，而死後巨大的光榮正在等待著他們。

莫迪利阿尼瞧不起旅行者。他認為旅行是頂替真實的行動。他的衣袋裡總是裝著一本《Les chants de Maldoror》[42]；當時那是一種絕版書。他講過自己是怎樣到俄羅斯教堂去參加復活節晨禱的，他想看看舉著十字架聖像的宗教行列，因為他喜歡熱鬧的場面。他還和一位「顯然是非常重要的人物」（估計是大使館的人）相互親吻三次[43]。莫迪阿尼大概沒有弄清楚這是什麼意

41 無論是·艾克斯太爾（基輔所有「左派」美術家學校成員之一），還是鮑·安列坡（著名的鑲嵌美術家），還是那幾年（一九一四至一九一五）為我畫像的尼·阿利特曼，都不曉得他。——原注
42 法文：《馬爾多羅之歌》。
43 東正教徒在復活節那一天見面時互吻三次以示祝賀。

思……

在很長一段時間裡，我以為再也聽不到他的消息了……可是後來卻聽到了很多有關他的事……

＊　＊　＊

新經濟政策初期，我還是當時的作家協會理事會的理事，我們平時都在亞歷山大．尼古拉耶維奇．吉洪諾夫的辦公室裡開會（列寧格勒市莫赫瓦亞街三十六號，世界文學出版社）。那時，又恢復了和國外的通信聯繫，吉洪諾夫收到許許多多外國書刊。有一次（開會時）有人遞給我一本法國美術雜誌。我打開一看，莫迪利阿尼的相片……小小的十字架……類似訃告的長文章；我從這篇文章中得知他是二十世紀的偉大畫家（記得文中把他與波提切利[44]相提並論），並說英文和義大利文都已出版了有關他的專著。後來，在三〇年代，愛倫堡給我講了很多有關他的事情。愛倫堡在詩集《前夜集》中還發表了一首獻給他的詩。愛倫堡和他在巴黎相識，是在我之後。我

44　波提切利（一四四五～一五一〇），義大利文藝復興時期的大畫家。

在卡爾柯[45]寫的《從蒙馬特到拉丁區》一書中也讀到了有關莫迪利阿尼的情況。在這部趣味低下的長篇小說中，作者把他和烏特里羅[46]聯在一起。我可以肯定，這一篇有關莫迪利阿尼在一九一〇至一九一一年間生活的大雜燴式的描繪，根本不像他。至於作者所採用的手法，正是一般被禁止使用的。

現在我國關心現代藝術的所有人都知道他。而他在國外極其出名，因為拍了一部庸俗的電影《蒙巴那斯街十九號》[47]。這事令人痛心之至！

保爾肖沃，一九五八——莫斯科，一九六四

* * *

我生活中只有莫迪利阿尼才能在夜間任何時候佇立在我的窗下。為此我暗地裡尊重他，但我

---

45 法蘭西斯·卡爾柯（一八八六～一九五八），法國作家。

46 莫里斯·烏特里羅（一八八三～一九五五），法國風景畫家。

47 《蒙巴那斯街十九號》，法國影片，一九五八年開始公演。腳本由歐菲里斯與安利·冉遜根據米沙里的長篇小說《蒙巴那斯人》改編；導演扎克·蓋列爾；傑拉·菲力浦揚飾演阿米蒂奧·莫迪利阿尼。

從未對他說過我見過他。

社會對莫迪利阿尼無限負疚。他在世時沒有被承認，他忍飢挨餓，住在滿是塵土的沒人收拾的畫室裡（Impasse Falgniere[48]）……

* * *

一個義大利工人把列奧納多的〈佐貢多〉偷走了[49]，準備把它歸還祖國，而我（已經在俄羅斯了）總覺得，我是最後一個見到它的人。

* * *

這些雜記並不想概括整個時代，並確定莫迪利阿尼在其中所占有的地位。

……立體主義臨近了。第一批飛機晃晃悠悠地在埃菲爾鐵塔周圍飛旋。所謂第一次世界大

48 法文：法力蓋死胡同。

49 一九一三年列奧納多・達・芬奇的名畫〈佐貢多〉（即〈蒙娜麗莎〉）從盧浮宮被竊走，並於同年歸還博物館。

戰的火光佯裝成霞光在遠方燃起。

……二十世紀邁著偵察員無聲的高高的大腳，背後藏著還沒有發明出來的製造死亡的火箭，悄悄地走來。

加入關於莫迪利阿尼一文中

我沒有給莫迪利阿尼寫過詩。別人一定認為未完成的畫像上的題詩（〈傍晚〉），是寫給他的，其實與莫迪利阿尼沒有任何關係。〈我和你喝醉時感到愉快〉一詩，也與莫迪利阿尼沒有關係。

插入文中

我和莫迪利阿尼從未去過咖啡館或餐廳，但他在我的 rue des Fleures 吃過幾次早餐。拉斯帕林蔭路的拐角。

多麼不像「海」[50]。

他們只知道談吃，回憶美餐，這也就戳穿了他的文學作品，那裡寫的盡是吃和喝。（米沙．阿爾多夫說：那是《廚師回憶錄》。）

補充《莫迪利阿尼》

他好像在任何時候、任何地方都感到窒息，甚至在盧森堡公園。他有個習慣性的動作，彷彿在撕汗衫，不耐煩地重複一句話：「On sort d'ici」[51]……（本文中所有法文句子都是我所記得的莫迪利阿尼的原話。我記得他說過：「Sois bonne-sois douce!……」（法文：「希望你善良，希望你溫柔！……」）這是當他處在大麻刺激下，躺在自己的畫室裡，幾乎失掉意識時說的。我從來沒有跟他「bonne」，也從來沒有跟他「douce」。）

* * *

50 這裡的「海」指的可能是海明威。海明威寫過一本回憶二〇年代的巴黎生活《永遠和你在一起的節日。自傳的零頁》。一九六四年發表後，即譯成了俄文。

51 法文：「需要離開這裡。」

夜話

（三月十日）

星期二：維高列里來信。為莫迪利阿尼表示感謝。一再邀請我五月三十日去義大利。Montale。獎金……我補寫了莫迪利阿尼。寫了幾句關於俄羅斯。托爾斯泰的死。勃洛克的預言。

文章像是長了芽（如同草莓），長啊，長啊！在我眼前變成了自傳。只好在最有趣味的地方切斷它，所以義大利讀者無法知道一九一一年九月十一日我在基輔坐在馬車上怎麼給前往劇院的沙皇的御駕和基輔貴族讓路，一個小時後斯托雷平在那裡被打死……

* * *

莫迪寫信給我說：「Voux etes en moi comme une hantise」[52]，還有「Je tiens votre tete entre

52 法文：「您在我身上有一種魅力。」

mes mains et je vous couvre g amour」[53]。

補充到《莫迪利阿尼》一文中

……五十四年後，一個陽光燦爛六月天，我經過盧森堡公園突然想到，莫迪利阿尼為一種奇怪的窒息感所折磨，他撕胸前的襯衫，並硬說他在公園裡喘不過氣來……

一九五八至一九六五

53 法文：「我捧著您的頭，並用愛將它包起來。」

評論

阿赫馬托娃的普希金研究非常有名，本輯選譯四篇。後兩篇非常難譯，花了不少精力，前前後後改了十幾遍（絕非誇張），有些地方還是沒弄明白；人物太多，關係太複雜，為了我國讀者方便，我把普希金夫人三姐姊都縮寫了，失去昵稱、愛稱或尊稱的色彩。

本輯還譯了萊蒙托夫（〈他無所不能〉）和但丁的兩篇短文。這兩篇都非常重要。

譯者

話說普希金[1]

我的前輩曉戈列夫[2]在其論述普希金決鬥與死亡的著作中，以這樣的想法結束了全書：為什麼上流社會、上流社會的代表人物們對這位詩人恨之入骨，並把他從自己的社會裏驅趕出去，如同揚棄一具異族屍體？現在是時候了，應該把這個問題的內情翻騰出來，並大聲說明，不是他們如何處置了他，而是他如何處置了他們。

浩如煙海的汙穢，變節，謊言，朋友的冷漠，以及波列蒂克和非波列蒂克之流[3]，斯特羅

1　此文為詩人普希金逝世一百二十五周年而寫。

2　帕·葉·曉戈列夫（一八七七～一九三一），俄國歷史學家、文藝理論家，著有《普希金的決鬥與死亡》等書。

3　伊達麗婭·波列季卡，彼得堡上流社會的一個女陰謀家，陷害普希金的主謀之一。

加諾夫家族的親屬[4]，把丹特士[5]的勾當說成是 une affaire de regiment[6] 的近衛騎兵白痴們的愚蠢，涅謝里羅德[7]等人勾心鬥角的沙龍，向所有鑰匙眼兒裏窺視的朝廷顯貴，自命為最高文官，即國務大臣，又不羞於派遣秘密警察跟蹤這位天才的詩人——都已成為往事。在這之後，再看一看這座裝腔作勢、沒有心肝（亞歷山大·謝爾蓋耶維奇[8]稱之為「豬玀式的」）、不學無術的彼得堡，它居然成了如此一個見證者：噩耗一經傳開，便有千千萬萬的人奔向詩人的寓所，他們和整個俄羅斯永遠留在那裏了，這種情景，該是何等地壯觀，何等地瑰麗。

奄奄一息的普希金說，「Il faut que j'arrange ma maison」[9]。

兩天以後，他的家便成了他祖國的一塊聖地，世界再沒有見過比這更充實、更光輝的勝利

---

4 斯特羅加諾夫，沙皇的寵臣，他與普希金的妻子岡察洛娃家有親屬關係。他百般袒護荷蘭公使格克倫與他的義子丹特士。

5 喬治·丹特士，法國人，男爵，法國波旁王朝的黨羽之一。一八三〇年法國七月革命推翻波旁王朝之後去俄國，任近衛騎兵團軍官。他在決鬥中殺害了普希金。

6 法文：維護團的榮譽問題。

7 涅謝里羅德（一七八〇～一八六二），尼古拉一世政府中的外交大臣。此處指他的夫人，普希金最凶狠的仇人。

8 即普希金。

9 法文：我應當整頓一下我的家。

了。

整個這一時代（當然，不是沒有費過勁）漸漸地被稱為普希金時代了。所有大家閨秀、宮廷女官、沙龍主婦、善騎的貴夫人、朝廷的成員們、高官顯貴、將軍與非將軍們，漸漸地都把自己標榜為普希金的同時代人，後來，他們在普希金著作的卡片中和人名索引中還占了一席之地（寫上編造的生卒年月日）。他戰勝了時間，也戰勝了空間。

大家都說：普希金時代，普希金的彼得堡。這與文學已經沒有直接關係了，完全是另外一件事。宮廷大廳裏，即他們翩翩起舞和對詩人造謠誣衊的場所，如今掛上了詩人的肖像，珍藏著詩人的書籍，而他們那些可憐的影子已從那裏永遠地被驅走了。人們每每提到他們那富麗堂皇的宮殿和公館時，就說，普希金曾經到過此地；或者說，普希金未曾來過此地。人們對其他事一概不感興趣。尼古拉．帕甫洛維奇皇帝陛下身穿雪白的鹿皮褲子，耀武揚威，他的畫像懸掛在普希金博物館的牆壁上。如今，如果在手稿上、日記裏、書信中發現有神秘的「普希金」字樣，它就會價值連城，而使他們最害怕的，莫過於聽到詩人的如此詩句：

不會讓你們出來為我負責，
你們暫且可以安穩地睡眠。

老實說，力量在於你們的子孫後代
將代替我將你們詛咒。

人們以為用人工樹立起來的幾十座紀念碑可以代替那一座非人手創造的 aere perennius[10] 紀念碑，真是痴心妄想。

一九六一年五月二十六日

科馬羅沃

10 拉丁文：比銅更堅硬。

普希金與涅瓦海灘[1]

季托夫[2]的小說《瓦西里耶夫島上的僻靜小屋》（一八二九）以描寫瓦西里耶夫島（也就是戈洛代島[3]）北端的細節而令人驚奇不已。

---

1 這篇文章是阿赫馬托娃研究普希金生平的成果之一。文章最初見報是一九六九年七月四日《文學報》，那時阿赫馬托娃已經逝世。俄羅斯國家圖書館手稿部保存了這篇文章的幾種文字稿，註明該文寫於一九六三年一月二十三日。一八二八年普希金和好友維亞澤姆斯基一同參觀過彼得保羅要塞，即關押政治犯的監獄。他們在那裡拾得五塊木屑。維亞澤姆斯基將木屑珍藏在一個匣子裡。俄羅斯專家們研究，這是他們保留的五名被殺害的十二月黨人的紀念。這篇文章記述的是普希金對十二月黨人的思念。

2 弗．帕．季托夫（一八〇七～一八九一），文學家。一八二六年普希金從流放中回到莫斯科後，與季托夫相識。一八二八年秋天季托夫在卡拉姆津家中聽過普希金講述「一個小鬼怎樣乘馬車去了瓦西里耶夫島」的故事。他把普希金講的故事記錄下來，又讀給普希金聽。普希金作了一些修改。杰利維格得知後，要求在《北方之花》雜誌發表，一八二九年以〈瓦西里耶夫島上的僻靜小屋〉為篇名問世。

3 戈洛代島的名字並非來源於俄文的「戈洛德」（即「飢餓」之意），而是英文的holiday（節日）的變音，因為那時英國商人每禮拜都到那兒去消遣。

誰在瓦西里耶夫島上周遊過，無疑會發現島的兩端很少有相似之處。以南岸為例，那兒聳立著一排排龐大的石頭建築物，富麗堂皇；而面對彼得島的北端，卻是一條長長的淺沙灘伸入海灣沉沉欲睡的水中。越是靠近這個灘頭，石頭房子越少，它們被木屋所代替；在棟棟木屋空隙中間，可以看到荒原；最後，一棟房子也沒有了，那時你就會走在遼闊的菜畦邊上，它的左方盡頭是一片小樹林；它把你引上最後一個丘陵，丘陵上只有一兩間孤零零的茅舍和幾棵樹；壕溝裏長滿高高的蕁麻和牛蒡，它將丘陵與防洪土堤隔成兩段；再遠一些就是草場了，泥濘得如同沼澤，那兒便是海灘。夏天，這片荒原顯得十分淒涼，到了冬季，當草場、海水和遮蔽對岸彼得島的樹木都陷入茫茫雪堆之中時，景象尤不忍睹，如同埋在墳墓一般。

作者天天可見瓦西里耶夫島的南端，可是對它卻沒有說出一句生動的話；談到北岸時，那個從來無人問津的地方，作者面對那陰森森的夏季的風光，感到壓抑，幾乎發出了悲鳴，並把冬景說得更為憂傷，甚至把它比作墳墓。我們知道左邊是什麼，右邊是什麼，腳下感覺到土壤的濕潤。所有這一切並不是坐在轎式馬車裡隔著窗能見到的，甚至乘坐無篷馬車也看不見。作者是如此關注瓦西里耶夫島的北端，甚至沒有理會那邊的大海。對於他來說，彼得堡根本不存在了。議會大樓上的鐘聲使你為之一驚，如同天外之音，因為心中既沒有涅瓦大街，也沒有客棧，既沒有宮殿，也沒有堤岸。描寫戈洛代島與小說的情節毫不相干，可是小說中沒有一件東西描寫得如此淋漓盡致。

鮑．瓦．托馬舍夫斯基在《普希金的彼得堡》一書中，把小說中的這個地方與《銅騎士》中描寫的涅瓦海灘聯繫起來了：

在海灘

望得見一座小島。有時候
漁夫捕魚捕到很晚，
拖著漁網就在那裡停泊，
給自己燒頓可憐的晚飯，
或者，在禮拜天有的官員
到河上來划船，有時順便
訪問這座荒島。那裡沒有
長起一徑青草。洪水泛濫，
沖到那裡，把破爛的茅屋
也給沖倒。在汪洋大水上
它的殘跡好像一叢小樹。

去年春天有人把這破爛
用帆船運走。一片荒蕪，
一切盡毀。而我那位瘋人——
人們發現，死在茅屋門口，
就在這裡，看在上帝的面上，
將他那僵冷的屍首埋掉。

我們堅信，他一八三〇年寫的有點兒像謎似的片段〈有時候，當往事的回憶……〉也應當歸入這一類中來：

有時候，當往事的回憶
在暗暗地嚙噬我的心，
而遠去的痛苦像幽靈，
又來把我叩問；
有時候，我到處看到人群，
就想躲到荒原，

我厭惡他們軟弱的嗓音——
那時，我就忘情地飛往
那並非明媚之邦，
那兒天空閃著難言的蔚藍，
那兒溫暖的波浪潑濺
發黃的大理石，
儘管月桂和鬱鬱的杉柏
在那兒繁茂地隨地生長，
那兒莊嚴的塔索曾經歌唱；
甚至如今，在冥冥的夜晚，
遠遠的，發出響聲的山岩
把舟子的低音歌聲回蕩。

我經常夢見[4]自己飛往

4 經常夢見——說明這個景色經常浮現在普希金眼前。——原注寒冷的北國的波濤。
越過一片翻騰的白浪，
看見一個裸露的小島。
啊，淒涼的海島——在岸邊
叢生著嚴冬的越橘，
布滿了枯萎的苔蘚，
受著寒冷的泡沫沖洗。
有時候，北國大膽的漁夫
就來到這裡，
撕開濕淋淋的漁網，
並點火升灶。
而狂暴的氣候把我的
脆弱的小船沖到那裡……

這個片段裡，所有的一切都說得頗為神秘：一陣陣赤裸裸的煩躁悲痛，這對於普希金來說是不尋常的（這種呻吟不是普希金成熟時期的抒情詩的特點，它只能和一八二八年寫的〈回憶〉

相比）；決心為了某種事物而準備放棄生命中最珍貴、最心愛的夢想——放棄意大利，更確切地說，是放棄對意大利的夢想；還有細膩地描繪被上帝和人們遺忘的赤貧的北方大自然中的一個角落，而且全部用的是淒慘的聲調，不像生活現實中那麼充實（如在〈奧涅金的旅行〉中）：

如今我需要另一些畫面：
我愛滿是沙粒的山坡地，
茅屋窗前長著兩株山梨，
一扇柴扉，一排坍塌的樊籬……
……
佛來芒人雜亂的胡說！

應當用〈有時候，當往事的回憶……〉這個片段和《奧涅金》第一章作個對比，那裏的情況完全相反。甚至可以認為作者是想使用被他否定了的結構。普希金在那篇作品中，為了意大利而放棄了彼得堡、白夜，等等：

不過，置身於這夜間的歡娛，

更迷人的，還是塔索八行詩的旋律！

普希金描寫涅瓦河和白夜時，把格涅吉奇的《漁夫們》中的一大段文字作為注釋，那裏談到了「涅瓦的苔原」（「……露水落滿涅瓦的苔原……」）這個詞在一八三〇年的片段中也重複了（「它布滿了枯萎的苔蘚……」）。

彼得堡在普希金的心目中一向是北方[5]。當他寫詩時，彷彿他永遠身居遙遠的南方某地。更何況《片段》寫於鮑爾金諾（一八三〇年十月十四日）。

在《奧涅金》第一章（一八二三年）中，詩人是那麼泰然地準備把彼得堡換成意大利，忽然一種悲慘的衝動（一八三〇年），又迫使他放棄那一夢寐以求的理想，那麼在這二者之間究竟發生了什麼事呢？

直到現在我們也不清楚那五位被處死的十二月黨人埋葬的地點。大家都認為雷列耶夫的遺孀原是確切知道墳墓的所在地的。那就是戈洛代島，也就是瓦西里耶夫島的北端。一條狹窄的小河斯莫連卡把戈洛代從大島上割開。在沙皇尼古拉當權的時代還多少能夠聽到一點可靠的傳說，這些傳說必然是在處刑之後馬上出現的。

---

5 參閱描寫彼得堡貴婦人的詩〈啊，北方的妻子們〉。——原注

對十二月黨人的思念，也就是對他們的命運和他們的結局的思念，一直縈繞在普希金的心頭。從他的詩中可以看得出他是如何在思念他們中間活下來的人（見普希金的通信，〈寄語〉；〈在人間幽暗的地牢裡！〉）。現在我們略微詳盡地分析一下他對待死者的態度。

他第一次提到他們是在《奧涅金》的第六章中——那時普希金剛剛得知所發生的慘案消息（即一八二六年七月二十六日），於是他馬上就把這事寫入詩中。第六章完成於一八二六年八月十日。詩中雷列耶夫的名字和庫圖佐夫與納爾遜的名字並列在一起。連斯基可能「像雷列耶夫那樣被絞死」。然後在〈波爾塔瓦〉（一八二八年）草稿上出現了幾座絞刑架，一八二九年三月八日普希金在波爾托拉茨基家中把沃爾特．司各特的《艾凡赫》一書贈給了亞．亞．拉敏斯基（與《奧涅金》第十章的引句一起），書中也畫了幾座絞刑架。《奧涅金》（一八三〇年）是以「有的已成鬼魂，有的遠在天涯……」這樣的話結束的。普希金不必去回憶：他從來沒有把他們忘記，不論他們在世，或者已經死去。

我不認為他們的葬身之地與他漠然無關。

我們從伊．彼．利普蘭季的回憶中，知道普希金曾如何尋找馬澤帕[6]的墳，怎麼向一百三

6 馬澤帕（一六四四～一七〇九），烏克蘭首領，力圖使烏克蘭脫離俄羅斯。一七〇〇至一七二一年北方戰爭時期倒向入侵烏克蘭的瑞典人一方。波爾塔瓦戰役（一七〇九）後同查理十二世一起逃跑。

十五歲的哥薩克伊斯克拉打聽它的所在地，而伊斯克拉「卻未能把心愛的墳墓或埋葬之地指給他看」。普希金「並未就此罷休！……他繼續查問，是否還有跟他年齡相差無幾的老人」。從《波爾塔瓦》的文字中，我們知道他因沒能找到它（「他鄉遊人常來這裡憑弔，將軍的墳墓已無處尋找」）而感到多麼惋惜。普希金談到聖赫勒拿島上拿破崙的墓，談到卡贊教堂裡庫圖佐夫的墓。至於談到被處決的科丘別伊[7]和伊斯克拉[8]的墓，我們就此事還得提及普希金的看法，他總是讓尼古拉一世以他的偉大曾祖彼得一世為範例。每個讀者都可以輕而易舉地回想起：「請在各方面和祖先學習」（《四行詩節》，一八二六年）。於是我們在普希金為《波爾塔瓦》作的注釋中讀到這樣的話：伊斯克拉和科丘別伊的屍體，由家屬領去，葬於基輔修道院；墓上刻有下列銘文：

……一七〇八年七月十五日，高貴的瓦西里・科丘別伊，總司書；伊萬・伊斯克拉，波爾塔瓦上校，於白拉雅教堂近郊波爾沙高夫佐與科夫舍沃兩村間之刑場被斬首，七月十七日他們的屍體運到基輔，同日下葬於聖洞天修道院。

---

7 科丘別伊（一六四〇～一七〇八），總司書，第聶伯河東岸烏克蘭地區的首席法官。他把馬澤帕背叛的消息報告給彼得一世，被馬澤帕處決。

8 伊斯克拉（?～一七〇八），波爾塔瓦哈薩克團上校。他向俄國當局報告了科丘別伊關於馬澤帕叛變的情報，被引渡給馬澤帕並予以處決。

普希金引證這段話的目的，無疑是想辛酸地譴責尼古拉一世，說他不僅沒有把處死的十二月黨人的屍體交給家屬，而且還下令把他們埋在荒野某處。

而在那裡，即在〈波爾塔瓦〉中，他寫道：

但是兩個受難者安息的
那座墳墓現在依然完整：
在古老的忠貞的墳墓之間
有一座教堂安然地接納了他們。[9]

這些話寫在《波爾塔瓦》裡，草稿上亂塗了十五個絞刑架畫。普希金有意引證一些確鑿的材料，當屍體交還給家屬時，他再次提醒沙皇，在類似的情況下一般的做法：「教堂安然地接納了

9 普希金沒有忘記友人們種植的一排橡樹：
到如今橡樹還對子孫們
講述他們被殺害的先祖。
普希金這是在提醒今天的科丘別伊們，他們不妨以如此慘死的祖先們為驕傲。——原注

他們。」且不說這不是一般的教堂，而是東正教的中心和俄國最了不起的聖地，每年有幾十萬人不遠千里迢迢來此膜拜。我再提一下，普希金講的是剛剛處死的國事犯的屍體。

附帶說一下，寫下這句話的詩人，兩年之後，他和〈有時候，當往事的回憶……〉片段幾乎一起用莊麗的詞句表明了對墳墓的崇敬，它和作者往日的作品一樣，不容更改：

有兩種感情對我們親近異常，
心靈從其中汲取營養[10]：
一是對祖宅的愛戀，
一是對祖墳的情長，

生命力洶湧澎湃的聖堂！
大地沒有它們
死得和荒原一樣，
又如祭壇沒有崇拜的偶像。

10　見草稿〈心靈的營養尋找秘方〉。

（一八三〇）

伊茲麥伊洛夫談到普希金對待墓地的態度時，只提靠近莊園的祖墳（此處還可以加上〈旅途的怨言〉一詩：「不是在世代的巢穴裏，也不是在祖先埋葬的墳場……」）這話說得當然有理。可是當達吉亞娜說，她為了

那座卑微的墳墓
在那兒，一個十字架，一片陰涼，
如今正覆蓋著我可憐的奶娘……[11]

而準備獻出一切時，當冬妮亞來到驛站長的墳前，當瑪麗亞·伊萬諾夫娜離開要塞來到葬於教堂中的雙親的墓前（他們是普加喬夫的犧牲者?!）辭行時，這已經不是祖墳了。普希金這時把自己

11 她，達吉亞娜回憶的恰恰不是父親的墓（上帝的奴僕，季米特里·拉林族長），而是奶娘簡陋的十字架。也許作者本人在哀嘆自己的阿里娜·羅吉翁諾夫娜，她被埋葬在歐赫塔墓地，如同《科洛姆納的一座小房》中的廚娘（「把靈柩運往歐赫塔」）。請再參閱一八二九年的一段神秘的記載：「我拜謁了你的墳墓，——可是那兒地方狹窄：les morts m'en distraient……（死人分散了我的注意力……）」。

最深沉的思想感情都獻給了自己的意中人。

普希金百分之百地贊成古希臘羅馬關於祖墳是國家財寶，是感恩神明的這種崇高的宗教觀念（參見索福克勒斯，《俄狄浦斯在科羅諾斯》）。

從那首謎一般的片段〈有時候，當往事的回憶……〉中，我們知道普希金迴避一種談話，即話題涉及他珍貴至極的事物，而且談話人又以不應有的態度在議論。他用「上流社會」也就是「社交界」這一詞，說明談及的並非他個人的私事，因為在社交場合，如果當事人在場，那就不會議論這些事。詩人決心逃避，但不是逃往隨便一個地方去，甚至不是逃往他所嚮往的意大利，而是逃往密林覆蓋的北方的一個小島上去，那個地方和他三年後「為了上帝」埋葬了自己的葉甫根尼．葉澤爾斯基的地方一模一樣。

《葉甫根尼．奧涅金》第十章遺留給我們的一些詩句中，談及了十二月黨人的事——評價了這一運動的參加者們。《奧涅金》中的轉折，從一個場景變換為另一個場景，是有機的：對連斯基的嘲諷幾乎伴隨他一生，直到生命的最後一刻，但普希金以非凡的力量和悲痛為他哭訴，在第七章中又重提此事。在沒有收入第六章的詩句中（一八二六年），普希金把他看成是樞密院廣場上起義的可能參加者：「或是像雷列耶夫那樣被人絞死」。我們可以相信，他們的墳墓在那裡也不會被人遺忘。

羅森公爵[12]在自己的回憶錄中記述了他如何騎馬來到海灘上，尋找那五位被處死的朋友的墳墓。普希金三次描寫那個地方（《小屋》，一八二九年；片段〈有時候，當往事的回憶……〉，一八三〇年和《銅騎士》），對那個地方所流露出來的悲傷的關注，使我們可以設想他也在涅瓦海灘上尋找過那沒有姓名的墳墓。

「結婚。——跟誰？……——跟薇拉．恰茨卡婭」曾一度被視為獨立的短詩，直到塔．格．恰夫浩夫斯卡婭考證出那是《奧涅金》中的詩節。我們根據這一情況可以認定那塗改得一塌糊塗的手稿也可能是《奧涅金》中的詩節。〈片斷〉中下列幾行詩句，也屬於這種詩節，它幾乎已經定稿了：

我經常夢見自己飛向
寒冷的北國的波濤。
越過一片翻騰的白浪，
看見一個開闊的小島。

12 羅森公爵（一八〇〇～一八六〇），詩人、劇作家、文藝批評家。他於一八二九年初與普希金相識，就文學問題來往較多。他曾把普希金的其他作品譯成德文，並撰寫了有關普希金的回憶錄。

啊，淒涼的海島——在岸邊
叢生著嚴冬的越橘，
布滿枯萎的苔蘚，
受著寒冷的泡沫沖洗。

我相信，說這個片斷是按《奧涅金》詩節的全部規則寫成的，誰也不會就此進行爭論。最後四行，他用交錯韻（abab）代替了《奧涅金》中的環抱韻（abba）。但，這是改來改去的草稿，我們不知道，普希金後來用它寫成了什麼。最初，對這個片斷沒有進行任何推敲，而且還把一八二七年寫的一首完成的詩（〈誰知道這個地方……〉）插入其中。

普希金在〈波爾塔瓦〉草稿中，在絞刑架的上面寫道：「我也有可能像個侍從小丑吊在這裏」，而在致烏沙科娃的詩中——「假如我被絞死，您可會為我嘆息？」（一八二七）[13]，彷彿把自己也列入十二月十四日被殺害的人們中間了。他覺得，涅瓦海灘上的無名的墳墓，幾乎就是

13　兩年以後，他在致波爾托拉茨卡婭的詩中寫道：

假如上帝把我們赦免，
假如我居然沒被絞死……

——原注

他本人的墳墓：

風雨交加的天氣將把我那不結實的小船捲到那裡。

一九六三年一月二十三日

莫斯科

普希金殉難記[1]

前言

說來也怪，我本來認為自己是普希金家庭悲劇題材不應進行討論的研究行列中的人。對此

1 〈普希金殉難記〉是阿赫馬托娃上世紀五〇年代末六〇年代初期撰寫的幾篇有關普希金生平的文章之一。普希金生前曾要求對他的家事不要過多的追尋，然而阿赫馬托娃發現社會上流傳著諸多謬誤，便做了大量的調查，研究了普希金逝世後發表的眾多新材料，寫了幾篇文章，以正視聽。〈普希金殉難記〉一文涉及的是決鬥雙方有關的人士，主要是普希金和丹特士，以及圍繞在他們周圍的一些人的言論和行為。丹特士那一方當時有其義父荷蘭駐彼得堡公使赫克倫、幾個貴族沙龍的活躍人物、近衛軍騎兵團中的名門子弟和富貴家族軍官以及卡拉姆津—維亞澤姆斯基夥幫中的一些青年，而普希金一方只有他孤家寡人和為數不多的親朋好友。文章中很多地方在向研究普希金的專家——《普希金的決鬥與死亡》一書的作者曉戈列夫——提出了不同見解。文中除阿赫馬托娃的原注、俄文版編輯的注釋之外，為了使我國讀者易於了解有關人物與事件，又增加了一些譯者的注解。

事緘口不談，我們無疑滿足了詩人的願望。

可是講了上述情況之後，我還是要涉獵這一題材，因為關於這一題材已寫了那麼多粗魯不堪和惡意重重的假話，而且讀者們又那麼心甘情願地相信這些謊言，甚至還懷著感激之情接受波列季卡[2]毒蛇般的嘶嘶叫、特魯別茨科伊[3]的胡說八道以及阿拉波娃[4]嬌滴滴的虛假作秀，所以我不得不這麼做。現在，既然大量資料重見天日，就可以拆穿這些假話，我們應當完成這項工作。

由於人物較多，關係複雜，尤其俄羅斯人的人名姓氏與我國的稱謂有諸多不同，故譯文中對普希金的夫人及她的兩個姐姐的名字作了一些簡化：普希金的夫人全名是「納塔利婭·尼古拉耶夫娜·岡察羅娃（後隨第二個丈夫改姓蘭斯卡婭）」，為了我國讀者的方便只用了「納塔利婭」；她的二姐亞歷山德林娜·尼古拉耶夫娜·岡察羅娃，只用了「亞歷山德林娜」（後隨丈夫姓弗里津戈夫）；她的大姐葉卡捷琳娜·尼古拉耶夫娜·岡察羅娃（後隨丈夫姓丹特士），只用了「卡捷琳娜」。

其他人的姓名也在譯文中有的地方也做了縮減。

2 伊·格·波列季卡（一八〇七～一八七〇），斯特羅加諾夫的私生女，早期與普希金關係友好，後逐漸變成仇敵，成為是丹特士的朋友。（譯者注）

3 特魯別茨科伊有幾個大家族，親屬中很多人都與普希金熟悉。（譯者注）

4 阿拉波娃是納塔利婭和她的後夫蘭斯科伊的女兒。（譯者注）

一九五八年八月二十六日

一

荷蘭外交官赫克倫男爵既不是塔列蘭[5]也不是梅特涅[6]。

顯然，他幹不了大事，但用我們現代美文學語言來說，搞「勾心鬥角的事」，赫克倫[7]卻得心應手，而且我們看到他是無可指摘地完成了構想的把戲。這種把戲對後代人來說無疑是紙糊的房子，一口氣即可吹倒。因為相互詆毀的證據不斷出現，秘密會成為現實。再說，普希金有一個危險的、老練的仇敵。對此，普希金心中一清二楚。

同時代人覺得丹特士[8]在赫克倫手中只不過是個玩具。我不這麼認為。最初，當他熱戀納

5　塔列蘭（一七七三～一八三八），法國外交家，是個權變多詐、毫無原則的政客。（譯者注）

6　梅特涅（一七七三～一八五九），奧地利政府首腦，他在奧地利帝國建立了警察鎮壓制度。（譯者注）

7　赫克倫（一七九一～一八八八年）男爵，是荷蘭外交官，自一八二三年起任荷蘭駐彼得堡的代辦，自一八二六年成為駐俄國宮廷的公使。大約在一八三〇年普希金與他相識，但沒有深交。赫克倫在德國認識了丹特士，幫助他來到俄羅斯，一八三六年收他為義子。赫克倫在丹特士與普希金夫人的交往上起了惡劣的作用。丹特士和普希金決鬥後，一八三七年四月赫克倫不得不離開彼得堡和俄國。（譯者注）

8　喬治·卡爾·丹特士（一八一二～一八九五），赫克倫男爵的義子，決鬥中殺害普希金的人。他是近衛軍騎兵團的中

塔利婭．尼古拉耶夫娜[9]時，說不定他還在欺騙赫克倫（請看一八三六年第二封信，他寫道當他得知納塔利婭對他愛慕時，那時他對她只有敬佩[10]。這大概是針對赫克倫的第一次警告的回應：「你要清醒過來！」——或類似的一句話）。同樣的想法他也想灌輸給亞歷山大．卡拉姆津[11]。總之，在這場游戲中丹特士扮演的是隱瞞缺點的角色——他應當迷人，由於他儀表堂堂，確實做到了這一點（見安德列．卡拉姆津寄自國外的信中所寫的場面——丹特士在公園裡投向他，丹特士——在哭，等等）[12]。

尉。一八三三年九月來到俄國。翌年與普希金相識。丹特士很快進入彼得堡上流社會，並為皇室所接納。一八三五年後半年公開追求普希金的夫人，流言盛傳。他寫信告訴義父自己在追求普希金夫人的經歷。一八三六年十一月四日普希金收到匿名信後，與丹特士的矛盾尖銳化。無奈中丹特士不得不與納塔利婭的姐姐卡捷琳娜結婚（一八三七年一月十日）暫緩了他們的關係。然而丹特士對普希金夫人的態度仍然卑劣，導致普希金與丹特士的決鬥。決鬥後，丹特士被降為士兵，並於一八三七年三月十九日被驅逐出俄國。卡捷琳娜隨他出國。後來，丹特士在法國以政治活動家的名義出現，在帝國時代甚至成為法國國會議員。（譯者注）

9 納塔利婭．尼古拉耶夫娜——即普希金的夫人岡察羅娃（一八一二～一八六三）。（譯者注）

10 一八三六年二月十四日丹特士寫信給赫克倫的信說「我向你保證，我對她的愛，從今天起有所增加，但與前不同：我敬重她，景仰她，整個生命似乎都與她息息相關」。（原文係法文，俄文版編者注）

11 亞歷山大．卡拉姆津（一八一五～一八八八），近衛軍騎兵團準尉，在他父母家中與普希金有過來往（一八一六～一八三七），對詩人滿懷好感。（譯者注）

12 安德列．卡拉姆津（一八一四～一八五四），亞歷山大．卡拉姆津的哥哥。（譯者注）

赫克倫的第二個犧牲品是納塔利婭。她被打扮成是傳播普希金策略屢遭失敗的信使。（普希金認為這正是她對他信任的行為，為此而感到自豪。）

遺憾的是我們知道納塔利婭把自己的任務完成得不錯（見菲克里蒙的日記[13]）。赫克倫正是利用納塔利婭對他義子的忘乎所以的熱愛而實現了這一計劃。接近這一角色的是蘇菲婭·卡拉姆津娜[14]，這一點從她寫給自己的弟弟的信中有所透露。對她來說，丹特士永遠是正確的。

這位公使出於同一原因從葉卡捷琳娜[15]那裡把一切情況都弄到了手，而葉卡捷琳娜輕率地拋棄了頂替她母親的那位姨媽扎格里亞日斯卡婭[16]的意見（她信中提到姑媽扎格里亞日斯卡婭時說：赫克倫稱扎格里亞日斯卡婭是個讓人討厭的女人），所以到法國後，她立刻偷偷地改信天主教。

我們前不久才知道丹特士有個「bande joyeuse」（歡樂的幫夥），其所有成員，都盡了自己

---

13 達里婭·菲克里蒙（一八〇四～一八六三）是伯爵夫人蒂根豪森的女兒，庫圖佐夫的孫女兒。她在一八三七年一月二十九日的日記中寫道：「他（普希金）對她無限信任，尤其是她事事都告訴他，並轉述了丹特士的話——她太不謹慎了。」（原文係法文，俄文版編者注）

14 蘇菲婭·尼古拉耶夫娜·卡拉姆津娜（一八〇二～一八五六），尼古拉·卡拉姆津頭婚的女兒。（譯者注）

15 葉卡捷琳娜·尼古拉耶夫娜即普希金夫人的姐姐，以下用「卡捷琳娜」。（譯者注）

16 納塔利婭·基里洛夫娜·扎格里亞日斯卡婭（一七四七～一八三七）是普希金岳母的姐姐。（譯者注）

的所能。在卡拉姆津家族之間的通信中反映出他們的活動（而曉戈列夫因找不到這些材料而大動肝火），歸根到底，他們首先是譴責普希金，把他說成是美女身旁的年老衰敗的、妒忌心強烈的丈夫，是個性格無法容忍的人等等，其次，他們毫無疑問地把普希金家中所有的事都通過自己的頭目報告給荷蘭公使。所以有人還事先警告兩位男爵說普希金準備在拉祖莫斯卡婭伯爵夫人[17]的舞會上對他們大打出手，就毫不奇怪了，甚至在普希金逝世後他們仍然堅持這種看法[18]。（馬申卡·維亞澤姆斯卡婭—瓦盧耶娃。）

赫克倫肯定把近衛軍騎兵團的成員們動員起來了（當然不能沒有丹特士的協助），這樣一來，丹特士的事件變成了騎兵團的榮譽問題。（有關丹特士是「正確」的看法流傳甚廣，甚至丘特切夫把這事還寫進自己的詩中（《他或正確或有錯》）。

普希金逝世後，從赫克倫那裡立刻傳出流言，說普希金是某一秘密革命組織的首領。這樣做

17 瑪麗婭·格里戈里耶夫娜·拉祖莫夫斯卡婭（一七七二～一八六二）是公爵夫人（先夫是戈利岑公爵），後改嫁拉祖莫夫斯基少將（一七五七～一八一八）。（譯者注）

18 「參見丹特士監禁後寫給軍事首席法官的信。現在就不難解釋亞·屠格涅夫在日記（一八三六年十二月十九日）中神秘的記錄了：昨天在梅謝爾斯卡婭公爵夫人的晚會上：大家都因為普希金的妻子而攻擊他，我替他說情。蘇菲婭·尼古拉耶夫娜（卡拉姆津娜）對我講了幾句恭維的話。這就是背著普希金在他『朋友們』家中發生的事（大概這類事常有發生）。」（阿赫馬托娃原注）

是為了恐嚇尼古拉一世和本肯多夫[19]，看來他達到了目的，其後果就是普希金的葬禮是秘密舉行的，葬禮上憲兵的人數比朋友還多（見阿·伊·屠格涅夫的日記）。

然而赫克倫還嫌這一切不夠。當喬治·丹特士在彼得堡仕途遭挫後，他仍想要保證義子衣錦還鄉，返回歐洲。因此他繼續大談丹特士的高貴品質，說他時時刻刻都沒有動搖自己挽救普希金夫人好名聲的決心，並以婚娶她那位並不美麗的姐姐來永遠扼制自己。這時就出現了紙糊的房子：公使忙忙碌碌侍弄卡捷林娜，如同慈父對待女兒，以驚人的優雅給她收拾房間，為她排遣解悶，寫信給喬治談她的健康和情緒，如此一來便實實在在背叛了自己的 belle fille（兒媳）。因為他還說過，喬治·丹特士為了衛護普希金夫人的榮譽而獻出了自己美好的生活。公使要把她（作為最後一個冒險的女人）告上法庭，並要她發誓說她先誘惑了未婚夫，而後又誘惑了自己妹夫，而他，公使，曾警告過她要遠離深淵，而且在語言上本應侮辱她。關於此事為兩位高高在上的貴夫人所知曉，因為公使和她們每天交流過自己的憂慮。據皇家宮廷司儀官的夫人、葉卡捷林娜二世的孫媳即博布林斯卡婭伯爵夫人的「詭秘記錄」：這兩位貴夫人之一是涅謝爾羅德公爵夫人，另一位是「la comtesse Sophie B」。有趣的是這兩位貴夫人都是彼得堡很有影響的沙龍的女

19 亞·赫·本肯多夫（一七八三～一八四四），伯爵，一八二六年起成為憲兵頭子和第三廳廳長。沙皇尼古拉一世正是通過他，與普希金進行聯繫。本肯多夫對普希金一直看法不佳。（譯者注）

主人。

（一八三七年三月一日）信是寫給涅謝爾羅德的，那時赫克倫（按維亞澤姆斯基的說法）整天泡在涅謝爾羅德家中，伯爵夫人一再安慰他，那麼這封信應該具有另一種書信性質，是收信人和發信人在一起拼湊的東西，以便讓第三者看見。那第三者就是尼古拉一世。

也許有人會感興趣的是三年後（一八四〇年十二月二十八日）同一個涅謝爾羅德寫信給邁恩多夫：「赫克倫什麼事都幹得出來：這個人既缺乏人格也沒有良心；總之，他無權受到尊重，我們社交界也無法容忍這個人」。

二

無論是茹科夫斯基給本肯多夫的信中說丹特士是個「輕浮的、包藏禍心的、貪淫好色之徒」也好，還是維亞澤姆斯基向穆辛娜—普希金娜寫過類似的話也罷，更重要的是普希金本人把丹特士的行為說成是 manege（見挑戰書草稿），都不相信丹特士的戀情[20]。只有納塔利婭和上層社

20 「我絕不肯定丹特士從未愛過納塔利婭。從一八三六年一月起，他愛上了她，直到秋天。他在第二封中還稱她是個『傻丫頭』『ele est simple』。到了夏天，他的愛情給特魯別茨科伊的印象已經不太深了，當丹特士認為她可能導致他飛黃騰達的事業毀滅時，他立刻清醒過來，變得謹小慎微，在和索洛古布交談時稱她 mijauree（喜歡裝模作樣的女

會的貴夫人們相信他的愛，說來也奇怪，這竟使後代子孫足以原封不動地相信這一傳說。其所以能夠如此，因為這樣更有趣味。我們感到羞恥的是老赫克倫不僅在普希金生前為此洋洋得意，而且他一直還為自己外交上的勝利而沾沾自喜。我們不必為赫克倫在世時的勝利而奇怪，這條在外事活動上幹盡各種陰謀勾當的老狐狸甚至能順利地掩埋全部罪跡，可是俄國社會居然沒能揭穿「舞會王子」丹特士的罪行，使這個貪圖虛名的微不足道的冒險家害死了一位偉大的生命，而且一百二十年來這事一直在重演，這個形跡可疑的男爵的胡說八道居然能在舞臺上演出，甚至拍成電影?!有關丹特士多年的、崇高的愛情傳說來自納塔利婭（une perseverence de deux annees——一八三六年十一月的一封信中說——長達兩年之久）。那麼說，喬治·丹特士從一八三四年秋季起就眷戀納塔利婭、並忠於她？但是，現在我們手上有丹特士一八三六年一月十五日的信，他在信中作為最新消息告訴公使說他愛上了一位貴夫人，她的丈夫 est d'une jalousie revoltante，他的妒忌心讓人無法忍受。（也就說，那時納塔利婭已經因普希金的嫉妒而向丹特士訴苦。）按曉戈列夫的說法，一切都讓人糊塗。按普希金的性格他怎能容忍自己的妻子在兩年之中，甚至在三年之中的移情，當然還有上流社會的流言蜚語？如今，一切都回歸原位：一八三六年一月丹特士愛上

人）和 Narrin（糊塗女人、傻姑娘），並根據公使的要求他給她寫了一封信，信中要擺脱她，最後大概甚至蔑視她，對待她極其粗野，決鬥之後他的行為中沒有流露出絲毫懺悔之意。」（阿赫馬托娃原注）

了貴夫人，二月份向貴夫人作了表白，得到貴夫人眾所周知的回答[21]。那時她已經懷孕六個月（五月二十三日為普希金生下最後一個女兒納塔利婭）。估計，納塔利婭最後兩個月並未出現在上流社會中[22]，尤其是受難節星期六那一天，普希金的母親逝世，家裡有喪事[23]。普希金先是回米哈伊洛夫斯克村安葬母親，然後去了莫斯科。詩人寫給妻子的信心平氣和（「你挺著大肚子怎麼行動啊？……」）。納塔利婭以高價租賃了多布羅沃利斯基的別墅，帶著幾個孩子搬了進去。科科和阿佳（譯按，卡捷林娜和亞歷山德林娜）開始和近衛軍騎兵們騎馬玩耍（「向自己的女騎手們鞠躬致敬」）——也就是說這時丹特士開始出現了。納塔利婭分娩後，病了一個月。從七月起她又開始外出。也就是從這時起出現了流言蜚語（游覽礦泉地，騎馬遛彎等等）。

過了一年，老赫克倫回來了，按普希金的說法，只有那時他才有可能把自己的夫人引見給丹特士本人。這個消息又來自納塔利婭，又是不實際的。丹特士和納塔利婭在二月裡熱熱乎乎

21 「也就是說她愛他，從來沒有這樣愛過，希望他也能愛她，但她忠於天職，也就是像塔季揚娜那樣做了回答。」（阿赫馬托娃原注）

22 「過去我曾這麼認為，然而從卡拉姆津的通信中可以看出納塔利婭在卡拉姆津家中和丹特士見過面，那家人都知道丹特士愛上了她。」（阿赫馬托娃原注）

23 「七月九日普希金寫道：『我在服喪，不外出』——莫非那時納塔利婭一人出門了，普希金為此遭到多利的譴責？」（阿赫馬托娃原注）

地互表愛情，那時公爵正在歐洲旅遊並收養了丹特士為義子，至於那句「Rendez-moi mon fils」（把我兒子還給我[24]）證明的不是撮合二人私通，而近乎相反。另外還有一點讓人不太明白，為什麼低級侍從普希金的夫人、彼得堡宮廷第一美女，在舞會上躲在角落裡（「dans tous les coins」）[25]並允許荷蘭公使對她講些不愉快的事。（問題是丹特士十月間病了，納塔利婭當然想知道他的病情。）

赫克倫馬上而且徹底理解了普希金的行為。但如果他對這種行為有所不理解，別人就會立刻作些解釋。

與普希金友好的兩個家族（卡拉姆津一家和維亞澤姆斯基一家）的年輕人都支持喬治——皮膚白晰、頭腦機靈的舞會王子。納塔利婭也在這一夥年輕人當中，她心平氣和地聽信十九歲的低級侍從瓦盧耶夫——瑪申卡．維亞澤姆斯卡婭的丈夫這樣的問題：「您怎麼能允許這種人如此跟您說話呢？」（指普希金而言！）。

如此說來，赫克倫得悉普希金打算幹的事。普希金想把丹特士描繪成膽小鬼和笑料。也許

24 「您對她胡說些什麼，把我兒子還給我。」摘自普希金一八三六年十一月十七至二十一日致赫克倫的信。（俄文版編者注）

25 「您像個不要臉的老太婆躲在各處角落裡，守候我的妻子（dans tous les coins），以便向她介紹您的兒子。」此話譯自上述同一封信。（俄文版編者注）

現代讀者不能完全理解這個計劃對丹特士的威脅。這事威脅他飛黃騰達的日子，會讓他的美夢破產，因為近衛軍軍官，特別是近衛軍騎兵團的成員，不能當眾成為膽小鬼。那樣的話，他只能提出退伍和變得一無所有。這事讓赫克倫父子倆都難以容忍。應當是英雄而不是膽小鬼。於是公使便開始把自己的義子打扮成英雄的樣子。為此丹特士在彼得堡各種舞會上必須佯裝成具有不幸的樣子，也就是在圓柱旁佇立、唉聲嘆氣、用充滿激情的目光環視周圍，大聲說什麼：「讓上流社會對我做出判決吧」（見梅爾德的日記）[26]。

造謠者們實實在在地幹了自己的事。只剩下普希金。必須讓他知道丹特士並非 Grcorge Dadin 等等，而是一位非常高貴的年輕人，為了心愛的女人不惜放棄自己的一切，沒有片刻動搖，娶了她那位不漂亮的姐姐。但要把這一想法傳給普希金並非易事。朋友們只能安慰焦躁不安的、滿臉愁雲的詩人，或者磕磕巴巴地讓普希金和丹特士相互接近起來，菲克里蒙伯爵夫人為此

26 卡爾·卡爾洛維奇·梅爾德（一七八八～一八三四）是沙皇童年的老師，侍從將軍，普希金認為他是位真誠善良的人。

這裡引證的是他的女兒瑪麗婭一八三七年一月二十二日的日記。日記中寫道她在彼得堡一次舞會上暗中聽到丹特士和一位中年夫人的談話：

「——請您向上流社會證明您能成為一位好丈夫……證明各種流言是沒有根據的。

——謝謝，讓上流社會對我作出判決吧！」（見曉戈列夫著）（俄文版編者注）

而辛酸地責備他們（見她的日記）[27]。

仇人們不敢和普希金談論這方面的問題，怕挨耳光或提出決鬥（如當年和毛孩子索洛古布發生的事）[28]，於是赫克倫顯然在自己的計劃中把這一使命寄托在納塔利婭身上。只有她能把公使的規勸和丹特士如何高貴的故事轉告自己的丈夫，而她，正如我們所知，確實這樣做了，於是她成了赫克倫的代理人。他們急需如此，以便渙散普希金的鬥志並封住他的嘴，還有多爾戈魯科夫——bancal（熊貨——多爾戈魯科夫在上流社會中的外號）也是一個代理人，他在普希金背後說他戴了綠帽子。後來又冒出一個人來，他可以開誠布公地與普希金交談，他告訴詩人說赫克倫得勝了，還說丹特士的高貴品質的說法戰勝了他的 tu l'as voulu, George Dandin 等等，於是決鬥發生了。說這種話的人是三山村的女鄰居，普希金的老朋友弗列夫斯卡婭男爵夫人[29]，一八三七

---

27 菲克里蒙伯爵夫人在日記裡寫道：「普希金既不想參加自己的大姨子的婚禮，也不想在婚後見到他們，可是共同的朋友，那些不太明智的人，總期望讓他們和解，或使他們接近起來，幾乎天天把他們湊合到一起。」（俄文版編者注）

28 一八三六年二月普希金向二十二歲的弗．阿．索洛古布提出決鬥，他在信中寫道「您竟敢向我妻子說些有失體面的話，您還以對她說了一些毫無禮貌的話而自吹自擂」。（這是信的草稿，原文係法文）決鬥沒有舉行。（俄文版編者注）

29 葉．尼．弗列夫斯卡婭（一八〇九～一八八三）是弗列夫斯基男爵的夫人，是普希金親密的女友。普希金為她寫過數首情詩。普希金告訴她即將與丹特士舉行決鬥的事。普希金與弗列夫斯卡婭有過很多通信，但她臨終前讓她女兒把普希金的信全部銷毀。（譯者注）

年初她來到彼得堡，因此納塔利婭在普希金去世後責怪她，並不是因為她明知決鬥而未採取應有的辦法勸阻。關於決鬥一事很多人都知道（維亞澤姆斯基、佩羅夫斯基……）還有「普希金的女友」亞歷山德林娜[30]。我可以告訴很多崇拜這位夫人的人，多年以後亞歷山德林娜在自己的日記裡頗為感動地寫道，她的 beau-frere（姐夫）丹特士（大概是從維也納赫克倫那裡）和納塔利婭同一天從俄國來到她的別墅（在奧地利）。普希金的遺孀和殺害她丈夫的劊子手二人長時間地在花園中散步，好像和他已經和解。根據阿拉波娃[31]的回憶記載，在蘭斯科伊[32]家中流傳著丹特士的偉大愛情的傳說。這個愛情傳說只能靠納塔利婭傳播到那裡。

卡捷林娜的婚事促進了流言蜚語[33]（姐妹的關係，普希金的缺席婚禮……），弗列夫斯卡婭

---

30 亞歷山德林娜·岡察羅娃（一八一一～一八九一），普希金夫人的二姐，一八五三年與奧地利使館的官員古斯塔夫·弗里津戈夫結婚，後與丈夫出國，死於斯洛瓦克。普希金在家中只告訴過她說自己於一八三七年一月二十六日給赫克倫寫過信。（譯者注）

31 阿拉波娃——蘭斯科伊和普希金遺孀的女兒。（譯者注）

32 蘭斯科伊——納塔利婭後來的丈夫。（譯者注）

33 「比如亞·屠格涅夫（一月二十一日）的日記記錄，說阿爾什阿克把十一月決鬥文件拿給他看。何必呢？那時一切事看來已經順利地結束了。十二月裡隨著婚事一切已經安穩下來以後，老赫克倫又牽動了自己的玩具線頭：『市內的謠言又開始了』（維亞澤姆斯基）。『大家又開始談論他的情戀』（尼·斯米爾諾夫）。」（阿赫馬托娃原注）

能向普希金講出一大堆新聞。

於是，弗列夫斯卡婭幹了一件命運注定不詳的轉告。丹特士在上流社會成了英雄等等，既然丹特士是英雄——那麼普希金就是狗熊了。普希金對此無法反駁。於是就發生了一月裡的挑戰。

我認為發出決鬥挑戰書的第二個原因，早已為人知曉，但被曲解了。多年後，尼古拉一世跟科爾夫[34]說：幾乎在決鬥前夕，他和納塔利婭談及她的家事，而後普希金似乎還向尼古拉一世表示感謝。大概皇帝陛下有所忘記，有所淡化，那次只是對低級侍從的妻子的一次例行警告，因為她成了造謠生事的原因。如果把這件事和普希金在日記中記錄的關於年輕的蘇沃洛娃（亞爾采娃）的事相比，很明顯沙皇和納塔利婭的談話是無法忍受的最後一滴救命之水。也就是說，責任還在於尼古拉一世（尼古拉談話的結果是：三天後是他最後的決鬥）。

這就是說，按當時舞會上的規矩，按冬宮下級侍從普希金的妻子的行為，表現有所不端[35]。尼古拉一世顯然沒有因為丹特士愛她而責備她，也沒有召見丹特士，也沒有因為他的作風（作為

34 莫·安·科爾夫（一八〇八～一八七六），男爵，尼古拉一世的親信，普希金皇村中學的同學，二人關係一直冷漠。（譯者注）

35 「我們不僅從菲克里蒙伯爵夫人，而且還從維亞澤姆斯基在普希金逝世後寫給納塔利婭本人的書信中知道，她在上流社會中不善於自律（信未發表）」。（阿赫馬托娃原注）

團長）[36]而批評他。

丹特士的舉止都被顛倒了，普希金逝世後，開始查找災難的原因時，才出現了有關丹特士種種不體面的作派的說法，而在這種情況下查找的辦法又相當粗淺。（比如，丹特士當眾稱卡捷林娜 ma legitime（我的合法的女人），除了隨便說說以外無所證明，而絕不是暗示某種「非法的女人」……）

維亞澤姆斯基兩次提到籠罩著這一事件的秘密陰影（一八三七年二月二十六日寫給布爾加科夫和寫給穆辛娜—普希金娜的信[37]），我提示一句，在給米哈伊爾·帕夫洛維奇的信中，他說普希金認為匿名信是赫克倫耍的鬼把戲，他至死都如此認為（那麼說茹科夫斯基把普希金臨終時曾提起赫克倫一事隱瞞起來了）。莫非維亞澤姆斯基認為普希金瞭解此事是沒有解開的謎團？

普希金這一深信無疑的想法在決鬥發生前起了不小的作用。由於這種想法他和本肯多夫見了面。本肯多夫收到普希金的信，信中有一句談到公使即是信件的作者，所以他立刻把詩人帶進

36 根據有關材料記載，丹特士在部隊任職時，多次受到處罰。（譯者注）

37 亞·雅·布爾加科夫（一七八一～一八六三），莫斯科省長手下的一名重要官員，曾任莫斯科郵政局局長。普希金曾因郵局檢查過他的信件而大不滿，讓他夫人寫信時小心點。

埃·穆辛娜—普希金納（一八一〇～一八四六），伯爵夫人，是位美女，同代人常常拿她與普希金夫人的美貌相比。（譯者注）

冬宮。普希金在那裡向尼古拉一世說明自己的懷疑。對荷蘭公使這麼重要的人物進行控訴，又拿不出證據，就意味著自己準備進單人囚室，或隨機要信使去涅爾琴斯克服苦役。而我們知道，這次覲見之後，普希金沒有遭受任何懲處或警告，而尼古拉一世（按戈根洛埃—基爾希別格[38]和斯米爾諾夫[39]的話）認為根據筆體相似來判斷，該詆毀文字的作者就是赫克倫。丹扎斯對阿莫索夫說的也是如此。按圖書管理寫法的字母，未必能最終確定真偽，但不管怎麼說，我們所知道的三種文件都不是赫克倫寫的。然而，大概至少還有七個文件，我們沒能接觸到，還有一種印刷的文字，根據它進行複寫，那裡只需填寫兩個人的姓名就夠了。我提醒一下，赫克倫父子非常關心的是某一種開本的某一個文件。他們還擔憂的是印刷品，所以普希金寫信給本肯多夫說他是根據印刷品猜到的，這事並非偶然。如此以來，把普希金寫給本肯多夫的信與外交官寫給其義子的「詭秘的便條」比較一下，就可以看出公使父子在某一方面失算了，而普希金卻抓到了把柄。於是在慶幸中普希金寫就了十一月分那封信。這個文件對我們這個題材如此重要，因此不得不詳細地談一談。

茹科夫斯基的《小故事》[40]。

38 戈根洛埃—基爾希別格（一七八八～一八五九），公爵，曾任符騰堡王國駐彼得堡大使。（譯者注）

39 尼·米·斯米爾洛夫（一八〇八～一八七〇），外交官，一八二二年他和全家都與普希金相識，有來往。（譯者注）

40 茹科夫斯基的〈小故事〉寫在十一月（十一月十四至十五日）的第五封信中，目的在於調解普希金與赫克倫父子之間

任何人對這個小故事都沒有給予應有的注意，茹科夫斯基弦外之音是講述了決鬥前的一段歷史。大灰狼（丹特士）想吞掉牧羊人射手（普希金）心愛的小羊羔（納塔利婭），同時他又在窺視其他的羊羔（科科、阿佳）[41]，而且還用舌頭舔來舔去。丹特士被稱作貪吃的狼[42]。接著，他如此描寫了丹特士的婚事：「嘴饞的傢伙知道射手在守視他，且想把他打死（決鬥）。大灰狼感到不舒服，（丹特士膽怯了），便向牧羊人提出種種建議（娶卡捷林娜為妻），牧羊人表示同意。」然後描寫普希金復仇的計畫：「（牧羊人心想）——我怎麼才能把這個長尾巴的野東西置於死地呢……我把鄰居們召集起來，把繩索套在狼身上。[43]「這時茹科夫斯基放棄了豬的角色，牠本來應當用自己的哼哼聲把狼誘出來，也就是把赫克倫父子引誘到普希金身邊，當著在場的「鄰居們」——即當著上流社會人士的面戳穿信件的炮製者（也許包括丹特士在內，參看寫給本肯多夫的信：「mm.les H.」）作了這種解釋後，赫克倫再不能在這裡當特使了，而丹特士也當

的關係。（俄文版編者注）

41 「科科」即普希金夫人的大姐卡捷林娜的暱稱；「阿佳」是她二姐亞歷山德林娜的暱稱。（譯者注）

42 「請比較一下茹科夫斯基在致本肯多夫有關丹特士的評語：『從另一方來講他是個輕佻而又包藏禍心的貪淫好色的傢伙』。」（阿赫馬托娃原注）

43 「茹科夫斯基寫給普希金的信中說：『我知道你準備幹什麼。』普希金的確想召集鄰里們用繩索套住兩個赫克倫，這種報復方法和拉耶夫斯基在敖德薩的『功績』相比顯得微乎其微，是沙皇禁止他這麼做，而不是索洛古勃所認為的是茹科夫斯基。」（阿赫馬托娃原注）

不了近衛軍重騎兵團軍官了。

雖然普希金使尼古拉一世相信信件的作者就是大使[44]，但還是沒有接受普希金破壞赫克倫信譽全部的計畫。顯然，沙皇禁止普希金把十一月寫的信寄給赫克倫，並在彼得堡上流社會中揭穿他，而普希金在草稿上寫道：「決鬥已不能滿足我，不管它的結局如何」，——也就是說置丹特士於死地他還不解恨，他想讓荷蘭公使從擔負的職務上滾蛋，先在上流社會和宮廷面前戳穿他們是匿名信的作者而無地自容。

到了一月，一切都反過來了：丹特士成了英雄，為挽救納塔利婭的榮譽而不惜犧牲自己，大使受到尼古拉一世的庇護，並表示，不揭穿他，只留下一些無法證實的指控——放棄家室（當然不能小視此事）和滔滔不絕的謾罵，只能說明無可奈何的憤懣。

決鬥定於十一月二十一日（早晨八時）舉行。丹特士卻在這一天正式求婚，普希金只好進行報復——戳穿作為匿名信的作者赫克倫。普希金認為自己已把小赫克倫懲治夠了，讓他和科科成親。這時納塔利婭向丈夫提供了足以使最難控制的人發瘋的諸多材料，那一天普希金寫成可怕

---

44 阿赫馬托娃在草稿中關於此事補寫了一段：「如果普希金能夠向本肯多夫和尼古拉一事證實該文件出自荷蘭公使（他無疑這麼做了）但為什麼在十一月裡沒能向自己的妻子說明這一點？這是令人最不能理解的，也許是最可怕的，可怕的事當然已經發生過，但我們至今完全沒有想到。」（俄文版編者注）。

的信稿（致老赫克倫），他大概同時也給本肯多夫寫了信（最初也是草稿）。寫給赫克倫的信中附帶提到寫給本肯多夫的信稿。他當然沒有向赫克倫解釋自己是怎樣猜出誰寄出的誹謗書，而只是炫耀自己的機智，並說誹謗書的捏造者太不注意預防辦法。他向本肯多夫解釋說那篇誹謗書出自一名外交官之手，而且是個外國人，等等：一、用的紙張（是光滑的英國產紙），二、印刷方式；三、根據字體。第三種不算在內。印刷的文件在阿爾什阿克手中——只要抄一份就夠了。至於紙張和印刷方式可以通過納塔利婭的表白流露出來，比如丹特士的某一手札是由她封上的。難怪赫克倫在他那「詭秘的便條」中向丹特士描述過印有誹謗文字的圖章。至於在醜陋的文件上用的多大開本的紙張和圖章有什麼圖案，對於一個無緣無故的人來說有什麼關係呢？

莫非因此第三廳才要調閱丹特士的筆跡？顯然三廳已經知道文件來自荷蘭大使館[45]。

如果一月分的信只是根據納塔利婭提供的信息寫就的，那麼十一月分的信中無疑可以感受到另外一個人的聲音。匿名信裡所涉及的一切並非納塔利婭所提供，她當然不會知道大使館裡在捏

45 「本肯多夫提到住在卡拉姆津家中法國老師基博（可能是文件的作者），在發現『bar.de joyeuse』之後他成為有趣的人。他也可能是『mes droles』（『我的帥小夥子們』）之一。憲兵隊的長官顯然知道卡拉姆津家中的法國人與丹特士有某種聯繫。總之，不管我們如何憎惡本肯多夫也不應該減少他對情況的掌握。曉戈列夫嘲笑本肯多夫調閱丹特士的手跡，完全是多此一舉。這是在冬宮談話（十一月二十三日）的後果，是尼古拉一世相信了普希金的後果。」（阿赫馬托娃原注）

造有損於她的名譽的文件。再有一點，普希金以擁有自己的信息而非常自豪，並對信息的可靠性堅信不疑。這事應當如此理解：赫克倫和丹特士交談時另有一人在場，當著這個人的面決定「le coup decisif」（決定性的打擊）——匿名信，然後這個人去見普希金，把一切都告訴了他，使他有可能敗壞公使的名聲，但，由於完全可以理解的原因，這個人大概不希望為人所知。寫到這兒想起比勒公爵[46]講的一件往事：「四〇年代列夫．普希金[47]在奧多耶夫斯基家中第一次聽到維耶利戈爾斯基[48]詳盡地、引人入勝的講述把他哥哥逼上決鬥之路的經過。現在讓我把當時聽到的事公開發表還不適宜[49]。我只能告訴大家，後來成為物種系譜學的著名作家彼．弗．多爾戈魯科夫[50]在這裡被點名列入那封令人氣憤的暗中投下的信件的作者」（《俄羅斯檔案》雜誌，一八七二，第一卷，二〇四行）。這裡什麼都提到了：即匿名信的作者絕非一個人，還有一些詭詐的唆

---

46 比勒（一八二二～一八九六），男爵，檔案專家，作家。（譯者注）

47 列夫．普希金（一八〇五～一八五二），普希金的弟弟。（譯者注）

48 米．克．維耶利戈爾斯基（一七八八～一八五六），國務活動家，作曲家，普希金的朋友，為普希金的詩配過樂曲。（譯者注）

49 「大概他講的內容中尼古拉一世扮演了一個見不得人的角色，沙皇讓普希金答應他不要採取任何行動，說他會有辦法，其實他什麼也沒有做。」（阿赫馬托娃原注）

50 阿赫馬托娃在自己的筆記中寫道：「彼得．多爾戈魯科夫無疑與普希金本人相識，為什麼他在證明自己無罪的信中根本不提此事？」（俄文版編者注）

使勾當，以及多爾戈魯科夫的名字。

大約過了二十年（一八六〇年）之後，奧多耶夫斯基本人關於多爾戈魯科夫寫道：「這個一知半解的先生只會造謠，傳送暗中投下的匿名信，他在這個領域大顯身手：由於這些勾當發生了多次爭吵、多家的災難，除此之外還發生一件天大的損失，使俄國至今為其哭泣。」

我發現的這一為人所不知的著名引言，使其獲得新的意義——也就是說奧多耶夫斯基知道確有傳遞匿名信的事。

因為維耶利戈爾斯基是收到文件的人中之一，他從普希金那裡顯然得知並非所有文件都是一種筆體。我們至今不知是哪種「卑鄙的挑撥」迫使普希金進行決鬥。我們可以設想多爾戈魯科夫要了雙重把戲。是不是他通知普希金並向他提供了十一月分信的材料：關於赫克倫和丹特士的談話，關於匿名信的計劃，關於發送它的情況。如果只認為這一切僅僅是普希金幻想出來的，那是不可思議的。他在寫信給本肯多夫的信中（「mes droles」——見十一月的草稿）提到「兩位赫克倫先生」，並說知道丹特士和誹謗文章有關。我想這就是多爾戈魯科夫或赫克倫夥幫中的某一人所進行的「卑鄙的挑撥」。

進一步搜索資料證明多爾戈魯科夫和丹特士「bande joyeuse」關係密切。維亞澤姆斯基寫給妻子的信（一八三九）說：「熊貨多爾戈魯科夫——是瓦盧耶夫的朋友」，瓦盧耶夫（維亞澤姆斯基的女婿）本人在出國前寫給朋友們證明自己無罪的信中也自稱 bancal，丹特士甚至還讓他當見證人。

從另一方面來講，同一位維亞澤姆斯基又強調 bancal 與赫克倫夥幫的親密關係，稱 bancal 是在荷蘭公使周圍轉來轉去的「卑鄙無恥之徒」中的年輕人之一。

一八三九年，多爾戈魯科夫在洛巴諾夫—羅斯托夫斯基公爵和列夫．加加林公爵進行決鬥中扮演了一個相當奇怪的角色。他建議決鬥雙方立下有關決鬥的文件，他把這個文件收起來，看來是送給了警察局，因為參加決鬥的人來到決鬥現場時，憲兵們已在那裡等候他們。

否認 bancal 是誹謗文的作者的人們認為，誹謗文是在沃龍佐夫事件發生之後出現的（一八六一），而當時已指出有加加林。對此，我的反對理由如下：一八四八年，也就是散布誹謗文十一年之後，和法國革命之後，恰達耶夫[51]在莫斯科收到一封署名盧伊．科拉爾多的信，他好像是法國著名的心理學家，他從巴黎來，而大家都知道那座城盡是各類狂人，他來到莫斯科，想為恰達耶夫治療誇大妄想症。恰達耶夫的一些熟人也收到了類似的信件，讓他們勸說恰達耶夫接受著名醫生的好意，因為若能把他治好，科拉爾多就能進入大名赫赫的瘋子德米特里耶夫—馬蒙托夫的公館。科拉爾多的信寫得相當厚顏無恥。恰達耶夫立刻猜到該信的作者是 bancal，於是當即寫

51 彼．亞．恰達耶夫（一七九四～一八五六），俄國宗教哲學家。他在《哲學通訊》中對俄國歷史（包括東正教、專制體制和農奴制度）持批判態度。由於發表第一封信（一八三六）被宣布為「狂人」。他在〈狂人的辯護〉（一八三七）一文中表達了俄國未來的信心。（譯者注）

了一封相當機智的同信，大概是忘記發出[52]。我請讀者注意下述情況：一、信是發給一批人的（犧牲者的一些友人）；德米特里耶夫—馬蒙托夫在信中的角色相當於納雷什金在一八三六年的誹謗文中的角色。那一個是戴綠帽子的人，這一個是赫赫有名的瘋子。文件是同一個人寫的，主意是同一個人出的，這個人就是彼得·弗拉基米羅維奇·多爾戈魯科夫。這就相當於刑法中的所謂「手法一致」，無疑是確定被告有罪的絕對證據。

有關分送文件的緣由

荷蘭公使大概想讓丹特士離開納塔利婭，所以他確信「le mari d'une jalousie revoltante（醋意極強的丈夫）」收到這樣的信札以後，會立即把妻子從彼得堡帶走，把她送到鄉村母親那裡去（如一八四三年）——或別的地方去，那時一切就會煙消雲散。因此，他把所有文件分別寄給了普希金的朋友們，而沒有寄給那些不會轉給詩人的宿敵們。只有一人例外。索洛古布的姑媽——瓦西里奇科娃。她不屬於普希金圈裡的人，但她是文件中所提到的納雷什金的妹妹，正因

52 「見《歐洲通信》，一八七一年第九期，第四十八～四十九頁《米·日哈列夫關於恰達耶夫的〈回憶錄〉的附件》。尼·伊·哈爾日耶夫讓我注意這篇文章，為此特向他致深深的謝意。」（阿赫馬托娃原注）

此「mes droles」中有人能選中她。我們知道，普希金曾試圖把納塔利婭帶到米哈伊洛夫斯克村去，不讓她參加丹特士的婚禮，他寫信把這事告訴了奧西波娃。他的女鄰居回答說，漂亮的夫人可能不想到別處去（顯然，正值忙碌的時期）誰會認為此事不當呢（一八三七年一月），另外她還加了一句「Honny soit qui mal y pense」（「誰對此有壞的想法，誰就可鄙」）。

不知道為什麼，好像沒人注意到普希金寫給丹特士拒絕決鬥的信具有完全特殊原因。這是一位一家之主的人寫的信，寫給損害他應保護的年輕婦女的人，然後又在決鬥的威脅下同意同這個女人的婚事。僅此而已。也許正因此決鬥者的證人們沒有把這封信拿給丹特士看。從這時候開始，普希金有了復仇的初步計畫，他要把丹特士描繪成一個膽小鬼的樣子。這封信有損於卡捷林娜的名聲，所以卡捷琳娜便成了普希金公開的仇人這並不奇怪。

這裡值得一提的是丹特士與卡捷林娜的婚事，普希金覺得實在可笑，卻讓老少兩個赫克倫感到滿意。

這時有關兩位男爵的關係的真正性質的傳聞已經持續不斷（見荷蘭公使同事們提供的證明材料），所以必須讓喬治馬上結婚[53]。名聲既如斯，指望良好的結局已難能實現。迎娶一位富有的

---

53 「促使他收養一個青年人為義子、把自己的姓氏與財產繼傳給他，其中必有一個祕密」。見一八三七年二月二至十四日奧地利駐彼得堡公使菲克里蒙伯爵寫給梅太爾尼赫公爵的報告。（見曉戈列夫著作，三七五頁）。「二月七日普希金給赫克倫男爵寫了一封信，信中說剛剛完成的婚事，一方面是陰謀勾當，為兩個惡習聯在一起的壞

承包人的女兒為妻——同樣等於向上爬事業的完結。

卡捷林娜是皇后的宮中女官，是權力無限的扎格里亞日斯卡婭和儀表堂堂的斯特羅加諾夫的侄女，結果再不好，也能滿足兩位男爵了。

但，更重要的是卡捷林娜狂熱地愛上了丹特士，從第一天起就成了兩位男爵的手中的玩物。後來，到了法國，她立刻改信天主教。她無疑了解其中的奧妙，即喬治必須佯裝愛戀她的妹妹（見決鬥信的草稿：「vous avez joue a vous trois un role……enfin Mad. Heckern」（「你們三個人都扮演了角色……最後成了赫克倫夫人」）[54]。她毫無妒忌之意——別人向她做了解釋。嫉妒

蛋所玩弄的詭計；另一方面是他們毫無道德的懦弱表現。」摘自薩克森駐俄國宮廷公使柳采羅德一八三七年一月三十至二月十一日的報告。（見曉戈列夫著作，三九七頁）

女皇寫給蘇．亞．博布林斯卡婭的信中指出赫克倫收養丹特士為義子一事，宮廷對此並不滿意。

亞．伊．屠格涅夫非常明確地寫到老少赫克倫之間病態的「血統」性質，他一八三七年八月四至十四日從吉西根寫給彼．安．維亞澤姆斯基的信中提到有關他與公使夫人瑪麗婭．帕甫洛夫娜（魏瑪爾斯卡婭）談話的內容說：「她也聽到了關於他（指丹特士）對赫克倫的態度，但ＮＮ沒能解釋其內容；所以對主要的事我只能守口如瓶。」（俄文版編者注）

54 普希金在一月分的信稿中兩次提到卡捷琳娜．赫克倫—岡察羅娃是陰謀的同謀：「你們三個人都扮演了角色」，「最後成了赫克倫夫人」。鮑．弗．卡扎斯基解釋這句話時寫道：「普希金在控告信中不僅提到赫克倫和丹特士，還有卡捷琳娜．岡察羅娃（扮演可憐的或卑鄙的角色）。是否可以理解成普希金在這裡指出她或多或少地有意識地參與了陰

的是納塔利婭，她仍在傻乎乎地相信丹特士的偉大激情（見菲克里蒙的日記：「disputant avec son mari sur la possibilite du changement dans le coeur a l'amour duquel elle tenait peut-etre par vanite seulement」（「她就心中這種變化的可能性和丈夫進行了爭論，她珍惜這種愛情，也許僅僅是出於虛榮心」）。

看來應當相信茹科夫斯基，他一再說服和安慰普希金（十一月裡）：「他（即赫克倫）向我提供了物質證據，說很早以前就考慮了這件事（婚姻）」。（同樣可參見茹科夫斯基的關於獵手和狼的小故事。）

扎格里亞日斯卡婭姑媽寫信給茹科夫斯基，感謝他促成了卡捷林娜的婚事：「這樣，一切都結束了」——這種說法對宮廷女官出嫁，未必合適。

一八三七年二月二十六日維亞澤姆斯基寫信給穆辛娜—普希金娜說：「甚至在近處觀察這段歷史的人都深感圍繞它的秘密太多了」。維亞澤姆斯基覺得自己是近處觀察這段歷史的人，他一月十五日，即卡捷林娜婚後五天，給同一位埃米利．穆辛娜—普希金娜也是這麼寫的。一月十四日在巴蘭托夫公館舉行舞會：「赫克倫太太滿臉春風，像是年輕了十歲，讓人看得如同剛剛梳妝後的修女或者是被騙來的新娘。我不瞞您說，她丈夫也跳了多場舞，喜笑顏開，他樣子俊美，表

謀勾當，或者不管已發生的事以後，僅僅是準備迎合赫克倫的意願而嫁給丹特士？」（俄文版編者注）

情很帥。但毫無新婚的狂熱，這就是這對夫婦在普希金提出決鬥前十天給人留下的印象。」

當然，我們關心這封信不是因為二十九歲的卡捷林娜由於喜事，給人以貌似十九歲的姑娘，彷彿她確確實實像個新娘（大概暗示她和丹特士婚前的關係），也不是描寫丹特士的俊美和他身上缺乏新婚的狂熱……這一切不外是上層社會那些能說會道的造謠人的庸俗客套而已。

這封信讓我們感到驚奇的是那心平氣和的腔調，加上維亞澤姆斯基百分之百的自信：認為一切都已恢復正常，不用擔心任何事，主要的是沒有任何秘密（「tant demysteres！」「那麼多的秘密」）。（與這封信完全合拍的是新郎官丹特士的便條，便條裡鎮靜歡樂的腔調讓曉戈列夫感到驚奇。）同一個維亞澤姆斯基說普希金生丹特士的氣，因為他不再向他的妻子獻殷勤。而茹科夫斯基大約在同一時期得知安德烈・卡拉姆津極力想猜透丹特士婚娶的秘密時卻竊竊私笑[55]。（一月十日）儐相們從丹特士和卡捷林娜的婚禮上乘車去了卡拉姆津寓所（見亞・伊・屠格涅夫

55　一八三六年十一月二十一日蘇・尼・卡拉姆津娜給她弟弟的信中說：「大家覺得奇怪，因為有關的信（指匿名誹謗信）只為少數人所知，說明這個婚姻僅僅是常事一樁。只有普希金自己那激動的表情、對見面的人迷惑的叫喊，還有打斷丹特士的話，並在公共場合不理他，使大家懷疑和有所猜想。維亞澤姆斯基說『他為妻子感到委屈，因為丹特士不再向她獻殷勤』。」卡拉姆津娜寫給她弟弟的信中還說：「……這像是一齣不間斷的喜劇，劇的意義誰也不明白；所以茹科夫斯基一邊在巴登喝咖啡，一邊嘲笑你想猜透它的努力。」（俄文版編者注）

的日記）。[56]那還用說嘛，從安德烈．卡拉姆津的書信中可以知道丹特士幾乎把卡拉姆津的家視為自己的家。順便提一下，有關決鬥的結局維亞澤姆斯基家人派人不是去向普希金而是向丹特士打聽，維亞澤姆斯基在一晝夜前既知道決鬥一事，但他沒採取任何措施以便營救自己的朋友，而公爵夫人寄往莫斯科的信中只說丹特士是個落在生命上的瓦片[57]。更可惜的是過了整整一個月，同一個維亞澤姆斯基給穆辛娜－普希金娜本人寫的信中稱丹特士獲得完全勝利：「Celui qui après

---

56 屠格涅夫在一月十日日記中寫道：「儐相們從婚禮來到梅謝爾斯卡婭－卡拉姆津娜公爵夫人寓所。」亞歷山大．卡拉姆津給弟弟安德烈的信中寫道：「一週前我們參加了赫克倫男爵和岡察羅娃的婚禮。我是岡察羅娃的儐相。」（俄文版編者注）

57 慘劇發生後，薇．費．維亞澤姆斯卡婭寄往莫斯科的一封信中寫道：「二十七日，星期三，下午七時半，我們收到赫克倫夫人回答我女兒的一個便條。今天早晨兩位夫人見了面。她的丈夫說他將被拘捕。如果這事發生了，瑪麗（即維亞澤姆斯卡婭的女兒——譯注）向他夫人請求允許她去看望她。」赫克倫太太就我女兒的問題寫道：「我們的預感成真。我丈夫剛剛和普希金進行了決鬥；謝天謝地，他的傷並不危險。可是普希金腰部中了彈。你去安慰一下納塔利婭吧。」維亞澤姆斯卡婭在同一封信中寫道：「至於在這場不可避免的事件中的不可避免的英雄人物——由他自己去擺布吧。讓我詳細介紹他的情況太沉重了。為了自己不被打死，他打死了普希金，這是事實。但落在我們所珍惜的生命上的瓦片，不值得我去細心保留；我會從我的視線中把它扔掉。我們也這樣做了。對於我來說，我不能去造訪殺死我朋友的凶手，尤其是對他毫無興趣。他受了輕傷；他娶了一個女人，誰也沒有向他推薦（是他選中了她）；她被選中，或許至少是被他的義父所選中；他們富有，不怕法律嚴厲的懲罰，所以他們安然無事（替自己）」（見《新世界》雜誌，一九三一年第十二期，一八九、一九三頁）。（俄文版編者注）

l'avoir assassine moralement a fini par etre son meurtrier de fait」（「那個在道義上殺他的人，以現實的殺手而告終」）。

應當怎麼理解這句可怕的話呢？維亞澤姆斯基說是道義上的殺害，當然，誰也不相信丹特士膽小怕事，大家都說他是用自己的聯姻拯救了納塔利婭。普希金對此無法容忍。這也正好說明普希金策略徹底的失敗（他在道義上已被擊斃）。

曉戈列夫著述中說：一月的信中根本沒有留下可以確定赫克倫是該信作者的蛛絲馬跡，其實並不然。有一句「我……只有在這種條件下……沒有使您在我們的和你們的宮廷裡當眾丟人現眼，其實我有這個權利和意圖」，在十一月分的信稿中也有類似一句話，只是說法有些不同，這直接有可能戳穿赫克倫就是匿名信的作者。

如果普希金不再認為赫克倫是該文件的作者，那麼這句話就不會出現在一月分的信裡。

這樣一來捷涅夫根據維亞澤姆斯基公爵口述的有關十一月二十一日信裡的那段莫名其妙混亂不堪的說法就可以找到根據了：「在這之後（也就是宣布丹特士訂婚之後）皇帝陛下在某處遇到普希金，讓他答應，如果這事再度發生而事先又不告訴他，他是不會出面處理的[58]。因為普希金

58 「弗列夫斯卡婭也寫到這一點，她說當她在劇場裡遇見普希金時，曾懇求普希金不要寄出決鬥書，要憐惜自己的孩子

和陛下的關係是通過本肯多夫伯爵進行的，那麼決鬥前普希金寫給本肯多夫伯爵那封著名的信，其實是寫給皇帝的。可是普希金沒有決心寄出」。（曉戈列夫在《決鬥與死亡》一書第一版中還認為這封信是寫給涅謝爾羅德的。）

曉戈列夫應當引證這段文字，而不是引證和尼古拉·帕夫洛維奇（譯按，指尼古拉一世）的談話。在這裡，也只在這裡，說明在丹特士訂婚之後，尼古拉一世和普希金談過話，並取得了普希金諾言。一月二十七日普希金在法國大使館違背了這個諾言，當著兩名證明人的面，即阿爾什阿克和丹扎斯，說文件的作者是赫克倫。一月二十六日普希金寫道：「真理比沙皇更有力」（在致托利的信中），屠格涅夫說他並沒有把「自己的真理埋在心底」。[59]

們。普希金回答說：『陛下會關照他們的，我的事他全知道。』普希金這樣說顯然是他已去過冬宮，是沙皇對他的說法的反應。尼古拉一世在寫給妹妹的信中講了所有的事實，如同根據普希金口述寫的。他幾次提到『那時』，指十一月，即在冬宮的覲見。』（阿赫馬托娃原注）

59 二月一日屠格涅夫寫信給亞·涅費季耶娃：「昨天走進靈堂，聽到誦經的人在亡者面前說的頭幾句話：『你沒有把真理埋在自己的心底』時，使我大吃一驚。這句話正好概括了他死亡的奧妙和原因，也就是他所認為的真理，對他本人和他的心靈的怨恨，他沒有埋在自己的心底，沒有克制自己——而是用可怕的、威嚴的語句說給自己的仇敵之後——殉命！」（俄文版編者注）

簡短總結

總之：曉戈列夫沒有考慮到下述情況：「風流韻事」只持續了一年的時間，五月前納塔利婭懷孕，七月前臥床不起，老赫克倫到了五月才出現，一八三六年二月才做了表白，十一月丹特士已經把納塔利婭稱做 mijauree（裝模作樣的女人，傻丫頭），丹特士訂婚以後兩個赫克倫就準備敗壞納塔利婭的名聲，十一月二十三日在冬宮裡已向尼古拉一世證明赫克倫發出匿名信（或讓人分發），並讓普希金應允緘口不提此事，這樣一來就攪亂了他企圖在彼得堡上流社會揭穿大使的企圖，沙皇本來答應詩人此事由他本人來處理，整個十二月普希金都耐心地期待，最後等來的是隨婚姻有關的更積極的造謠（「市內又開始流傳各種議論」）。看來，尼古拉一世把他欺騙了，所以有關兒女的事他對弗列夫斯卡婭說：「陛下會關照他們，我的事陛下全知道」。至於婚娶卡捷林娜一事正合兩個赫克倫的心意（而普希金並不了解此事），卡捷林娜 etait dans le jeu（參與了這個勾當），決鬥之所以能發生，因為赫克倫的說法占了上風，普希金看到自己的妻子，其實就是自己，在上流社會中遭到玷汙。至於尼古拉一世就普希金的妻子的行為提出的責備，是最後一個打擊，同時弗列夫斯卡婭有關 revelations（揭穿）彼得堡的流言蜚語也與此相吻合。最初，普希金只想在拉祖莫夫斯卡婭（？）舉辦的舞會上將兩個赫克倫暴打一通，但有人事先通知了他們（在接近普希金的人中也有他們的人——都是年輕人）。維亞澤姆斯基和卡拉姆津兩家人一直到最後都在接待丹特士。慘劇發生後，大家嚇壞了，都盡力為納塔利婭開脫，只有她本人能在任何時候阻止這一切，但她怎麼也不相信丹特士已經不愛她了，還在嘲笑她。這期間普希金是多麼孤獨，朋友們的行為又是何其軟弱無力（維亞澤姆斯基兩封信）。兩個赫克倫的行為……他不是忍受不了，而是根本不知全部內情。當他知道時，便發出決鬥書。

附件

文章的其他說法——兩種說法

……總之，這兩種說法開始在彼得堡上流社會和附近的省分「流傳」。我們現在的任務是用比較準確的方式對這兩種說法加以概括，看看它們的作者們（普希金與赫克倫）是怎麼讓其出籠的。

一、**普希金的說法**：厚顏無恥的毛孩子丹特士竟敢給納塔利婭寫求愛的紙條並假裝是「grande passion」（偉大的激情），同時也不知道他是和納塔利婭的姐姐苟合了，還是沒有苟合起來。那時，普希金作為一家之主，向他提出決鬥（十一月），這時那個膽小鬼在手槍的槍筒下向卡捷林娜求婚。看來，他在第一近衛軍團待不下去了。他飛黃騰達的想法也告吹了。

二、**赫克倫的說法**：性格浪漫的和風度俠義的青年，對一個行為不檢點而對自己又有誘惑力的美女，心中有一股為凡人不太理解的 veneration（尊敬）[60]的情感，為了挽救她的名譽便娶了她那並不美麗的姐姐，但那個女人還有些地方討他喜歡。於是丹特士在各種舞會上的舉止便成了直觀教材，我們如今已經知道是在卡拉姆津公館裡。這種舉止是絕對經過上流社會老練的外交官顛倒黑白和周密籌劃形成的。連亞歷山大・卡拉姆津都相信這種 veneration。至於我們現在所知道的一切與此相反的事，都是在需要解釋災難的原因時後來出現的。但問題在於赫克倫的說法本身就帶有暗諷詩人的妻子的陰影。

後來（按我們的觀點來說）最可怕的事發生了，而曉戈列夫對此卻不了解。赫克倫為了傳播自己的說法動用了騎兵團的全部人馬和至少有兩個最好的沙龍。普希金像講一篇完整的小說似的開始 a qui veut l'entendre（向那些願意聽的人）大講特講自己的看法。赫克倫作為回應從遠方讚美畢恭畢敬的丹特士，順便提及以其豪華和優雅震驚大家的年輕人的「窩」。卡拉姆津一家像把

60 「早在一八三六年二月丹特士就想出來這種 veneration（見他寫給赫克倫的第二封信）。」（阿赫馬托娃原注）

自家的美女嫁給丹特士（兄弟二人親自當儐相等等），同時又因普希金的妻子而斥責普希金（見屠格涅夫的日記），維亞澤姆斯基還說些俏皮話，挖苦普希金生丹特士的氣是因為後者不再追求納塔利婭，所以他寫給穆辛娜—普希金娜的信中無憂無慮地描寫新婚男女在法國大使巴蘭特[61]公寓舞會的情況。

茹科夫斯基根本推卸了責任。近衛軍騎兵團成員們和沙龍的人都站在丹特士一邊。詩人成了孤家寡人，當他和弗列夫斯卡婭談話，又挨了尼古拉一世訓斥之後，他明白了，他的一切都結束了。

社會對普希金的態度

我一向堅信普希金的〈我的家世〉（一八三〇）一詩對於那些準備和他生活在一起的人們起了不幸的作用。大家都知道，普希金生前未能發表這首詩（被尼古拉一世所禁止）曾經廣泛流傳，並保留了幾種他親手改動的抄本。按普希金的想法，這首詩會得罪「新的顯貴們」、十八世紀的宮廷女官們的後代，但普希金沒有考慮到那時整個俄羅斯有權有勢的上層人物多多少少都和

61 巴蘭特（一七八五～一八六六），男爵，一八三五至一八四一年法國駐彼得堡大使。（譯者注）

新的貴族沾親帶故，他們都願意和宮廷女官們的兒輩或孫輩結成親家——所以普希金得罪了所有新貴們。我不指望在某處找到能證實我的想法的依據。我想，妄自尊大的貴族們怎麼也不會抱怨自己。事實大概也正如此，但和這些貴族有聯繫的人如此形容彼得堡上流社會對普希金的態度：〈答布爾加林〉[62]一詩中普希金在反擊貴族的責難時，有根據或無根據地攻擊了俄國最高階層的家族，——「這就成了普希金真正的罪行，他的仇敵地位越高、越富有，尤其和那些人最有影響的並為眾多信徒所包的家族聯繫越密切，他的罪行也就越大，……這是普希金在世時一部分貴族（尤其是在政府占居顯要地位的人）對普希金不懷好感的真正原因，這種惡感在普希金逝世後也沒有消逝」（見《普希金散記》符騰堡國王公使戈格洛埃—基爾希別格著，轉引自《曉戈列夫文集》三九一～三九二頁）。

這段話是在普希金逝世後不幾天寫就的。可以想像得出這個上流社會懷著何其幸災樂禍的心情注視著普希金夫人的戀愛進展情況，他們多麼高興地把這事變成赫克倫虛構的有關丹特士英雄行為等等的回聲。萊蒙托夫在自己的提供的材料中說：「另外一些人，尤其是貴夫人們，替普希金的敵手辯駁，把他稱為最高尚的人。」因此，在普希金殉難以後，赫克倫有關丹特士與卡捷林娜的婚事的說法仍然有效。

62 「即指〈我的家世〉一詩」。（阿赫馬托娃原注）

有關卡拉姆津家族的通信

我們（其實就是俄羅斯社會）對普希金周圍的人的態度經久不變，而且似乎根本不需要重新考慮。（文學研究界的因循守舊就在於此。）卡拉姆津家族人員的通信（一八三六～一八三七）的出現，我們應當從根本上改變這個家族對普希金的看法。然而此事並未發生，普希金研究者們繼續認為卡拉姆津家族是詩人的近友（見尼．弗．伊斯梅洛夫的《普希金的抒情組詩。研究與資料。一九五八年，卷二》。甚至索菲婭．尼古拉耶夫娜[63]使人驚愕的發現，說普希金已經文思枯竭，而布爾加林是正確的（?!）[64]，也沒能使研究人員重審自己的觀點。甚至葉卡捷林娜．卡拉姆津娜信中說她如何祝福臨終的普希金也不能使我感動，因為她寫的目的是向兒子安德烈表述尼古拉一世對卡拉姆津一家要比對剛剛喪命的詩人好得多。我在這事上只看到極端的自私自利和靈魂的冷酷，還反映出卡拉姆津本人是多麼惡劣地對待普希金。不應當忘記一八二〇年由於〈自

63 蘇菲婭．尼古拉耶夫娜，即卡拉姆津的長女（一八〇二～一八五六）。（譯者注）

64 一八三六年七月二十四日卡拉姆津給她弟弟安德烈寫信說：「《現代人》第二版出版了。據說它平淡無味，其中沒有一行普希金的話（布爾加林把他痛罵了一頓，而且罵得對，說他如同正午當空的太陽熄滅了。某一個布爾加林妄圖把自己的毒素噴在普希金身上，說句實話，沒有什麼事更能刺傷他了！）」（阿赫馬托娃原注）

由頌〉和〈致堂堂男子漢老友〉[65]兩首詩而使卡拉姆津對待普希金的冷漠起來，甚至惱羞成怒。至於訴苦說他們家族最好的友人去世了，目的是在暗示詩人對他們崇高態度，而並非他們對他。他沒有留下關於他們這類信件！

* * *

丹特士在押期間寫給勃列維恩的信中可以看出這個小集團（卡拉姆津—維亞澤姆斯基小集團）的青年人是怎樣把丹特士所要了解的一切事都告訴了他。

普希金逝世後過了十八天，我們不寒而慄地得知馬申卡·瓦盧耶娃（維亞澤姆斯基的女兒）像是普希金的朋友似的，向普希金公開的敵人卡捷林娜·丹特士轉述了普希金在她母親——薇·維亞澤姆斯卡婭的沙龍說過的話：「您要當心，您知道我這個人很凶，我總是隨時會給別人帶來不幸來告一段落」等等。遺憾的是我們不能不相信丹特士的說法，因為他邀請兩位瓦盧耶夫作他的見證人。

65 〈自由頌〉和〈致堂堂男子漢老友〉是諷刺沙皇和卡拉姆津的兩首詩。卡拉姆津以此上告沙皇，普希金為此被流放到南方。（譯者注）

俄羅斯社會當時和現在（一九六二年）像沒有癒合的傷口感受到悲劇，沒有向這位年輕女人暗示更大的矜持（她大概見到了棺槨中的普希金），那麼就可以想像至一月二十七日前，兩個赫克倫的情報工作做得何其良好，至於普希金在十一月寫給公使的信[66]，赫克倫有更大的權利親自寫給他。而普希金（以及他的朋友們根本不知道荷蘭使館中發生的事。納塔利婭的信息（也是赫克倫指示下寫成的）是典型的虛假報導……

66 「如果外交僅僅是要了解別人所幹的事，並攪亂他們的計畫，請您們讓我說句公允的話，承認諸條文都已被推翻。」（阿赫馬托娃原注）

亞歷山德林娜[1]

一八三七年一月，丹特士和卡捷林娜婚禮後過了幾天，作為喜慶的延續，在斯特羅加諾夫伯爵（主婚人）官邸又舉行了一次盛大的宴會。盛宴之後，荷蘭公使走到普希金跟前，建議與他

1 亞歷山德林娜，即普希金夫人的二姐（一八一一～一八九一）。（譯注）

關於此文的寫作，俄文版有一段注釋，阿赫馬托娃說：

「一九六二年三月亞·阿夫杰延科受新聞社委託對我進行過一次採訪（在科馬羅沃。創作之家）。我說我寫了一篇有關普希金殉難的文章。此外，我還有一章關於普希金夫人的二姐的文字，談她在那場悲劇中扮演的角色。（我講得含含糊糊，想在發表之前不向大家公開自己的見解，因為我的結論和眾所周之的結論完全相反。）一九六三年初，我向來訪的《消息報》記者米·多爾戈波洛夫比較詳細地介紹過我有關普希金的研究……我多次給別人（維諾格拉多夫、日爾蒙斯基、謝緬科、奧克斯曼……卡拉加諾娃等人讀過這篇文章，後者要求我把該文交給《新世界》雜誌發表。巴薩拉耶夫要求給《星》雜誌）。

因此我覺得亞申關於此事所寫的一切（見《星》雜誌，八～九期）特別奇怪。（引錄文字）『我們現在都知道』在這句話之後我們等待他引證我文中的話，但卻沒有。因此請允許我把存放在寫字檯裡的〈亞歷山德林娜〉一文公開出來，其中尤其有趣的不是事實，而是有些新的方法。

至於有關 bande joyeuse 的作用，那麼至今還沒有人提及過。」（俄文版編者注）

和解。普希金冷冰冰地回答說，他的家人不願意和丹特士先生有任何來往。按當時的習慣，這是聞所未聞的醜聞[2]，必須想個辦法及時補救。於是赫克倫就傳播了早已準備好的謠言。這謠言就像是說：「啊，你們不讓我們進門，其實我們本來就不想去，因為你們家裡已經鬧得烏煙瘴氣。」[3]

這就是後來說的有關普希金和亞歷山德林娜想像中的戀情的出發點。當然造謠的人不能自己散布這種謊言。那樣做未免太幼稚了，聽者很容易發現它的源頭。最好是讓接近受害者的某人來做。在這種情況下便選中了蘇菲婭．卡拉姆津娜。

---

2 蘇．尼．卡拉姆津娜在信中寫道：「他固執地聲稱，他永遠不允許妻子……在自己的家中接待出嫁的二姐。」又說，普希金這一決定「會讓全市的人談論不止」（見《卡拉姆津家族一八三六～一八三七年書信中的普希金》一書。蘇聯科學出版社一九六〇年版。）更重要的是普希金在決鬥書中強調拒絕他們來家一事，彷彿這也是寄出決鬥書的原因。值得注意的是在十一月分的信中沒有提及此事，但十一月裡普希金使赫克倫真正膽戰心驚了：他威脅公使將揭穿他是匿名信的作者。沙皇禁止普希金談及信件一事，於是在決鬥書上用拒絕進家（代替了這一威脅）。（阿赫馬托娃原注）

3 見一八三七年一月三十日赫克倫寫給維爾斯托克男爵的信：「我們儘量迴避探訪普希金先生的家（荷蘭公使寫道，在那個一月裡他已兩次被拒之門外——阿赫馬托娃注），因為我們太了解他那陰暗的報復的性格。」（見曉戈列夫著《普希金的決鬥與死亡》一書，國家出版社一九二八年版。）我請大家注意一下，丹特士的親孫子梅特曼撰寫的丹特士傳中，這一局面被淡化了：「婚後，兩家的關係雖然有些冷淡，但還算得體。」（見曉戈列夫著）（阿赫馬托娃原注）

蘇菲婭一直處於丹特士明顯的和不斷的影響下，蘇菲婭在梅謝爾斯基公館舉行的聚會上（一月二十四日星期日），也就是決鬥的前三天，第一次發現這一「不能容忍的戀情」的跡象，此事不值得大驚小怪，另外從前後關係來看，亞歷山德林娜愛的仍然是那個丹特士，所以普希金嫉妒的原因不是為了納塔利婭，而是他的妻姐。

我們從一八三七年一月二十七日的信中驚奇地讀到：「星期天在卡特琳（即葉．尼．梅謝爾斯卡婭——阿赫馬托娃注）家中舉辦了一次不跳舞的盛大聚會：普希金夫婦、赫克倫父子為了討好上流社會的需要他們繼續在扮演多愁善感的滑稽戲。普希金咬牙切齒、虎視眈眈，納塔利婭眼簾下垂，她的面頰在自己的姐夫長時間熱烈的注視下陣陣泛紅，這已經超乎一般的道德觀念；卡特琳透過自己帶柄眼鏡把妒忌的目光射向他們二人，為了不放過他們二人中任何一人在劇中所扮演的角色，亞歷山德林娜不斷向普希金賣弄風情，普希金真正愛的是她，如果從原則上他嫉妒的是自己的妻子，那麼從感情上則是自己的妻姐。總之，這一切都很奇怪，所以維亞澤姆斯基伯父硬說他在遮掩自己的臉，並厭惡去普希金的家。」

這一切從遠處就可以聞到誹謗的氣味。如果普希金和亞歷山德林娜關係曖昧，並住在同一棟樓裡，他們何必顯耀自己見不得人的關係呢？怎能向由於憤怒而咬牙切齒的人賣弄風情呢，等等等等？

不久以前，丹特士親暱地把普希金閨房中的岡察羅娃三姐妹戲謔地稱作「Pacha a trios

queues」。普希金的姐姐奧麗佳就亞歷山德林娜和卡捷林娜搬入普希金的寓所之事給父親寫信說：「亞歷山大向我介紹了他的妻子——如今竟有三人之多」。自從他們（指赫克倫父子）把妻子中的一位帶走，當然就剩下兩位了。這就成了以後製造普希金和亞歷山德林娜戀情的湯料。難道這不正是造謠說普希金和亞歷山德林娜有戀情的核心嗎？

當蘇菲婭．卡拉姆津娜轉述在梅謝爾斯基公館的聚會的印象時，腔調完全更新，聽起來讓人驚奇。不知為何初次見不到她故有的容忍和輕率，出現了一種枯燥、生硬和遠非女性造句的明確性。這時彼得公爵（維亞澤姆斯基）作為支持起了作用（幾小時後他將在咽氣的普希金床頭大哭特哭），好像在遮掩面孔並把臉從普希金的家（又是家！）中迴避開。與蘇菲婭．卡拉姆津娜習慣性的個人觀察作風不同（「低垂眼簾」、「拿起帶柄的眼鏡」、「面對……猛虎的凶相」等等），這次是概括性的勸諭，不外是重複她聽到的「信息」。

蘇菲婭．卡拉姆津娜從誰那裡得知普希金「熱戀」亞歷山德林娜，「從原則」上嫉妒納塔利婭，而「感情上」嫉妒亞歷山德林娜呢？請將這事與普希金的宿敵和丹特士的女友伊達利婭．波列季卡（下邊還會提到她）「提醒」特魯別茨科伊（在敖德薩，那時她們已經七十多歲了），說決鬥是因為普希金對亞歷山德林娜的嫉妒，還有怕丹特士把她帶到法國去的說法。這個使曉戈列夫極為氣憤的駭人聽聞的謬論，無疑是丹特士的說法。蘇菲婭像著了迷似的重複丹特士的話，以致自己都不知道在說什麼。很快近衛軍騎兵團的成員們[4]也都大談此事（還加進了小說《十日談》中的故事細節），一些貴夫人在自己的沙龍裡也會暗示這一點（她們緊閉雙唇，翻動眼球）。（蘇菲婭在信中有一句：「這是超乎尋常的（?!）缺德事」——簡直是為這類情勢而說的。）

我請讀者注意，卡拉姆津的通信中除了汙穢的謾罵，沒有一句提到亞歷山德林娜和普希金的戀愛關係。在任何情況下，無論是蘇菲婭本人在她寫給弟弟的極其坦誠的信中，也無論其弟弟亞歷山大·卡拉姆津本人都沒有提到此事。

如果維亞澤姆斯基想到如此這般，難道他在寫給穆辛娜─普希金娜的信中還會扯破嗓子嘶叫嗎？

蘇菲婭·卡拉姆津娜的信值得一看，原因還在於它寫於普希金決鬥的那一天、那一時。關於這事，蘇菲婭·卡拉姆津娜下一封信（一月三十日）中寫道：「在上星期三，在那一天，那一刻，當這一可怕的結局發生時，我是那麼輕率地把這一令人傷心的悲劇告訴了你。」接著描述了發生的一切，已經不是按著赫克倫─丹特士的口述（如星期三），而是按照維亞澤姆斯基或茹科

4　「我願告訴現代讀者們：近衛軍騎兵團成員們是皇家第一團，專門為宮廷服務，團中的軍官們只能是最有權勢、最有財富的家族的少爺們。」（阿赫馬托娃原注）

夫斯基講的。因此，那裡沒有一句我們過去沒有聽過的話。當卡拉姆津們寫到普希金身亡後的納塔利婭時，他們當中沒有一個人用一個字提到亞歷山德林娜，只有一次說：納塔利婭感到欣慰，因為她的姐姐跟她一塊兒去了。

曉戈列夫不知道卡拉姆津的通信，但在特魯別茨科伊回憶錄中讀類似的內容時，大聲叫道：「句句是錯！」曉戈列夫說得對。問題在於蘇菲婭．卡拉姆津娜和特魯茨科伊的來源是同一條渠道，即來自丹特士。是他向蘇菲婭．卡拉姆津娜和特魯別茨科伊灌輸了普希金和亞歷山德林娜有戀情的說法。在特魯別茨科伊的記錄中，除了他的聲音以外沒有別的內容。近衛軍騎兵團的成員們像卡拉姆津—維亞澤姆斯基「歡樂的團夥」（bande joyeuse）的青年們一樣，也被丹特士蒙蔽了。

曉戈列夫對特魯別茨科伊的回憶錄估價不足。回憶錄中提及的一切事不是特魯別茨科伊的話而是丹特士的話（有一部分是波列季卡的話，反正都一樣），與它相似的是有的話不是丹扎斯說的而是普希金本人說的。特魯別茨科伊是從丹特士本人那裡得知普希金不是為自己的妻子，而是為自己的妻姐進行了決鬥；這應當為「可憐的喬治」洗刷一些汙泥，並把普希金踹進泥坑，因為他損害了母親託他保護的少女榮譽，同時是對普希金十一月分的信的報復，因為那封信裡點出了丹特士和赫克倫骯髒的關係（「你們的 batard 或所謂的 batard」）。

特魯別茨科伊在巴甫洛夫斯基的別墅中所說的話，都是丹特士的話，有波列季卡在敖德薩的回憶為證。無論是普希金的創作也好，他的書信也好，還是關於他的論述也罷，特魯別茨科伊都沒有讀過；由於他的無知竟然神聖地確信親嘴、角落、檯燈、蠟燭……鬍子等等無稽之談。他認為丹特士是機智、優雅、善於和女性打交道的理想人物，他和卡拉姆津的 bande joyeuse 所有成員一樣傾心於丹特士。

如此一來，特魯別茨科伊的回憶從胡說八道變成了具有頭等重要意義的證據，這使曉戈列夫大為惱火：這是丹特士本人說法的唯一的、真正的記錄。

顯然，傳播這一說法的任務也交給了波列季卡[5]——即斯特羅加諾夫的女兒，她對丹特士頗有好感（卡捷林娜給她丈夫寫的信中說，當波列季卡得知丹特士要走時，大哭起來），她是普希金的誓不兩立的仇敵。波列季卡一生都是如此。她是那麼仇恨普希金，以至於到了一八八九年她還把他說成是惡棍、胡謅亂編的詩人等等。看來，斯特羅加諾夫一家人對普希金的態度都是如此，她就是其中的一個。她和科科（即卡捷林娜——譯注）保持了良好關係，在寄往蘇里茨即丹特士和卡捷林娜居住地的信中講了一些「非女性」的信息，如關於普希金物質情況與文學事業，幸災樂禍地談及普希金死後他的書的發行量似乎沒能證實他所預期的希望等等。

5 「要談這位太太既複雜又困難。她不屬卡拉姆津—維亞澤姆斯基的 bande joyeuse 一夥，她丈夫是丹特士的朋友與騎兵團的團友，她是納塔利婭最要好的女友，但在一月分的名單中卻沒有提到她的名字。」（阿赫馬托娃原注）

讓我們把一無所知的赫克倫一月的匿名信的內容[6]和波列季卡所講的事對比一下，——有很多意味深長的吻合：阿拉波娃大概是根據她（譯按，指波列季卡）的話硬說：一八三七年一月納塔利婭和丹特士是在波列季卡寓所幽會，當時蘭斯科伊正守在那裡，其實他當時正在羅斯托夫或沃羅涅日。看來根本沒有過這次幽會，否則我們從其他來源也可以知道這事。

曉戈列夫認為普希金和亞歷山德林娜的戀愛故事全是阿拉波娃杜撰的，她是蘭斯科伊和納塔利婭的女兒，其目的就是為了平衡和證實納塔利婭的品行端正。我認為她是在利用並非杜撰。伊達利婭·波列季卡正是由赫克倫父子編造出來的這一說法培養和哺育起來的，直到她咽氣。她在敖德薩無休無止地把自己那無恥的謠言灌輸給半傻不傻的特魯別茨科伊（關於這事他在帕夫洛夫斯克別墅裡親口告訴了自己的聽眾）[7]。她告訴薇拉·費奧多羅夫娜·維亞澤姆斯卡婭，說亞歷山德林娜向她「坦白」，說到她，她就出現了。

赫克倫和波列季卡都是自己那個時代、那個圈子裡的人，他們堅信只有這種謊言才能在上流

6 阿赫馬托娃記錯了：軍事法庭上談到了一月裡的幾封匿名信。如：「今年一月二十六日普希金收到無署名的信件後，隨即寄給被告的父親……」（俄文版編者注）

7 曉戈列夫在自己的著述中說：「前不久波列季卡在敖德薩去世……我曾經和她常常回憶這個場面，對此我記得清清楚楚。」（阿赫馬托娃原注）

社會人物眼中糟蹋普希金並徹底置他於死地[8]。難怪特魯別茨科伊寫道普希金和亞歷山德林娜的戀愛史時說：「報刊上根本不提那些事（指致命的決鬥的各種原因），因為它會給我們所珍惜的一位俄羅斯人投下陰影。」他還記得，可是曉戈列夫已經不記得了，也不明白這種譴責何其有失體面和荒謬絕倫，然後大家都帶著微笑重複這個「傳說」，甚至給詩人的女友寫些短詩。

於是，拉了一下不顯眼的線頭（亞歷山德林娜），我們卻拖出一件可怕的、極醜陋的東西，也就是說如果一月二十七日的決鬥由於某種原因而未舉行的話，就會發生的事。我在文章中已經證明，為了把各種謠言傳播於世，那位外交官動用了近衛軍騎兵團的所有成員（各位軍官老爺們甚至願意重複《十日談》中的最新消息）[9]，至少還有彼得堡兩家沙龍——涅謝爾羅德和博布林斯卡婭，——不管怎麼痛苦，但不得不確認還有和普希金友好的兩家人——維亞澤姆斯基和卡拉姆津——的一些青年人。我願提醒各位，蘇菲婭·尼古拉耶夫娜·卡拉姆津娜在普希金逝世後還

8 「可是新的時代來臨了，先是巴爾捷涅夫（已到老年），繼之是曉戈列夫把波列季卡的讕言翻騰出來，並輕易地相信了她的讕言，更不用說二十世紀的當代讀者了。後者興奮異常：『她更了解他，她熱愛他的詩』。愛普希金的詩——聽起來像某種罕見的新聞或立了大功似的。」（阿赫馬托娃原注）

9 「我在前面已經提到了普希金家庭的悲劇和由特魯別茨科伊根據丹特士的話而飛速傳播開的世界性的無稽之談。」（阿赫馬托娃原注）

一再強調——只希望丹特士別出什麼事[10]。至於普希金本人說過什麼，已經無人感興趣了。他幾乎成了「笑料」（見亞歷山大．卡拉姆津寫給他哥哥安德烈信中的話），而且刻不容緩和罪惡多端。應當把無辜的亞歷山德林娜送到鄉下母親那裡去以保持永恆的童貞，而岡察洛夫兄弟中的一個應當在彼得堡眾人同情之下，在決鬥中打死普希金，因為他使受其母親委託寄養在家中的岡察羅娃的一個姐姐失去貞潔。

當時這種關係被看成是亂倫，很難想像普希金的父親謝爾蓋．利沃維奇說的一句話會成為證據：說什麼亞歷山德林娜比寡婦還悲傷。

難道普希金的父親能夠對剛剛死去的兒子說出如此有損臉面的話嗎？他只說了一句（也想說的一句）：看到這一可怕災難的陌生人會比寡婦更加難過，因為她不僅以沒心沒肝的樣子對待自己的公公而且也讓眾人驚訝。老父親得知亞歷山大．謝爾蓋耶維奇喪命以後，久久不敢相信，當別人向他說明這是事實時，他說：「我只剩下一點：祈求神靈不要奪走我的記憶，以便不忘記他。」[11]

10 蘇菲婭．尼古拉耶夫娜．卡拉姆津娜一八三七年二月二日寫給弟弟安德烈的信中說：「我高興的是丹特士完全沒有受傷，既然普希金命定成為犧牲品，就讓他是唯一的犧牲品吧。」二月十日她又提到這個問題：「近衛軍騎兵團將對丹特士進行審判：我希望對他不要有任何損害，讓普希金成為唯一的犧牲品吧。」（俄文版編者注）

11 一八三七年二月五日葉甫根尼．阿布拉莫維奇．巴拉騰斯基寫給彼得．安德烈耶維奇．維亞澤姆斯基的信中說，「當

完全可以有把握地說，當時根本不存在普希金曖昧關係的謠言，否則亞歷山德林娜不能在一八三九年成為宮廷女官[12]。

除此之外，大家忽視了一個接近「此事」的人——即納塔利婭。大家都知道，她的嫉妒心很強（見普希金的信），難道她能逆來順受容忍自己的丈夫和她姐姐在家中不為他人目光所及的發生丟人的曖昧關係嗎？

當初納塔利婭那麼嫉妒丹特士，致使整個彼得堡上流社會都看得一清二楚，再有，按蘇菲婭．卡拉姆津娜的說法，一提到和卡捷林娜的婚事時她幾乎氣急敗壞地說，再不想和姐姐通信了，甚至在自己家中連大姐的畫像都沒有，而亞歷山德林娜在她心中永遠是最親愛的、忠實的、可信的朋友。如果相信阿拉波娃[13]的讕言，納塔利婭怎麼會在一八五二年甚至和她二姐商量，怎

有人告訴他發生了可怕的事情後，他當即去『看望老人（普希金的父親）』。他像發了瘋似的久久不能相信。然後他面對無法規勸的大家說：『我只剩下一點：祈求神靈不要奪走我的記憶，以便不忘記他。』說這話時，語中充滿柔情，讓人撕心裂肺。」（俄文版編者注）

12 一八三九年一月一日當亞歷山德林娜和納塔利婭一起從彼得堡歸來時，她被指令封為皇后的宮廷女官。（俄文版編者注）

13 「阿拉波娃在自己那些荒謬絕倫的回憶錄中向大吃一驚的讀者們說，亞歷山德林娜出嫁前，她們姐妹二人長時間商量如何更巧妙地告訴未婚夫，說未婚妻不是處女，說她的情人是普希金。」（阿赫馬托娃原注）

樣把她和她丈夫的關係更好的告訴未婚夫弗里津戈夫[14]。

至於這一「不能容忍的戀情」其他三個證據，同樣是虛無縹緲的。薇拉．費多羅夫娜．維亞澤姆斯卡婭這時已年高八十，我們沒有必要相信她的話了。她當然只關心如何擺脫對她（普希金決鬥一事是告訴她的）和她家人的各種控訴。第二個證據，亞歷山德林娜婚前對未婚夫弗里津戈夫的懺悔，這也是同一個阿拉波娃講的，懺悔之後弗里津戈夫對普希金的印象似乎變壞了，——這簡直讓人笑掉大牙。最後一個證據，女傭在普希金的沙發上拾到了一個小小的十字架，或是一條小項鍊，是普希金臨終前讓她轉交給亞歷山德林娜[15]，其動機完全可以做另一種解釋。當時普希金告訴亞歷山德林娜（她作為家中唯一的一位成年人）說他去決鬥；她不能不把小十字架交給他，而他把這個小十字架留在了家中，臨終前讓女傭把它還給亞歷山德林娜。我想，女傭的話可以不去討論，尤其是普希金的女傭聽的可能就是那個小十字架。至於普希金臨終前不想和阿佳（即亞歷山德林娜的愛稱——譯注）告別，可以證明的不是男女關係，而恰恰相反，否則他知道自己將要死去，大概一定想求得她的寬恕。

我覺得，普希金更可能知道亞歷山德林娜在他家中起的作用，相當於卡捷林娜在一八三六年

14　弗里津戈夫，奧地利駐彼得堡使館一位官員。亞歷山德林娜．岡察羅娃的丈夫，他們結婚後一起去了國外。

15　「據說這條小項鍊一直掛在弗里津戈夫家中。這難道還能認真地說那條小項鍊就是 chatelaine（華麗宅邸主人）和自己的妹夫的『不能容忍的戀情』的證據。」（阿赫馬托娃原注）

夏天。

普希金為什麼恨卡捷林娜，甚至在十一月分的信中還把讓她罵了一通？可能因為他正像周圍的人一樣知道她在丹特士事件中的初期作用[16]。

普希金為什麼堅決拒絕和亞歷山德林娜訣別？大概由於同一個原因。亞歷山德林娜不能不成為小妹妹的助手，也就是心腹。正在熱戀中的納塔利婭需要有人替她辦些瑣事。最接近、最可靠的就是亞歷山德林娜。她能夠在一八……年在日記中得意地寫到納塔利婭和丹特士在她家的花園中散步，而且和他完全和解了。她在奧地利的這段可怕的記錄，（那時她已是相當成熟的女人）難道不是她在彼得堡活動的繼續嗎？如果那時她不理解這種記述的有失體面的話，那麼到了一八三六年她又能理解什麼呢？那時她和 bande joyeuse 其他成員一樣，正沉迷於丹特士的影響和處於他的魅力之下。

讓我們回憶一下茹科夫斯基關於丹特士和卡捷林娜的行為的簡要記述：「他當著姑媽的面，對妻子溫柔體貼；而當著亞歷山德林娜和其他人的面，可以說是 des brusqueries（粗魯放肆）。」丹特士需要有人告訴納塔利婭他對妻子的粗暴，以此證明他對納塔利婭本人的偉大

16 「一八三六年夏天，科科（即卡捷琳娜）愛上了丹特士，她促進納塔利婭和丹特士見面，為的是自己能看見他。」（阿赫馬托娃原注）

激情。於是亞歷山德林娜便去丹特士那裡，回來後說丹特士幾乎要打科科（即卡捷林娜——譯注），普希金太太高興得不得了——那麼說他真的愛我，那麼說這就是 grande et sublime passion（偉大的高尚的激情）。

當研究人員談起亞歷山德林娜時，不知為什麼總帶有假仁假義地備受感動的腔調，他們忘掉她是岡察羅娃姐妹當中最愛打扮的一個（楊柳細腰），被茹科夫斯基稱作是幾隻小羊羔，被 bande 成員中的丹特士舔來舔去，她一直處於與普希金對立的環境中[17]。

從各方面來看，亞歷山德林娜常和自己的兩個姐妹外出，而不過問家務，也不管教孩子們[18]。但是由阿拉波娃創造的一個謙虛的、聰明的、善良的和醜陋的姑娘形象卻非常走運。同一位阿拉波娃繼之又把姑媽描繪成妖婆、神經質、家中的暴君（她禁止納塔利婭和蘭斯科伊一起乘車遊玩）。讀者信了她的話，而且一勞永逸。這話不容改動了。大家現在仍在重複它。怎麼也不能說亞歷山德林娜是普希金一夥裡的人。她的姑媽卡捷林娜·伊萬諾夫娜·扎格里亞日斯卡婭也

17 「參閱卡拉姆津的書信：和阿爾卡基·羅賽特調情，我（也許過於大膽）把這事和阿拉波娃所描寫的丹特士家庭生活相比，卡捷琳娜難過的是她丈夫愛戀納塔利婭。我之所以這麼做，因為阿拉波娃的來源更可能出自同一個亞歷山德林娜。」（阿赫馬托娃原注）

18 「普希金在寫給博布林斯基的信中請他講一講：請哪一位未婚妻去參加舞會才能恢復家中的和睦。」（阿赫馬托娃原注）

是如此[19]。她也好，另一個女人也罷，雖然都與納塔利婭有關，但情況完全不相同。大家都知道，阿拉波娃的回憶錄中關於普希金沒有一句好話。

這可疑的信息來自何方呢？來自納塔利婭？但她已於一八六三年去世，那時阿拉波娃才十八歲。哪個做母親的，且像納塔利婭這種說三道四的人，能向自己十八歲的女兒講述普希金淩晨才從「阿馬利」回來，還有丹特士總出現在被讚美的岡察羅娃三姐妹面前。

這就不能不牽扯到亞歷山德林娜，阿拉波娃後來在國外和她見過面。

按阿拉波娃的說法，普希金是個賭光了的倒楣蛋、粗野的好色之徒（「他又去過阿馬利」），是個專門折磨受難受害的女性的壞男人[20]。阿拉波娃甚至沒有想到翻閱一下普希金給妻

19 「卡捷琳娜·伊萬諾夫娜·扎格里亞日斯卡婭是斯特羅加諾夫的表姐，是普希金的丈母娘納塔利婭·伊萬諾夫娜·岡察羅娃的姐姐，大家都知道她並不賞識詩人。到目前為止，還沒有人研究過她與普希金的關係，但認為她對待普希金還是友好的（他在信中沒有忘記吻她的纖纖玉手等等）。這並不等於一切。她曾經給科科戴過婚禮冠，詩人在莫依卡家中瀕臨死亡時她也去了，但沒有進入房間（這很重要）。不管怎麼說她不是赫克倫集團中的人（見赫克倫寫給丹特士的信，讓他禁止科科給她姑媽寫信，也不要對她有所評論）。她既不支持丹特士也不支持普希金，她維護的是納塔利婭的利益。與亞歷山德林娜的做法很相似。人們所見的是他們想看到的東西，所聽的是想要聽到的聲音。」（阿赫馬托娃原注）

20 「已故瑪·格·索洛米娜一九二四年對我說過，她在上流社會見過阿拉波娃，阿拉波娃高高興興地跟她說，她的母親（納杰日達—即納塔利婭）二婚後遠比第一次婚姻幸福。」（阿赫馬托娃原注）

子寫的充滿溫柔的、關心備至的和優美動人的書信。這個形象是她姨媽亞歷山德林娜，大概還有波列季卡，灌輸給她的。

丹特士則大不同，接待他的排場十分豪華：他每次來訪，身無分文、在旅館患病，和達官顯貴頻頻見面，他青年時代的俊美，他們的友誼令人驚羨……這位當年年富力強時的騎兵團成員，終生保留了唯一的、崇高的愛情。我估計這方面也不見得沒有納塔利婭、波列季卡和阿吉姨媽（即亞歷山德林娜——譯注）出的力，（讓我提醒一句，對於阿拉波娃來說，就像對普希金的其他兒女一樣，丹特士屬叔叔輩。這一點與丹特士的親生孫子梅特曼編寫的丹特士傳記的腔調也毫無差異）。

亞歷山德林娜後來的生活中沒有任何東西能證明她在普希金生活中扮演過「善良的安琪兒」的角色。沒有保留任何紀念他的物件；但不用吹灰之力就能看出她與丹特士一家人的良好關係。由她教養的普希金的兩個兒子（亞歷山大和格里戈里）經常到蘇里茨去看望「喬治叔叔」，正像殺害普希金的劊子手的孫子——梅特曼所說。他們在那裡聆聽「叔叔」講些有關俄國的曲折驚險故事，這與我們從阿拉波娃那裡聽到的相同，他們一點也不覺得難堪。

普希金的兩個女兒也是由亞歷山德林娜撫養大的，常和亞爾薩斯的幾位表姐通信[21]。

---

21 指丹特士和卡捷娜的女兒，住在亞爾薩斯。（譯注）

亞歷山德林娜有一封信提到在維也納老赫克倫家中午餐的經過，好像是把納塔利婭氣火了。她不可能不知道他在普希金事件中的作用。阿拉波娃在她家中認識了丹特士的女兒——萬達里伯爵夫人——還欣賞了兩姐妹贈給卡捷林娜的結婚禮物——一對手鐲。

丹特士本人常到維也納郊區別墅去看望弗里津戈夫，正像我已說過的，亞歷山德林娜在日記裡洋洋得意地記述了他在那裡見到了納塔利婭，和她在公園裡逛了一整天，他們完全和解了。她一生都保留著丹特士對她妹妹 grande et sublime passion（偉大的高尚的激情）的傳說。

一九六二

附錄

文章結尾的提綱

一

㈠、普希金的藏書與亞歷山德林娜。

㈡、亞歷山德林娜家中收藏的「喬治叔叔」的像。

㈢、茶碗——阿吉的禮物。腰部帶褶的大衣。

二

結論

普希金逝世後在遺孀家中對他沒有任何祭禮。相反，也許與普希金有聯繫的一切都會讓納塔利婭難過。但，為什麼能夠管家的亞歷山德林娜對藏書和帶褶的大衣[22]（那怕是留給孩子們）沒有表現出絲毫的關心呢？

前不久，我讀到亞歷山德林娜給弟弟德米特里的信。說句實話，信中除了一再要錢以外，沒有別的內容。然而從第一條中可以看出亞歷山德林娜和大姐卡捷琳娜出席過上流社會活動，而從最後一條中可以知道她一定和 bande joyeuse（歡樂的團夥）在一起，所以和別人一樣沉迷在丹特士的影響下。信中沒有提到普希金，而對蘭斯科伊一再問候。總之，一切理所當然。

22 指普希金決鬥時穿過的帶褶的大衣。（俄文版編者注）

三

由亞歷山德林娜教養的普希金的兩個兒子常到丹特士家中去作客（「Oncle George a tue papa」（「喬治叔叔殺死了爸爸」），而女兒們和自己的表姐妹通信，亞歷山德林娜居住在蘭斯科伊的將軍府裡，居然沒有想到保存詩人的藏書：她寫給弟弟的信中，一次也沒有提到普希金，既沒有提到生前的也沒有提到去世後的普希金，可是她卻提到蘭斯科伊的一些瑣事（如有關出售他的馬的事）。

四

在亞歷山德林娜的豪華寓所裡，在餐廳中，直到一九四〇年戰爭，一直掛著丹特士的像。對於我個人來說，這足以證明她從來沒有愛過普希金。拉耶夫斯基在他的文章中企圖用弗里津戈夫這家主人的忌恨來解釋在他家中不掛他的連襟普希金像的原因。（這種感情顯然是他傳給了自己女兒的，認為她母親有過亂倫的行為。）我覺得如果掛上兩個人——殺人者和被殺者——的肖像會更體面些。是否應如此懸掛親屬們的肖像？譬如，納塔利婭從來也不掛已故姐姐的肖像（她死得很可憐[23]），因為她從來沒有原諒她姐姐奪走了丹特士。

毫無疑問，餐廳中的這幅肖像——正是我文章開始時說到的是對丹特士懷念的餘音，這肖像會使此家女主人永記那「幸福的時光」，那時近衛軍瀟灑的成員處處出現在對他讚嘆不已的三位岡察羅娃姐妹面前（見阿拉波娃的回憶錄）。[24]

---

23 卡捷林娜·赫克倫（岡察羅娃）一八四三年死於產褥熱。（俄文版編者注）

24 亞·波·阿拉波娃寫道：「亞歷山德林娜對我講過，他（丹特士）對她們的散步或外出消息非常靈通，簡直令人難以置信，常常成為笑料或姐妹們的猜測。有一次甚至打了賭。某一天早晨她們突然想去戲院。弄到一個包廂，亞歷山德林娜順便說了一句：——唄，這次赫克倫（丹特士）不會來了！他自己想不到，別人也無法告訴他！——可是我們還是會看見他！——卡捷琳娜反駁道，——每次都是如此，來，打賭吧！——的確，她們還沒有來得及落座，就看到了儀表堂堂的軍官，響動著刺馬針，走進了池座。」（俄文版編者注）

他無所不能[1]

一九二七年（……）當我在基斯洛沃茨克[2]時，周圍的人都在詠誦萊蒙托夫的作品，使人覺得那裡的空氣都滲透了他的詩。很多年以後，我想用四行關於天魔的詩來表達這種奇異的感覺：「怡然自得的風兒會講述，萊蒙托夫沒有唱完的歌。」

我不知道現在的情況，但那個時候他無處不在。人人都反覆閱讀他的作品，人人都思念他。在那裏簡直不可能不想他……

這兒是普希金流放的開端，
這兒是萊蒙托夫流放的結束。

---

1 一九六四年十月初，蘇聯隆重慶祝萊蒙托夫誕辰一百五十周年，阿赫馬托娃為此撰寫了這篇短文。文章首先發表在一九六四年十月十五日《文學報》上，一九六五年又重登在列寧格勒《詩歌日》叢刊上，但文字作了較多的改動。

2 基斯洛沃茨克——俄國最大的礦泉氣候療養地之一。一九二七年六至七月阿赫馬托娃曾在那裏的「改善學者生活中央委員會」療養院療養。

這兒輕輕飄散著山間野草的芳香，
我只有一次，在湖畔，
在濃密的梧桐的蔭涼下，
在那殘酷的傍晚臨近的時候——
看到塔馬拉不朽的情人的
那雙得不到滿足的眼睛的光芒。

他是個奇特的、謎一般的人物——皇村近衛軍驃騎兵，家住克爾平街，每次去彼得堡總是騎馬前往，因為他的外祖母認為鐵路不安全[3]，卻不認為克列斯托夫山口[4]有危險。那時他還沒有見過皇村的諸多公園以及公園中拉斯特雷里[5]、卡梅倫[6]設計的宮殿，還有仿哥特式的建築物，

3 一八三七年從彼得堡到皇村鋪修了俄國第一條鐵路。
4 克列斯托夫山口——這是格魯吉亞軍路通過的地方，經過高加索主脈分水嶺，由捷列克河谷地通往阿拉格維河谷地，海拔二千三百七十九米。
5 拉斯特雷里（一七〇〇～一七七一），俄國建築師，意大利後裔，俄國巴洛克建築樣式的代表人物。彼得堡和皇村有很多他設計建造的宮殿，如冬宮、斯莫爾尼宮等。
6 卡梅倫（一七三〇～一八一二），蘇格蘭人，一七七九年成為俄國沙皇政府的御用建築師。他是俄國古典主義建築樣式的代表人物，皇村很多著名建築物都是由他設計的。

以及永生的天鵝，卻發現了：

月光下硅石的道路在閃爍。

他沒有注意彼得戈夫[7]噴泉在他面前第一次噴水的景觀，卻望著「侯爵的水坑」[8]而沉吟：

孤獨的帆兒泛著白光。

也許還有很多故事他沒有聽到，但卻牢牢地記住了：

（星星和星星在細語）

水仙女在歌唱，

歌聲飛到陡峭的河邊。

---

7 彼得戈夫原是彼得一世的離宮，距首都彼得格勒二十九公里，那裡有馳名於世的宮園噴泉。

8 「侯爵的水坑」是對芬蘭灣的一種嘲諷說法。

他寫詩，長期模仿普希金，模仿拜倫，突然間他寫起再不模仿任何人的詩了，但是一百五十年來大家都願意模仿他。不過，顯而易見的是，他是無法被模仿的，因為他掌握了一種本領，這種本領被演員們稱為「弦外之音」。

語言聽從他的調遣——從不堪入耳的順口溜到禱文——如同蛇聽從弄蛇者的指揮一般。世界上任何詩歌也不能與他的詩句媲美，雖然詩句有種種錯誤和不準確的描寫。它是如此出乎意料，如此樸實無華，又如此深沉莫測：

有的語言，其含義，
或模糊，或渺小，但聆聽它的傾訴時
你不能不激動。

《假面舞會》直到今天還是我們許多話劇團保留節目中的精品。我且不談他的散文。在散文方面，他遠遠超越了自己一百年，而且每篇新作品都粉碎了所謂散文僅為成年人所能及的神話。

這位年輕人帶著惡毒嘲笑他人的名聲離開了人世，難道不正是他在一八二九年（即十五歲時）寫了下邊這幾句樸素的善良的感人的完全不像孩子的關於友情的話？

我曾經認為：人間沒有朋友！
沒有溫柔經久的
無私淳樸的友情；
可是你來了，不速之客，
又讓我恢復了安詳！
我和你把感情匯合在一起，
在愉快的交談中暢飲幸福的瓊漿……

還有更嚴厲的話：

為了拯救你，我可以赴湯蹈火！
我是如此宣了誓言……

詩人去世後，他的名字，他的經歷，被市儈的一種備感親切的霧靄所籠罩，他們希望從意外的發現中變成理想的朋友。

在我們今天，詩已為人們非常親近又那麼為人所需要時，讓讀者懷著感激之情思念那些為我們這些後代人留下的這些奇妙的珍品——米．萊蒙托夫的詩吧。

他永遠不會寫完《天魔》，他本來就是著了迷的天魔。他在尋找新而又新的形式來體現這個形象，如同弗魯別利[9]，他的天魔的最初畫稿即來源於畫家的自畫像。

（一九六四）

9 弗魯別利（一八五六～一九一六），俄國著名畫家。

但丁[1]

今天，在這隆重的日子裡，我能夠表明自己有意識的一生是在這個偉大的名字的光輝下度過的，倍感幸福。這個名字和人類另一位天才——莎士比亞——同寫在一面旌旗上。我的道路就是在這面旌旗下開始的。另外我敢於向繆斯提的一個問題，也包括這個偉大的名字——但丁。

她走了進來。撩起面紗，
看著我，把我仔細觀察。
我問道：「是你把地獄篇口述給但丁？」
「是我。」她回答。

1 一九六五年十月十九日在莫斯科大劇院隆重紀念但丁．阿利蓋里誕辰七百周年。阿赫馬托娃應邀在大會上發了言。這篇是根據錄音紀錄整理出來的發言稿，也是阿赫馬托娃最後一次在公共場合發表的演說。

教皇派和皇帝派[2]早已成為歷史的過去，白黨和黑黨[3]也是如此，而〈煉獄篇〉第三十章中貝阿特麗齊的出現——卻是永存於世的形象，直到現在她仍然戴著橄欖葉花冠，蒙著白面紗，披著綠斗篷，裡面穿著烈火般的紅色的花袍，佇立在人間。

苛烈的阿利蓋里對於我的朋友和同代人來說是位偉大的高不可及的導師。古米廖夫[4]在佛羅倫斯兩堆火焰柱[5]之間看到

被驅逐的可憐的阿利蓋里
緩慢的向地獄走去

我的另一位朋友和同志奧西普．曼德爾施塔姆花了多年的時間研究但丁，在自己的論文〈談談但丁〉中，在詩中，經常提到這位偉大的佛羅倫斯人：

2 教皇派和皇帝派是十二至十五世紀意大利的政治派別，產生於神聖羅馬帝國和羅馬教廷爭奪意大利統治權的鬥爭中。

3 後來教皇派分裂為黑黨（即貴族黨）和白黨（即富裕市民黨）。

4 古米廖夫（一八八六～一九二一），俄國詩人，文風典雅，他從事文學翻譯，是阿赫馬托娃的第一位丈夫，一九二一年以「反革命陰謀暴亂」罪名被處決，後被平反。

5 《火焰柱》（一九二一）是古米廖夫的詩集。

沿著堅硬的樓梯，
從棱形拐角的宮殿廣場
阿利蓋里
圍繞著佛羅倫斯
用疲憊的雙唇
聲嘶力竭地唱著
自己的歌曲——

我的終生好友米．里．洛津斯基成功地把《神曲》不朽的三韻句詩譯成俄文。這項工作在我國受到評論界和讀者們的高度讚揚。

我在但丁偉大的名字照耀下，寫出自己關於藝術的想法：

死後他也沒能重返
他那古老的佛羅倫斯。
臨別時，他沒有回頭顧盼，
為此我才把歌兒唱給他。

火炬，黑夜，最後一次擁抱，
命運在門外瘋狂嚎叫。
他在地獄裡把她咒罵，
到了天堂也沒有把她忘掉，——
但是，他赤腳，身穿懺悔袍，
手秉燃燒的蠟燭
沒能在他心愛的、變節的、卑下的、
嚮往已久的佛羅倫斯逍遙。

* * *

……當別有用心的人以嘲笑的口吻問道：「古米廖夫、曼德爾施塔姆和阿赫馬托娃之間有什麼共同點？」我願意這樣回答他們：「對但丁的愛。」難怪古米廖夫幾乎臨終時還想把自己的著作《火焰柱》稱做《浪跡大地之間》，而我在四〇年代，在完成《安魂曲》以後，放棄了一切，我在人不該在的地方說：

我在人間不需要任何東西——
無論是荷馬的雷霆，還是但丁的奇蹟……。[6]

古米廖夫在〈致安濃茨奧〉[7]中談及詩人們的命運時，又提到了但丁：

這個大寫的人真的戰勝了死亡和忠於死亡的忘卻。

他已經留在彼特拉克[8]的愛情的勝利《抒情詩選》中。

在第一個寫就但丁的薄伽丘的文章[9]中，名聲越來越大、震撼周圍的一切如山洪，響起一支美妙的歌聲。歷經磨難和傲慢的米開朗基羅的不朽的十四行詩……「他從這裡邁向黑色的深

6 這兩句詩引自阿赫馬托娃一九四〇年的詩作。那首詩是獻給古米廖夫的。
7 古米廖夫在〈致安濃茨奧〉（一九一五）詩中提到
意大利的命運蘊育在她
莊嚴的詩人的命運中
8 彼特拉克（一三〇四～一三七四），意大利詩人。「愛情的勝利」是他的未完成的長詩〈勝利〉中的詩句。
9 薄伽丘（一三一三～一三七五），意大利作家文藝復興創始人之一，代表作《十日談》。他是第一位評論但丁的人。

淵」[10]，此詩毫不遜色於他的〈夜〉、〈摩西〉或〈大衛〉。

背誦但丁的詩，鼓舞著另外一位意大利天才[11]，但他不是十六世紀的鬼才，而是在他死後征服了巴黎、至今偶爾讓我在橡樹下夢幻中的人，——窮困潦倒、無拘無束、通曉藝術，「不能不懷念、又不能忘卻」的人。

我大概只把相互呼應的話提及百分之一，它使世界高尚，使它永世長存。但丁無比謙虛，他在〈煉獄〉第三十節中只提到一次自己的姓名，為此而請求讀者寬恕。

> 但丁由於維吉爾[12]的一去不返，
> 不要哭，不要再哭泣；並非因這把劍
> 為命運的哭泣，而把你審判。

我們和但丁年告別，但並不和但丁本人告別，但願他那鷹般的側影為我們年輕的詩人們指引方向。

---

10 「他從這裡走向黑色深淵」——是意大利雕刻家、詩人米開朗基羅（一四七五～一五六四）的十四行詩的第一句。

11 「另外一位義大利天才」——指現代畫家阿米蒂奧·莫迪利亞尼（一八八四～一九二〇）。

12 維吉爾（公元前七〇～前九〇），羅馬最著名的詩人。

*　*　*

勃魯涅托．拉蒂尼[13]——是但丁的導師。
不知是我的錯覺，還是實情如此，但丁在《神曲》中只對一個人稱作「您」——即他的導師勃魯涅托．拉蒂尼。
不知為什麼這事總讓我感動至深。

一九六五

13 勃魯涅托．拉蒂尼（約一二二〇～約一二九四），意大利佛羅倫斯人，但丁的導師，屬於教皇派。

附錄

早年的十封信箋

這裡譯的十封信，是阿赫馬托娃十八至十九歲寫的。她大膽地、毫無顧忌地展示了一顆少女的透明的心。她感情奔放，坦率地談論自己的心境。她播撒愛情種子，追求幸福生活，然而收穫的卻是眼淚與辛酸。

為了使我國讀者更好地了解這十封信箋的內容，有必要簡單地介紹一下阿赫馬托娃的家庭背景與她當時所處的環境。

「阿赫馬托娃」——是詩人選用的筆名，她本姓戈連科，出生於一個退役的海軍機械工程師家中。一九〇五年父母離異後，她隨母親遷往南方，住在葉夫帕托里亞市親戚家裏，後來又搬到基輔市，寄人籬下，飽嘗難言之苦。一九〇七年她畢業於基輔市豐杜克列耶夫學校，由於身體有病，沒有立即報考大學。

阿赫馬托娃兄弟姐妹六人，她排行第四。他們幾乎無一不患有肺病，所以阿赫馬托娃從幼年即對疾病有恐懼感，並把這種感覺帶進她的詩中。大姐伊琳娜在阿赫馬托娃未出世前就夭折了。二姐伊娜去世時年方二十二歲。安德烈和小妹伊婭都在二〇年代初相繼離開人間。

這十封信是阿赫馬托娃寫給她的二姐夫謝爾蓋·弗拉基米洛維奇·施泰因的。施泰因（一八八二～一九五一）是位文學家、詩歌翻譯家。他們通信時，施泰因已是鰥夫。他們二人很要好。安娜對他無話不說。

安娜的信中涉及的問題不少，如生活在外姓人家的苦悶和煩惱，疾病的折磨和威脅，對父親的不滿和對母親的憐憫，對詩歌的愛好，等等。然而十封信中流露出來的最主要的內容是對愛的嚮往和追求。她傾慕一位叫弗拉基米爾·維克托羅維奇·高列舍夫—庫圖佐夫的青年大學生，即信中簡寫的「高—庫」。她一而再，再而三地向二姐夫索要「高—庫」的相片。當她得到他的相片時，她立刻通知二姐夫：她準備與自己少年時代的朋友古米廖夫結婚。後來因病，婚期拖延了數年。她與古米廖夫都是詩人，按理說生活可以是美滿的，但他們在一起共同生活了八年（一九一〇至一九一八）便離婚了。

阿赫馬托娃說過，她十一歲時寫成第一首詩，十六至十七歲時又「寫了不計其數不成樣子的詩」（見阿赫馬托娃《我的簡述》）。這些詩，似乎都沒有保存下來。我們在她一九〇七年二月十一日的信裡看到了她青年時代的詩作〈我會愛……〉。愛——人生中最神聖的感情，阿赫馬托娃青年時代就憧憬它，而且對它充滿了自信。可惜她的生活實踐作了謎一般的回答。在〈我會愛……〉一詩中，我們可以感受到愛的喜悅和愛的苦痛，那是少女的心聲，是幸福的幻影。那是她走向詩壇時邁出的頭幾個不穩健的腳步，是她在詩的世界裡發出的最早的咿呀之聲。不過，那時她已頗有把握地聲明自己是「詩人」。隨著歲月的流逝，社會的變遷，個人酸甜苦辣的經歷，見識的積累，人生哲理的領悟，這位多情善感的弱女子終於成長為二十世紀最重要的詩人。

這十封信的可貴之處是：它們是阿赫馬托娃成為詩人前的真摯的自白。這十封信在檔案庫中存放了幾十年。收信人謝爾蓋·弗拉基米洛維奇·施泰因死了第一個妻子，即阿赫馬托娃的二姐伊娜之後，大約於一九〇八年再次結婚。二〇年代初施泰因永遠離開了俄國。他的第二位妻子改嫁高列爾巴赫。高列爾巴赫深知這十封信的價值，便於一九三五年把它們交給了蘇聯國立文學博物館保存。他們考慮到信中涉及一些生者的私生活，便要求博物館在安娜阿赫馬托娃健在時，這十封信箋，不管是全文或是摘錄，絕對不能公開。

安娜阿赫馬托娃已經作古。這十封信箋成了研究她坎坷的生平、複雜的創作，以及了解她在崎嶇人生道路上探索真理的珍貴材料。

這十封信譯自美國密執安州阿爾迪斯出版社一九七七年出版的俄文版《安娜阿赫馬托娃：詩、書信、回憶、肖像集》。

一

一九〇六

我敬愛的謝爾蓋·弗拉基米洛維奇，也請您原諒我，這樁蠢事我比您負有千倍大的責任。

您的來信使我無比高興，恢復過去的關係讓我感到非常幸福，因為不可能有比我更孤獨的女性了。

我堂兄舒特卡說我的情緒是「不知人間煙火的冷漠」，其實我覺得他是不想讓我冷漠，真讓我傷心。

老實說，這一切不過是些無聊的瑣事罷了，實在不願意去想它。

當家裏的人都到酒館去吃飯，或是去看戲的時候，我才擁有一段美好的時光。這時我在黑暗的客廳裏諦聽寂靜。我總是在回憶過去，過去是那麼宏大、那麼明亮。這兒所有的人對待我都很好，可是我卻不喜歡他們。

我們是些太不相同的人了。我總是沉默和哭泣，哭泣和沉默。這些現象在他們眼裏當然被看成是怪事，但我沒有別的毛病，所以大家對我還是抱有好感。

八月以來，我白天黑夜都在盼望到皇村去過聖誕節，去瓦利婭[1]家，哪怕是只住三天。老實說，我在這裏熬日子就是為了那一天，一想到我會到那裡去，連呼吸都感到緊張，在那兒……唔，反正都一樣。

前不久安德烈[2]告訴說，去那裡是不可能的，我頭腦裡頓時出現一片冷颼颼的空虛。甚至都不能哭了。

我的親愛的施泰囚，您該知道我是多麼愚蠢，多麼幼稚！對您坦白地說我至今還愛著弗高一庫[3]，真讓人羞愧，可是我生活中除了這種感情之外，沒有任何東西了。

陣陣的焦慮、長期的苦惱和漣漣的淚水，使我的心臟得了神經官能症。自從收到瓦利婭的信以後，我幾次發作，有時覺得我的生命馬上就要結束了。

我給您講這些事，也許是犯傻，不過我想開誠布公，又無人以對，而您，則會理解。您是如

1 瓦利婭，即瓦列里婭・謝爾蓋耶夫娜・斯列茲尼奧夫斯卡婭（娘家姓秋利帕諾娃，她是阿赫馬托娃皇村學校的同學。她們二人終生相好。阿赫馬托娃一九一三年寫的〈用經驗代替智慧……〉一詩，就是獻給她的。一九六四年，阿赫馬托娃又寫了一首悼念她的詩：〈幾乎是不可能，你一直還存在……〉

2 安德烈——阿赫馬托娃的大哥（一八八六～一九二〇）。

3 弗高一庫，弗拉基米爾・維克托羅維奇・高列舍夫—庫圖佐夫。阿赫馬托娃一九一三年有一首抒情詩〈迷惘〉，就是獻給他的。

此能夠體貼人，且對我很瞭解。

您想讓我幸福嗎？如果想的話，就請把他的相片給我寄來。我請人翻拍一下，然後馬上還給您。也許他給過您近照。請放心，我不會像南方人愛說的那樣把它給「吞」了。

您是位好人，給我寫了信。我萬分感激您。您近來在做什麼，想什麼，是否常跟瓦列里婭見面？

您的阿尼婭[4]

P.S.我建議把托尼卡塞入……[5]安德烈對我說，他依然如故。給您寫信時寄到哪裡？

我的通信處：基輔市梅林戈夫街七號四室　安·安·戈連科

4　阿尼婭，即安娜阿赫馬托娃的暱稱。

5　此句含義不清。

二

一九〇六

基輔，梅林戈夫街七號四室

我敬愛的謝爾蓋．弗拉基米洛維奇，我病得厲害，但還是坐起來給您寫信。有件事相告：我想到彼得堡去過聖誕節，可是去不了，一則因為沒有錢，二則因為父親不讓去。這兩件事您都幫不上忙，但問題不在於此。當您收到這封信時，請立刻給我回封信，告訴我聖誕節時庫圖佐夫是否會在彼得堡。倘若他不在，那麼我的心境就會安定下來；倘若他哪兒也不去，那麼我就去。當我想到我可能去不成時，我就病了（這是追求某一目的的良好手段），我發燒、心跳、頭疼得要命。您還從來沒有見過我如此可怕的樣子。

沒有錢。姑媽嘮嘮叨叨個不休。杰米亞諾夫斯基堂兄每隔五分鐘就要表白一次愛情（您可聽出這是狄更斯的話？），讓我怎麼辦？

等我來的時候，我要給您講個驚人的故事，不過到那時您得提醒我，如今我太健忘了。

親愛的謝爾蓋．弗拉基米洛維奇，您可知道，我已經一連四夜不能入睡。如此失眠下去，太可怕了。我的堂姐回莊園了，他們放女僕走了，所以我昨天昏倒在地毯上時，整個住宅裏沒有一個人。我自己脫不了衣服，我恍惚看到壁紙上鬼臉重重！糟透了！我有一種預感，恐怕去不了彼得堡。我太想去了。順便告訴您，我已經戒煙了。堂兄弟堂姐妹們為此還為我祝賀了一番。

謝爾蓋．弗拉基米洛維奇，您應當看一看我是何等的可憐和不為人所需要。主要的是任何時候不為任何人所需要。一命嗚呼容易做到。安德烈是否對您講過我在葉夫帕托里亞如何想上吊自縊，結果釘子從石灰牆皮上脫落了？媽媽痛哭，我感到無臉見人——總之，可厭極了。

今年夏天，費多羅夫又吻了我，他還詛天咒地說愛我，他又是滿嘴飯味。

親愛的，天又亮了。

現在我沒有寫詩。慚愧嗎？是啊，可何必呢？

快快回信告訴我庫圖佐夫的近況。

對於我來說，他就是一切。

您的安努什卡[6]

P. S.請您把我的信都銷毀了。至於我信中告訴您的事，不要外傳，更不應當為他人所知。

6　安努什卡，與阿尼婭同，也是安娜的暱稱。

三

一九〇六年十二月三十一日

敬愛的謝爾蓋．弗拉基米洛維奇，心臟病幾乎持續了整整六天，使我未能及時復信。各種各樣不愉快的事源源而來，昨天媽媽拍來電報，說安德烈得了猩紅熱。

節日這幾天我是在瓦卡爾大姨媽[7]家裏度過的，她不容我。所有人都千方百計地嘲弄我。大姨父愛叫愛罵，不亞於我父親。如果闔上兩眼，完全如在幻覺中。他一天要叫罵兩遍：吃午飯的時候叫罵一遍，喝過晚茶之後再罵一遍。我有個堂兄弟沙沙，他過去是助理檢察官，現在已經退休，今年他在尼斯過冬。這個人對我妙不可言，使我不勝驚訝，可是瓦卡爾大姨父瞧不起他，於是，我因為沙沙的關係而成了一個受難者。

我這位大姨父開口閉口不是「窯子」就是「婊子」。可是我表現得那麼無所謂，致使他厭於叫罵了，所以最後一個晚上我們是在和和氣氣的談話中度過的。

除此之外，使我感到難受的是談論政治和腥味的飯菜。總之可惡極了！

7　瓦卡爾大姨媽，即安娜．艾拉茲莫芙娜．斯托戈娃。

您或許能用掛號信把庫圖佐夫的相片寄給我？我只是準備根據它為頸飾作一個小小的像，然後立即寄還給您。為此我將對您表示無限感激。

他大學畢業後準備幹什麼呢？為什麼您不按我們事先說定的給我拍封電報來？我日夜等電報，籌備了一筆款子，準備了幾套衣服，幾乎買了車票。

看來，我的幸福只能如此！

現在我一個人在家裏，接待客人，利用空閒時間給您寫信。這麼寫，當然不會有助於我書信的嚴整性——不過，您會原諒的，對不？

您若有空，把您的情況寫信告訴我。我們已經很久未見面了。

過兩天我準備去照相。給您寄張相片嗎？

P. S.祝賀新年萬事如意。

四

一九〇七年一月

親愛的謝爾蓋·弗拉基米洛維奇。

您該知道，您對待我這個不幸的 belle-soeur[8] 太狠心了。莫非說給我寄張相片，寫上幾個字，就這麼難?!

我已經累了！

我等待了不多不少足足有五個月。

我的心臟糟極了，只要心臟一疼，左臂就完全不能動彈。安德烈的健康如何，家中沒有給我來信，所以我估計他的情況不佳。

您一直緘默不語，或許也在患病？我不待生活開始，生活便結束了。真令人悲傷，但事實就是如此。您的姐妹們都在哪兒？大概都上大學了吧，啊，我多麼羨慕她們，看來，我永遠上不了大學了，只能上烹調大學。

謝廖沙[9]，請把高一庫的相片寄給我。這是我最後一次請求，說句良心話，以後再不求您了。

我相信您是位好朋友，真正的朋友，您對我的了解超過所有的人。

Ecrivez[10]

8 法文：小姨。

9 謝爾蓋．弗拉基米洛維奇的暱稱。

10 法文：請回信。

五

一九〇七年二月二日

親愛的謝爾蓋．弗拉基米洛維奇，這是本周我給您寫的第四封信。請不要奇怪，我是懷著好意的執拗勁兒，決定通知您一件事，這件事將根本改變我的生活，然而要開口說出來竟是如此之難，以至於我拖到今天晚上還沒有下定決心把這封信寄出去。我即將嫁給我少年時代的朋友尼古拉．斯杰潘諾維奇．古米廖夫。他愛我已經愛了三年，我相信我做他的妻子是命中注定。我不知道我是否愛他，不過，我覺得我是愛他的。您還記得瓦．勃留索夫的詩嗎：

我的老仇人呀，我的姐妹，
被釘在十字架上受難，
把手伸給我！伸給我！
劍已揮起！快！是時候了！

於是，我把手伸給了他，至於我心靈裡發生了什麼事，我的忠實的、敬愛的謝廖沙，只有上

帝和您知道，讓我留下這

……必不可免的審判給大家，
作為最高的天職，——充當劊子手。

我們的情誼，您的來信，都讓我感到無比歡欣，它們散發出明媚的願望的光芒，溫柔地撫愛著我這顆傷殘的心。

現在，當我特別痛苦時，請您不要不理我，雖然我知道我這一舉動，不能不使您感到震驚。您想了解我為什麼沒有立刻給您回信嗎？因為我在等待高一庫的相片。當我收到相片之後，我才想向您宣布我要結婚的消息。這種做法是卑鄙的。為了懲罰自己的怯懦，我今天才動筆寫信，而且，不管我的心情多麼沉重，我要把一切都寫出來。

您在寫詩！多麼幸福啊，我真羨慕您。我喜歡您的詩，一般說來我喜歡您的風格。

您寫的那一本詩保存在我們家裡，等我回去時，把它給您寄來，如果安德烈沒有搶在我之先。我什麼也沒有寫，也永遠不想寫了。正像約朗塔[11]說的，我殺死了自己的靈魂，我的眼睛是

11 約朗塔，柴可夫斯基同名歌劇中的女主人公的名字。

為淚水而長的。也許您還記得席勒作品中那位有預見能力的喀山德拉吧？我的心緊貼著她那昏暗的形象，就受苦受難的意義來說，她是偉大的預言家。不過我離偉大二字相差十萬八千里。

關於我們的婚姻，請不要告訴任何人。我們還沒有選定什麼時候在什麼地方舉行婚禮。這是秘密，我在寫給瓦利婭的信中甚至一字也沒有提及此事。

請給我來信吧，謝爾蓋·弗拉基米洛維奇，我羞於啟口求您寫信，占用您寶貴的時間，但讀您的來信——我心情愉快。

為什麼您稱呼我安娜·安德烈耶芙娜？在皇村最後一年裏，這種禮節性的稱呼已經完全不用了。我那麼稱呼您，另有原因。年齡的懸殊，地位的差別，關係重大。

無論如何請把弗維[12]的相片給我寄來。看在上帝的情面上，我在人世間沒有比這更強烈的願望了。

您的阿尼婭

P. S.費多羅夫的詩，除了少數幾首之外，的確都蒼白無力。他的才華不鮮明，而且十分可疑

12　弗維，即弗拉基米爾·維克托羅維奇·高列舍夫–庫圖佐夫（高–庫）。

（sic[13]）。他不是詩人，而我們，謝廖沙，——是詩人。感謝您的十四行詩，我讀時很滿足，但我應當承認，我更喜歡的還是您的札記。亞．勃洛克可有新的詩作出版？——我的姨媽是他的熱心崇拜者。

您那兒有尼謝．古米廖夫的新作嗎？他現在在寫什麼、寫得怎麼樣，我一點兒也不知道，我又不想問他。

六

一九〇七年二月

我敬愛的謝爾蓋．弗拉基米洛維奇，不等您給我回信，我又給您寫了。我的科里亞[14]大概準備到我這兒來——我真是幸福得發狂。他給我寫了一些我看不懂的話，我只好帶著他的信去找熟人求教。每次他從巴黎來信時，別人總是把信藏起來，不讓我看見，然後提心吊膽地把它交給

13 拉丁文：「原文如此」。

14 科里亞、Nicolas，都是尼古拉．古米廖夫的愛稱。

我。繼之而來的是我神經性發作、冷敷及這一家人的困惑莫解。這都怪我性情好激動，沒有其他原因。他是那樣地愛我，甚至讓我害怕。父親一旦知道我的決定，您想他會怎麼說呢？倘若他反對我的婚姻，我就會逃走，並偷偷地跟Nicolas[15]結婚。我無法尊重父親，我從來沒有愛過他，為什麼要聽從他的意見。我變得凶狠、任性、令人無法容忍。啊，謝廖沙，意識到自己有這樣的變化是多麼可怕。我敬愛的好朋友，你可別變。倘若明年我能在彼得堡住下去，您會經常到我家來吧，是不？您可別不理我，我恨自己，瞧不起自己，我忍受不了纏住了我的種種謊言……

快快畢業吧，然後就到媽媽那裡去，這兒太悶人了！五個月以來我每晝夜只能睡上四個小時。媽媽來信說，安德烈的病已經痊癒，我把我的歡樂告訴了他，可是他（遺憾的是！）不相信。

吻您，我敬愛的朋友

阿尼婭

15 同註十四。

七

一九〇七年二月十一日

我敬愛的謝爾蓋·弗拉基米洛維奇，我不知道應該怎樣表達我對您的無限感激之情。願上帝保佑您實現您最強烈的願望，而我永遠永遠不會忘記您為我所做的一切。要知道，他的相片我等了五個月，相片上的他和我熟悉的他、愛過的他和瘋狂地怕見到的他一模一樣：倜儻而又冷漠，他用一雙明亮的近視眼的疲憊的、寧靜的目光望著我。Il est intimidant[16]，用俄語無法表達。恰好今天納尼婭[17]買了勃洛克的第二本詩集。其中有很多太讓人想起勃留索夫的詩了。譬如短詩〈陌生的女人〉，第二十二頁，不過，這首詩寫得好極了，庸俗的日常生活和奇妙刺眼的幻覺編織在一起。大姨父在我的影響下訂閱了《天秤座》[18]，從預告上來看，今年這個刊物會辦

16 法文：令人毛骨悚然。

17 納尼婭，阿赫馬托娃的堂姐，瑪麗亞·亞歷山德羅芙娜·茲蒙契拉，後來與安娜的大哥結婚。阿赫馬托娃的組詩《欺騙》就是獻給她的。

18 《天秤座》，俄羅斯文學月刊，是象徵派的主要刊物。一九〇四至一九〇九年出版於莫斯科。它的實際領導人是瓦·勃留索夫。

得很有意思。我敬愛的謝爾蓋·弗拉基米洛維奇，如果您能知道我是多麼感激您給我回了信。我現在意氣消沉了，我沒有給瓦利婭寫信，我時時刻刻等待 Nicolas 的來臨。您知道他也是個瘋瘋癲癲的人，跟我一樣。算了，不再提他了。有一次我拿我的詩跟梅什科夫打賭，我輸了。因此，他大概就向您打聽這些詩。我想給他寄一首小型的長詩去，不署名，描寫我們一九〇五年夏季散步的情景。倘若您湊巧知道他的住址，就請告訴我。我們消遣時，休·列里總要在遊戲中扮演主要角色。為什麼您認為我收到相片以後會閉口不語了呢？啊，不！我若能緘默不語，那就太幸福了。我現在給您寫信，我知道他在這裡，跟我在一起，我可以看見他，——這美得讓人發瘋。謝廖沙！我的心離不開他。我終生不能忘懷，永不分離的愛情毒漿太苦了！我是否能夠重新開始生活？當然不能！然而古米廖夫——是我的命運，我服服帖帖地委身於命運。假若可以的話，請您不要譴責我。我以對我的神聖的一切的名義向您發誓，這個不幸的人和我在一起會是幸福的。

寄上我的一首詩。詩寫得有些拖沓，而且缺乏感情的火花。請您不要作為藝術批評家來對待我，否則我事先就會感到恐懼。您在最近的一封信中說，您寫了新的作品。請寄給我吧，我會極其高興地拜讀（這是婦女的用語）您的詩。倘若有一天我們能見面，那就太好了。再次感謝您寄來了相片，您甚至不知道您為我效了什麼勞，我的好人！

我會愛……

我會愛。

我會變得溫存，含情脈脈。
我會窺視他人的眼睛，
露出迷人的，召喚的，戰慄的微笑。
我這柔軟的腰肢輕盈，苗條，
芬芳撫弄著鬈髮。
啊，誰和我在一起，誰的心靈就不會安寧，
任你縱情撒嬌……

我會愛。我的羞愧帶著欺騙的色彩。
我是這麼怯怯的溫存，我總是默默不語……
只有我的眼睛在說話。
眼睛明亮而又純潔，
眼睛透明而又閃光，
眼睛預示著幸福的降臨。
它們會欺騙，——可是你卻相信，

淡藍色的光——
變得更藍、
更溫存、更明亮。
鮮紅的愉悅留在我的雙唇上，
酥胸比山上的雪還白，
細語——像天藍色的潺潺流水。
我會愛。等候你的是吻。
一九〇六年，葉夫帕托里亞

八

一九〇七年三月十三日，基輔

我敬愛的謝爾蓋．弗拉基米洛維奇，來信敬悉，我為自己的野蠻無知感到羞愧。昨天我才弄到《人生》[19]，您信中提到的其他作品，我根本不知道。我突然想去彼得堡，去生活，去看書。可是我已喪失了信心，我只能永遠地遊蕩在陌生的、粗俗的、骯髒的城市裏，如過去在葉夫帕托里亞和基輔，將來在塞瓦斯托波爾。我靜靜地靜靜地過著飄逝的生活。姐姐在繡花毯，我為她讀法國小說或亞．勃洛克的詩，她對勃洛克別有感情。她簡直把他神化了，說她的心有一半是屬於他的。請寫信告訴我，您們小組裡對達維德．艾茲曼[20]有什麼看法。有人拿他與莎士比亞相比，這種做法使我感到難堪。難道我們要成為天才的同時代人？我們全家人準備今年在塞瓦斯托波爾附近的別墅裡消夏。六月初，我就到那兒去，如果您能來我家，我會高興極了，我們已經很久很久沒見面了！

我的一首詩〈他手上戴著很多亮晶晶的戒指〉發表在《天狼星》[21]第二期上。第三期可能有我到了葉夫帕托里亞之後寫的一首短詩。不過是否能刊出，我沒有把握，因為寄出的時間太晚了。

如果刊出了，那麼請您坦率地把自己的意見告訴我，並希望您把它給別的詩人看看。外行誇它——是不良的徵兆。當您批評我的詩時，或轉達別人的反應時，請不要客氣，——反正我再

19 《人生》，列安德烈耶夫的劇本。
20 達維德．艾茲曼（一八六九～一九二二），俄羅斯小說家，作品表現猶太人受迫害的題材。
21 《天狼星》，古米廖夫在巴黎辦的俄文雜誌。

也不寫了。對我來說，已經無所謂了！心中的一切都隨著那照亮它的唯一光明而溫存的感情消逝了。我覺得您很了解我。

……請用白玫瑰花給我編一個花環，
芳香的雪白的玫瑰花環啊，
你在人間同樣感覺到孤單，
你背負著空虛的生活的重擔。

這是我在克里木時寫的一首詩〈春天的空氣威嚴地發作〉中說過的話。

古米廖夫為什麼要辦《天狼星》？這事兒讓我感到驚訝，不過也使我的情緒快活起來。我們這位尼古拉倒了多少次楣，可是還不接受教訓。那兒的工作人員都像我這麼知名和可敬，這一點您可注意到了？我估計是上帝想讓古米廖夫頭腦發昏。有這種時刻啊！

安努什卡

P.S.高一庫的考試何時結束？

九

一九〇七

敬愛的謝爾蓋弗拉基米洛維奇，雖然從今年春天起您就不給我寫信了，可是我有話還是願意跟您講。

我不知道您是否已經聽說我在患病，病奪走了我可以過幸福生活的希望。我的肺有了病（這是秘密），說不定會發展成結核。我覺得我正經受著伊娜經受的病勢。如今我準備在相當長的一段時間裡離開俄國，所以我才下決心再打攪您，請您將伊娜手中保留的爺爺的手鐲交給我，倘若您能實現我的願望，我將對您感激不盡，但這事有些複雜，因為那件東西價值很高，我怕您認為我想有一件裝飾品而不是紀念品。您已經好久沒有見到我了，也許您認為我幹的是件見不得人的勾當。謝爾蓋·弗拉基米洛維奇，如果您有類似的想法，那麼我就請求您不要寄手鐲，或者不必答覆我這封信，在那種情況下，我也不希望得到它。我盼望情況不會如此，因為我們曾經是朋友，即使您對我的態度變了，我對您的態度卻絲毫沒有改變。

我向您提及手鐲的事，請不要寫信告訴瑪莎姑媽。她對此事可能產生誤會。

請您對任何人都不要談及我的病。如果能做到的話，——就是對家人也不要談。從九月五日起，安德烈就在巴黎了，在索邦。我在患病，在憂愁，在消瘦。得過胸膜炎、支氣管炎和慢性肺炎。現在喉嚨又在折磨我。我很害怕喉癆，它比肺病還壞。我們的生活相當清苦，不得不自己擦地板、洗衣服。

瞧，這就是我的生活！中學畢業成績優良。醫生說，如果上大學——就是去找死。好吧，我不上——我真可憐我的媽媽。

您一旦見到我，大概會說：「嚇，這個樣子了。」Sic transit gloria mundi.[22]

別了！我們是否還能見面？

安努什卡

塞瓦斯托波爾市小海軍街四十三號四室

22 拉丁文：塵世榮譽轉眼即逝。

十

一九一〇年十月二十九日

基輔市（明信片上的郵戳）

最近回皇村。我提醒您，您曾答應來看望我。請把我的邀請轉告葉卡捷琳娜·弗拉基米羅夫娜。哪一天見面，電話裡再商定。我在這兒已經病了兩週。

握您的手。

安娜·古米廖娃

後記

這本書雖然字數不多，但我花費的精力卻不少。我喜歡阿赫馬托娃的作品，翻閱了二十幾本有關阿赫馬托娃的書，其中有正面肯定的，也有反面批判的。但我認為她是俄羅斯二十世紀最不同凡響的大詩人。

這本書能夠完成（當然還有許多應當補充的地方）我必須感謝一些親朋好友：

徐永強——他不懂俄文，但在美國書店裡與老闆談及俄文書籍，並從那裡為我購買了二〇〇一年出版的阿赫馬托娃全集，原版是俄羅斯艾理斯·拉克出版社出版的，書從俄羅斯運往美國，又從美國買回來帶到北京，太麻煩他也太浪費他的精力了，可是對於我的工作卻有很大的幫助。

鈕英麗——她在莫斯科工作期間從俄羅斯買到一些有關阿赫馬托娃的著作，並送給了我，她的熱心同樣讓我十分感動。

谷羽——為我的翻譯做了一些校訂，其功實不可沒。

張蓓蓓——從網上為我收集了很多有關阿赫馬托娃的材料，是在報刊上難以找到的。

應當感謝的人太多了，不一一贅述。謝謝大家。

謝謝呂正惠先生，使我這個八十八歲老朽還能出版一部譯作。

高莽
二〇一四年春節

校讀後記

呂正惠

人間出版社曾為高莽先生（筆名烏蘭汗）所譯的阿赫馬托娃詩歌出過兩本書，二〇一一年五月的《安魂曲》（長詩及組詩），二〇一二年十月的《我會愛》（短篇抒情詩）。第二本出版以後，我趁著到北京辦事的餘暇，特別去看望了高莽先生。高莽先生非常高興，他跟我說，《安魂曲》又讓他獲得了俄羅斯的一項翻譯獎，我跟他開玩笑說，阿赫馬托娃的作品版權時間未到，我們沒有購買版權，算是侵權，而俄羅斯竟然「不察」，還授給您翻譯獎，不是有點可笑嗎？不過，憑良心講，這本書把阿赫馬托娃最重要的兩首長詩，《安魂曲》和《沒有英雄人物的敘述詩》都翻譯了出來，確實很難得，尤其是後者，在高莽先生翻譯之前，還沒有人敢譯，因為實在太困難了，高莽先生因此而得獎，可以說實至名歸。

我跟他說，還有一件喜事，《安魂曲》初印五百本，目前存書不多，是人間出版社所印行的書中銷路最好的，他更加高興，談興更濃。談著談著，他突然說，他以前譯過阿赫馬托娃的散文，他很想再補譯一些，湊成一本書，作為他一輩子搞翻譯的收尾。我聽了當然很興奮，因為這樣，人間出版社將有一套三冊的《阿赫馬托娃譯文集》。不過，高莽先生年事已高，我怕他太勞累，一再跟他說，有空就譯一點，慢慢來，不要急。

我想我應該是在二〇一二年年底或二〇一三年年初去看他的，沒想到只經過一年多，二〇一四年二月二十六日他就傳來第一次的譯稿，我真是喜出望外，立刻付排，並且開始校讀他新譯的《阿赫馬托娃散談自己》，這是阿赫馬托娃想要寫作回憶錄而留下來的一些片段。在校讀這些片段時，我逐漸被阿赫馬托娃獨特的散文風格所吸引，不知不覺就把這一部分讀完了。然後，我暫時停頓了下來，想過一陣子再校《日記的散頁》。《日記的散頁》包含了回憶朋友的八篇文章，其中三篇是高莽先生的舊譯，但有所增改，五篇是新譯的，這讓我感到很滿足。我把這兩部分和高莽先生以前的譯文加以比較，發現他漏掉了舊譯中的三篇，其中兩篇論普希金，另一篇論萊蒙托夫，同時也漏掉了阿赫馬托娃早期的十封信，我準備把這些都補進去。

就在我這樣想的時候，二〇一四年七月一日高莽先生又給我發來三篇新的譯文，《普希金殉難記》、《亞歷山德林娜》、《但丁》，讓我感到意外的驚喜，因為這三篇都是我慕名已久的。我急不可待的先讀《普希金殉難記》，天啊！真的比天書還難，文章又長、人名又多、他們的關係又極複雜，我不知道八十八歲的高莽先生是怎麼譯完的。他在信中跟我說，這一篇和《亞歷山德林娜》「前前後後改了十幾遍（絕非誇張），有些地方還是沒弄明白」。他的認真的工作態度，真讓我佩服極了。但是，他還是忘記了還有幾篇舊譯尚未編進去。

沒想到，再過三週，七月二十二日他傳來一個全新的檔，已經編輯得很完整，前面漏掉的兩篇普希金和一篇萊蒙托夫都在裡面了，高莽先生終於想起他的全部舊譯（除了早期的十封信）。而且，第一部分《阿赫馬托娃散談自己》還增補了不少。整個回顧起來，這本譯著的《序》寫於二〇一三年十月二十五日，後記寫於「二〇一四年春節」，二〇一四年二月二十六日傳給我第一次檔，這是高莽先生對他的新譯的原始構想。然後，他兩次補充，兩次傳新檔給我，從這個過程，我們就可以看到這一位八十八歲的老翻譯家如何重視他最後一本譯作。

看到全譯稿和目錄後，我跟高莽先生建議，第一部分《阿赫馬托娃散談自己》改題為《回憶的散頁》，高莽先生原來列在中間的四篇普希金評論、還有關於萊蒙托夫和但丁的兩篇短評，歸為《評論》，列為第三部分，原來作為第三部分的《日記的散頁》，改題為《回憶同時代人》，放在第二部分，再把早期的十封信列為附錄，這樣全書的架構就很清楚，高莽先生欣然同意。在這之前，馬海甸先生已經根據他當時所能搜集到的資料，編譯了一本《回憶與詩——阿赫馬托娃散文選》（花城出版社，二〇〇一），非常有參考價值。我據此對校了本書的第一部份，調整了一些條目的排序（並未改動譯文），並加了一些按語。我相信這一本《回憶與隨筆》的出版，對我們了解阿赫馬托娃的詩歌與人格一定可以提供更多的幫助。我在校讀這本書的過程中，突然發現這本書對於理解《沒有英雄人物的敘述詩》有極重要的輔助作用。

我很想為這本書寫一篇長序，就像前兩本詩集一樣，但我更想趕著在今年出書，因為二〇一六年是阿赫馬托娃逝世五十週年，又是高莽先生的九十大壽，希望這本書的出版可以作為我們對一位偉大的詩人，還有一位長年不懈的老翻譯家的最高獻禮。

二〇一六年十一月八日

補記：汪劍釗《阿赫瑪托娃傳》（新世界出版社，二〇〇六）是了解阿赫馬托娃非常好的入門書，可以和本書參照著讀。另外，伊萊因．范斯坦的《俄羅斯的安娜：安娜．阿赫瑪托娃傳》（馬海甸譯，上海譯文出版社，二〇一三）也可以進一步參考。

阿赫馬托娃年表

一八八九．六．一一　安娜．安德列耶夫娜．阿赫馬托娃（本姓戈連科）出生於敖德薩近郊大噴泉別墅區。

父親—安德列．安東諾維奇．戈連科（1848-1915）是黑海艦隊的機械工程師。

母親—茵娜．艾拉茲莫芙娜（1856-1930，本姓斯托戈娃）。

一八九〇—一九〇五　阿赫馬托娃的童年時代是在彼得堡郊區皇村度過的。她就讀於皇村瑪麗女子學校。假期在塞瓦斯托波爾箭灣之濱度過。

一九〇三—　與青年詩人尼．斯．古米廖夫（1886-1921）相識。

一九〇五—　父母離婚。隨母親遷往葉夫帕托里亞，「……在家中讀完中學最後一班的功課……」

一九〇六—一九〇七　在基輔豐杜克列耶夫學校畢業班就學。

一九〇七　阿赫馬托娃發表第一首詩《他手上有許多閃光的戒指……》，刊在尼·謝·古米廖夫編的《天狼星》（巴黎出版）雜誌上。

一九〇八—一九〇九　在基輔高等女子學校法律系學習。

一九一〇·五·八　與尼·謝·古米廖夫結婚。前往巴黎度蜜月。

一九一一　考入彼得堡女子學習班。與詩人勃洛克相識。以安娜·阿赫馬托娃為筆名發表第一首詩《老肖像》。以後在《阿波羅》等刊物上發表早期作品。彼得堡青年詩人組建「詩人作坊」，阿赫馬托娃被選為秘書。

一九一二·三　阿赫馬托娃第一本詩集《黃昏》（印數三〇〇冊）問世。

一九一二·四—五　與尼·謝·古米廖夫遊歷義大利北部。

一九一二·九·一八　兒子列夫出世。

一九一三—一九一四　阿赫馬托娃在《雙曲線》、《阿波羅》、《俄羅斯思想》、《田地》等定期刊物上發表詩作。

一九一四·三　第二本詩集《念珠》問世（印數一〇〇〇冊）。

一九一六—七　與鮑·安列坡訂情，安列坡於一九一七年二月離開俄國。

一九一七·九　第三本詩集《群飛的白鳥》問世。

一九一八·八·五　與尼·謝·古米廖夫正式離婚。

一九一八・一二	與亞述學學者弗・卡・希列伊科結婚。
一九二一	第四本詩集《車前草》出版（印數一〇〇〇冊）。
一九二一夏	與弗・卡・希列伊科分居（過幾年才正式離婚）。
一九二一・八・七	勃洛克逝世。
一九二一・八・一〇	在勃洛克追悼會上得知尼・謝・古米廖夫被捕，罪名是參加反革命陰謀活動。
一九二一・八・二五	尼・謝・古米廖夫被處決。
一九二三・一	與詩人鮑・帕斯捷爾納克相識。
一九二三年末	與藝術史專家尼・尼・普寧同居。
一九二五	「自二十年代中期開始，我的新詩幾乎不予發表，而舊作——不准再版」。一九二五年中央通過決議（未正式公佈）把阿赫馬托娃從文藝隊伍中清除出去。
一九三三	發表論文《普希金的最後一篇故事》。
一九三四・五・一三——一四	夜間奧・曼德爾施塔姆在莫斯科自己的寓所被拘捕，當時阿赫馬托娃在場。
一九三五・一〇・二七	尼・尼・普寧和列夫・古米廖夫被捕。

一九三五　開始創作長詩《安魂曲》。

一九三五·一〇·三〇　小說家米·布林加科夫幫助阿赫馬托娃上書史達林，要求減輕丈夫與兒子的罪名。

一九三五·一一·三　尼·尼·普寧和列·尼·古米廖夫獲釋。

一九三六·一　和鮑·帕斯捷爾納克一起向蘇聯監察院申請減輕奧·曼德爾施塔姆的罪名。

一九三六·二·五—一一　前往沃羅涅日看望被流放到那裡的曼德爾施塔姆。

一九三八·三·一〇　兒子列·尼·古米廖夫再次遭拘捕。

一九三八春　與曼德爾施塔姆最後一次會晤。

一九三八·五·一—二　夜，曼德爾施塔姆在莫斯科郊外療養院「薩馬季哈」被捕。

一九三八·九·一八　和尼·尼·普寧分手。

一九三八·一二·二七　曼德爾施塔姆在弗拉基沃斯特克羈押解送犯人的監獄裡逝世，葬於該地墓園。

一九三九·七·二六　蘇聯內務部特別會議通過決議：判處列·古米廖夫勞改五年。

一九四〇　出版詩集《選自六本詩集》。

一九四〇·一二·二七　夜，開始寫作《沒有英雄人物的敘事詩》。

一九四一・六	莫斯科，戰前幾天，與女詩人瑪麗娜・茨維塔耶娃最後一次會晤。
一九四一・九月底	阿赫馬托娃乘飛機從圍困的列寧格勒撤到莫斯科。
一九四一—一九四四	疏散到中央亞細亞的塔什干。
一九四三・三・一〇	列・尼・古米廖夫服役期滿；一九四四年末自願奔赴前線。
一九四四・五—六	阿赫馬托娃從塔什干返回莫斯科，然後回到列寧格勒。
一九四四年夏	阿赫馬托娃常到列寧格勒前線慰問指戰員，為他們朗誦詩作。
一九四四・一二	列寧格勒作家之家為阿赫馬托娃舉行創作晚會。
一九四五・一一・一六	和英國哲學家和社會活動家以撒・柏林（1909-1997）初次見面。
一九四六・四・三	莫斯科與列寧格勒詩人在首都工會大廈圓柱大廳舉行詩歌朗誦會。阿赫馬托娃是參加者之一。
一九四六・六・二	阿赫馬托娃在《星》和《列寧格勒》雜誌上發表詩作。
一九四六・七・一一	阿赫馬托娃在列寧格勒電臺作廣播。
一九四六・八・一四	聯共（布）中央頒發關於《星》與《列寧格勒》兩雜誌的決議。
一九四六・八・一六	聯共（布）中央書記亞・亞・日丹諾夫在斯莫爾尼宮為列寧格勒

全市作家、文學工作者和出版單位人員作報告，怒斥阿赫馬托娃，左琴科等一大批作家。

一九四六・九　蘇聯作家協會將阿赫馬托娃與左琴科開除會籍。

一九四八・八・二六　尼・尼・普寧被捕。

一九四八・一一・六　列・尼・古米廖夫第三次被捕。

阿赫馬托娃銷毀自己的大部分文獻資料與手稿。

一九五〇・四・二四　阿赫馬托娃上書史達林：「深深尊敬的約瑟夫・維薩里昂諾維奇，我是否有權利向您請求寬恕我的不幸。一九四九年十一月六日我的兒子在列寧格勒被捕。列夫・尼古拉耶維奇・古米廖夫是歷史學副博士。現在他在莫斯科（在列福爾托沃）。我已年邁，而且疾病纏身，我無法經受與獨生子的分離。懇求您能釋放我的兒子。看到他能為蘇維埃科學服務，是我最大的夢想。能為祖國服務，對於他來說，如同我一樣，是神聖的天職。」

一九五〇・六・一四　蘇聯國家安全部阿巴庫莫夫部長在上呈史達林的報告書上寫道：「必須逮捕女詩人阿赫馬托娃」。

一九五〇・九・一三　蘇聯國家安全部特別會議判處列・尼・古米廖夫勞改營十年徒

刑，因為他「參加了反蘇小組，有恐怖企圖，並從事反蘇宣傳」。

一九五一・一・一九　蘇聯作家協會決定恢復阿赫馬托娃會籍。

一九五一・五・二三　阿赫馬托娃第一次心肌梗塞發作。

一九五三・三・五　史達林逝世。

一九五三・八・二一　尼・尼・普寧死於阿別茲勞改營。

一九五四　阿赫馬托娃依據費德連科博士翻譯的《離騷》初稿，加工潤色，完成並出版了屈原這部偉大作品的第一個俄譯本。此外她還和漢學家合作，翻譯過賈誼、李白、李商隱等詩人的詩歌。

一九五四・五・四　阿赫馬托娃在列寧格勒作家之家會見英國大學生代表團。

一九五四・一二・一五—二六　在莫斯科出席全蘇第二屆作家代表大會。

一九五五・五　蘇聯文學基金會列寧格勒分會在列寧格勒郊區科馬羅沃作家村分配給阿赫馬托娃一座小別墅。阿赫馬托娃把它稱為「崗樓」。

一九五五・九　為營救兒子，她求見蕭洛霍夫。

一九五六春　列・尼・古米廖夫從勞動營獲得釋放。

一九五七・二　在莫斯科朋友阿爾多夫家中會見從流放中回來的阿里阿德娜・埃

佛倫，即女詩人茨維塔耶娃的女兒。

一九五七·一〇·三一　鮑·帕斯捷爾納克因長篇小說《日瓦戈醫生》獲得諾貝爾文學獎而被開除作家協會。

一九五九·九　《新世界》雜誌主編亞·特瓦爾多夫斯基建議阿赫馬托娃在他主辦的刊物上發表作品。

一九六〇·五·三〇　鮑·帕斯捷爾納克逝世。

一九六一·一〇　阿赫馬托娃因慢性闌尾炎加重住進醫院。手術後，第三天心肌梗塞復發。

一九六二　完成《沒有英雄人物的敘事詩》（以後還不斷修改）。

一九六二·一二·八　尼·尼·格連初次將《安魂曲》打印出來。

一九六三　青年詩人約·布羅茨基因犯「寄生蟲罪」而被拘捕，阿赫馬托娃為他求情。

一九六四·五　阿赫馬托娃七十五歲壽辰，莫斯科馬雅可夫斯基博物館為她舉行慶祝晚會。

一九六四·一二·一二　義大利烏爾西諾城堡向阿赫馬托娃頒發「埃特納·陶爾明納」文學獎，慶祝她從事詩歌創作五十周年，並在義大利出版他的作品選集。

一九六四·一二·一五　英國牛津大學通過決議授予阿赫馬托娃文學博士榮譽學位。

一九六五·五·九　列·什洛夫在科馬羅沃為阿赫馬托娃朗誦《安魂曲》錄音，同時要他保證在蘇聯未發表這部長詩之前不得散佈這次錄音。

一九六五·六·五　在牛津舉行隆重儀式，為阿赫馬托娃披上文學博士長袍。

一九六五·六·一七—二一　在巴黎會見流亡國外的老友畫家尤·安年科夫（1889-1974）、詩人兼畫家鮑·安列波（1883-1969）和詩人格·阿達莫維奇（1892-1972）。

一九六五　《時間的飛馳》詩集問世，這是阿赫馬托娃生前最後一本詩集。

一九六五·一〇·一九　莫斯科大劇院隆重舉行義大利詩人但丁誕辰七〇〇周年晚會，阿赫馬托娃生平最後一次公開發表講話。

一九六五·一一·一〇　阿赫馬托娃第四次心肌梗塞。

一九六六·三·四　阿赫馬托娃住進莫斯科近郊傑多沃療養所。她在日記中留下最後的文字。晚上，躺下睡覺時，後悔沒有隨身帶聖經。

一九六六·三·五　上午十一時阿赫馬托娃逝世。

一九六六·三·一〇　在列寧格勒市尼柯拉·莫爾斯科伊教堂為阿赫馬托娃舉行安魂祈

禱葬禮。

阿赫馬托娃安葬於列寧格勒郊區科馬羅沃村。

外國文學珍品系列008

回憶與隨筆

作者　阿赫馬托娃
譯者　烏蘭汗
執行編輯　蔡鈺淩
校對　林淑瑩、邱月亭、蔡鈺淩
封面設計　朱承武、仲雅筠
內頁版型設計　龍虎電腦排版股份有限公司
發行人　呂正惠
社長　林怡君
出版　人間出版社
台北市長泰街五十九巷七號
電話　(02)23370566
傳真　(02)23377447
郵政劃撥　11746473・人間出版社
電郵　renjianpublic@gmail.com
定價　四〇〇元
初版一刷　二〇一六年十二月
ISBN　978-986-93423-9-1
排版　龍虎電腦排版股份有限公司
總經銷　聯合發行股份有限公司
新北市新店區寶橋路二三五巷六弄六號二樓
電話　(02)29178022
傳真　(02)29156275
缺頁或破損，請寄回人間出版社更換

國家圖書館出版品預行編目(CIP)資料

回憶與隨筆 / 阿赫馬托娃著 ; 烏蘭汗譯. --
初版. -- 臺北市 : 人間, 2016.12
面；　公分. -- (外國文學珍品系列 ; 8)

ISBN 978-986-93423-9-1(平裝)

880.6　　105022124